广西卫视《第一书记》栏目提供视频

朱千华 著

我的青春在乡村

——第一书记扶贫纪实

广西科学技术出版社

图书在版编目（CIP）数据

我的青春在乡村：第一书记扶贫纪实 / 朱千华著
. —南宁：广西科学技术出版社，2020.11
　　ISBN 978-7-5551-1477-2

　　Ⅰ . ①我… 　Ⅱ . ①朱… 　Ⅲ . ①中国共产党—基层干部
—先进事迹—广西　Ⅳ . ①D263

中国版本图书馆CIP数据核字（2020）第225767号

WO DE QINGCHUN ZAI XIANGCUN

我的青春在乡村
——第一书记扶贫纪实

朱千华　著
广西卫视《第一书记》栏目提供视频

责任编辑：何杏华　罗绍松　　　　　　助理编辑：陈诗英
责任印制：韦文印　　　　　　　　　　责任校对：陈剑平
装帧设计：韦娇林

出 版 人：卢培钊
出　　　版：广西科学技术出版社
社　　　址：广西南宁市东葛路 66 号　　　邮政编码：530023
网　　　址：http://www.gxkjs.com

印　　　刷：广西壮族自治区地质印刷厂
地　　　址：南宁市建政东路 88 号　　　　邮政编码：530023

开　　　本：787mm×1092mm　1/16　　　字　　数：200 千字
印　　　张：24.25
版　　　次：2020 年 11 月第 1 版
印　　　次：2020 年 11 月第 1 次印刷
书　　　号：ISBN 978-7-5551-1477-2
定　　　价：68.00 元

前言

打赢脱贫攻坚战，是党对人民的庄严承诺

  党的十八大以来，习近平总书记站在全面建成小康社会、实现中华民族伟大复兴中国梦的战略高度，把脱贫攻坚摆到治国理政突出位置，提出"要立下愚公移山志，咬定目标、苦干实干，坚决打赢脱贫攻坚战，确保到 2020 年所有贫困地区和贫困人口一道迈入全面小康社会"。

  广西是全国贫困人口超过 500 万人的 6 个省区之一，属于全国集中连片特殊困难地区的滇桂黔石漠化片区，一直以来都是全国脱贫攻坚的主战场之一。截至 2015 年底，全广西还有538 万农村贫困人口，贫困发生率达 10.6%，贫困人口绝对数排全国第四位。

  2017 年 4 月 19 日至 21 日，习近平总书记在广西考察工作时，对广西的脱贫攻坚工作作出重要指示："广西是革命老区，是贫困地区，也是边境地区、民族地区。脱贫攻坚工作做好了，边疆稳定、民族团结就有了坚实基础；边境建设搞好了，民族事业发展了，对打赢脱贫攻坚战也是极大促进。"

  脱贫攻坚，产业是主导，人才是关键。驻村第一书记既是

中央政策的落点，也是精准扶贫的支点，更是精准扶贫的中坚力量。习近平总书记曾强调"因村派人要精准"。在广西壮族自治区党委、政府的领导下，广西各地认真贯彻落实习近平总书记"精准扶贫"的重要论述和"扎实推进民生建设和脱贫攻坚"的重要指示精神，精准派人，科学施策，全面深化扶贫领域改革，全力推进第一书记驻村扶贫工作。

截至 2019 年底，广西先后选派 1.6 万多名机关、企事业单位的优秀党员干部，到贫困村担任驻村第一书记，奔赴火热的脱贫攻坚前线。这些优秀的第一书记从繁华城市来到贫困乡村，为所驻村招商引资、发展现代特色农业、完善基础设施、丰富村民精神文化生活等，扎扎实实地做村民的引路人、护航人、守护人。他们扎根基层，倾心扶贫，在贫困村摸爬滚打、忘我工作，谱写了一曲曲感人肺腑、斗志昂扬的新时代奉献之歌，涌现出一大批先进的人物事迹。

广西的第一书记们具有扎实务实、勤干苦干的优良作风，在思想境界上突显了"第一"二字。他们都是各级部门的年轻党员干部，面对陌生的工作环境、繁杂的脱贫事务，他们主动担当；作为脱贫攻坚的"骨干力量"，他们用青春的热血、炽热的情怀，在脱贫攻坚战中攻坚克难，谱写着脱贫攻坚的伟大乐章。不管是白天还是黑夜，不管是风里还是雨里，他们都奔走在脱贫攻坚的道路上，访贫问苦，挨家挨户了解贫困群众的生产生活状况，谋划扶贫方案，寻找脱贫良策。他们在平凡的工作中，不知付出了多少艰辛，克服了多少难以想象的困难。他们披星戴月，当人们进入梦乡的时候，他们还在记录着每天的工作日记，并为第二天的工作做出安排。第一书记们尽管各人的工作方式、方法有所不同，但有一点是相同的，那就是带领驻村干部，深入学习习近平新时代中国特色社会主义思想，提高政治素质，始终把党和人民利益放在第一位，在脱贫攻坚战中彰显共产党员的优秀品质和高尚情操，发挥了共产党员在社会主义建设中的先锋模范作用。

在第一书记的带领及各方的共同努力下，广西的脱贫攻坚工作取得了丰硕的成果：

——2015年，在国务院扶贫开发领导小组对中西部22个省（自治区、直辖市）精准扶贫成效第三方评估中，广西综合得分97.37分，居全国第一位；贫困人口识别准确率达99.76%，居全国第一位；贫困人口退出准确率达97.21%，居全国第二位。

——2016年，广西减贫人数居全国首位，在中央对2016年省区级党委、政府的扶贫开发工作成效考核中，广西综合得分位居一等（精准扶贫成效综合评估居全国第二位），是全国综合评价好的8个省（自治区、直辖市）之一。

——截至2018年12月底，经自治区"四合一"实地核查认定，广西实现116万建档立卡贫困人口脱贫、1452个贫困村出列，农村贫困发生率下降至3.7%。

——2016年至2019年，广西脱贫攻坚战捷报频传，全区累计实现450万贫困人口脱贫，4719个村、46个县脱贫摘帽，剩下的24万贫困人口"两不愁三保障"（不愁吃、不愁穿，义务教育、基本医疗、住房安全有保障）的问题已基本得到解决，贫困村、贫困县各项脱贫指标短板也已基本补齐。

——2020年11月20日，广西成功攻克最后贫困堡垒，广西壮族自治区人民政府批准融水、三江、那坡、乐业、隆林、罗城、大化、都安8个深度贫困县（自治县）退出贫困县序列。至此，广西106个有扶贫开发工作任务县（市、区）建档立卡贫困人口全部脱贫，5379个贫困村全部出列，54个贫困县全部摘帽。这意味着，全国少数民族人口最多的省份，历史性地告别了延续千百年的绝对贫困。

在这场声势浩大的脱贫攻坚伟大实践中，八桂大地上涌现出以黄文秀为代表的许许多多优秀的第一书记，他们是脱贫攻坚战的先锋队，是追赶第一的"特种兵"。这些驻村第一书记牢记组织重托，与村民同吃、同住、同劳动，一身泥、一身水地和贫困户一起摸爬滚打。他们夜以继日、任劳任怨，牺牲了休息时间，奉献了才智，涌现出众多先进典型和感人事迹。他们在脱贫攻坚战中发挥了极其重要的作用，他们的精神、他们的故事、他们的经验、他们的青春……在脱贫攻坚的时代大背景下被赋予了独特的时代意义。

每一位第一书记，都有一段感人的扶贫故事。他们当中，有的主动放弃大城市的舒适生活，带着对农村的朴素感情，到偏僻乡村当上一名脱贫攻坚的"战士"；有的主动请缨，冲在脱贫攻坚第一线，用实际行动诠释"第一书记"的光荣称号；有的把家人带到贫困村生活，甚至把孩子转学到贫困村；有的在扶贫工作岗位上，转战数个贫困村，持续工作八年，成为扶贫战线经验丰富的"老战士"；有的来自西北工业大学，不远千里来到广西加入脱贫攻坚战；有的刚刚走上工作岗位不久，就以初生牛犊不怕虎的闯劲，担当起扶贫的重任……

弘扬主旋律，讴歌时代精神，是党和国家宣传工作的重要内容。第一书记扶贫工作的先进事迹是时代精神的重要组成部分，是对外讲好广西故事、传播广西好声音的材料源泉。2014年初，广西电视台在深化"走转改"的实践中，以自治区选派3000名贫困村党组织第一书记帮助村民脱贫致富的大背景为主要线索和内容，在广西卫视每周五晚21:20推出全国首档以脱贫攻坚为主要内容的原创美丽乡村公益专栏《第一书记》，唱响扶贫主旋律，用一系列主题节目、特别活动和融媒体手段，助推贫困地区开展脱贫攻坚工作。

《第一书记》栏目开播后，坚持"以人民为中心"的工作导向，坚持"主题事件化、事件故事化、故事人物化"的创作理念，用群众语言讲述真实故事，帮助解决群众脱贫致富的发展问题，在节目中宣传了一大批奋战在脱贫攻坚一线的第一书记。一个个真实可信的故事，一段段感人肺腑的采访，一项项惠及民生的业绩，第一书记们的事迹，激励了党员干部不忘初心、牢记使命，勇于担当、甘于奉献，在新时代的长征路上做出新的贡献。栏目还通过报道扶贫故事和脱贫产业，搭建社会资源与产业项目的对接平台，让村民与企业（家）、爱心人士在节目内外实现有效对接，由此构建起城乡互动、农副产品行销全国的良好格局。

截止2020年11月底，《第一书记》栏目的编导、摄像师、主持人和技术人员深入基层扶贫一线，六年如一日精心采访，制作了321期专题节目，用超过1.44万分钟的播出时长，宣传推介 900 多个贫困村的脱贫故事和独特风物，为贫困村、励志少年募集善款超过 3000 万元。栏目还先后策划制作了国家扶贫日产业扶贫电商大直播、粤桂扶贫大型募捐活动、奋进新时代——《第一书记》系列外录节目、广西文化扶贫下乡巡回演出等活动（节目），以充实的公益内容、鲜活的视听语言、精准的主题定位，为广大观众描绘出精准扶贫的伟大成就和壮美蓝图，为决战决胜脱贫攻坚加油鼓劲。

2020 年是脱贫攻坚决战决胜之年，中华民族摆脱贫困的千年愿景即将梦圆。全国宣传思想文化战线发挥独特优势，聚焦精准扶贫，为脱贫攻坚工作提供了强大的精神动力、舆论支持和文化氛围。由广西卫视《第一书记》栏目、广西科学技术出版社联手打造，作家朱千华倾力创作的《我的青春在乡村——第一书记扶贫纪实》适时推出。本书选取在广西脱贫攻坚一线做出优异成绩、广西卫视《第一书记》栏目有过报道的多位第一书记进行采访创作，发挥文学的独特作用，用报告文学的形式，真实记录他们带领所驻村村民招商引资、发展现代特色农业、完善基础设施、丰富村民精神文化生活，切实为贫困群众办实事、谋福祉的先进事迹，生动地再现他们在脱贫攻坚战中勇往直前的精神与风采。本书不是先进事迹汇编，也不是理论著作，其内容具有鲜活的现场感，是高歌猛进的新时代足音，客观反映了扶贫干部身在乡村用心扶贫的真实场景。全书散发着阳光与泥土的乡野气息，从社会最基层的些许侧面，反映了第一书记的精神风貌和崇高追求，展现了他们服务贫困乡村、善于谋事、精于干事、勇于担当、甘于奉献的实干精神，讴歌大而为公、无私奉献的时代精神。

以青春书写时代精神，以梦想铸就个人成长。驻村第一书记绝大多数是青年党员干部，通过驻村扶贫工作的锻炼，不仅让他们的青春有了书写人生事业的场地，也进一步锻炼了他们为人处事的能力，让他们迅速成长为优秀的党员干部。优秀的青年第一书记在脱贫攻坚工作中锻造的精神内核，必将为党和国家的社会主义现代化事业带来新的活力和保障。本书所承载的，不仅是决战决胜脱贫攻坚的"广西故事"，更是这场伟大战役里，广大基层干部对乡村振兴的独立思考，彰显出在波澜壮阔的历史进程中，共产党人始终勇立时代潮头，走在时代前列。这无疑是作者对此由衷的称赞。

2020年是脱贫攻坚决战决胜之年。在全面实现脱贫后，紧接着是"乡村振兴"战略的实施，这两者是一脉相承的。脱贫攻坚战中取得的成功经验，在"乡村振兴"战略的实施中是有指导意义的。因此，总结脱贫攻坚工作的成功经验，服务于"乡村振兴"建设，是时代发展的需要。第一书记作为广西脱贫攻坚战中关键的力量，是脱贫攻坚战的主力军，他们在脱贫攻坚战中展现出来的智慧和力量，对整个社会而言，是一笔宝贵的财富，值得所有人学习。在"乡村振兴"战略的实施过程中，我们相信，将会有更多优秀的年轻党员投身于乡村建设，奉献自己的青春，实现自己的人生价值。

打好脱贫攻坚战
听扶贫前线故事

建议配合二维码一起使用本书

■ **听一听**
——习总书记精准扶贫讲话

■ **看一看**
——看扶贫前线第一书记专访

■ **学一学**
——扶贫经验与方法

■ **本书专配读书交流群**
——分享扶贫经验

微信扫码
立即获取

目　录

微信扫码

听一听，看一看
★ 听习总书记精准扶贫讲话
★ 看扶贫前线第一书记专访
加入读书交流群分享扶贫经验

映山红

——追记百色市乐业县新化镇百坭村第一书记黄文秀

　　黄文秀，1989 年生，壮族，中共党员，广西百色市田阳区巴别乡德爱村多柳屯人，2016 届广西定向选调生、北京师范大学法学硕士，本科就读于山西省长治学院。生前为广西百色市委宣传部理论科副科长、派驻乐业县新化镇百坭村第一书记。

　　2018 年 3 月 26 日，黄文秀来到广西百色市乐业县新化镇百坭村担任驻村第一书记。2019 年 6 月 17 日凌晨，黄文秀从百色返回乐业途中遭遇山洪不幸遇难，年仅 30 岁。

　　2019 年 6 月 26 日，习近平总书记对黄文秀同志先进事迹作出重要指示；7 月 1 日，中国共产党中央委员会宣传部追授黄文秀"时代楷模"称号；7 月 17 日，中华全国总工会追授黄文秀同志全国五一劳动奖章；9 月，被授予第七届全国道德模范"全国敬业奉献模范"荣誉称号；9 月 25 日，被授予"最美奋斗者"荣誉称号；10 月，被追授"全国优秀共产党员"荣誉称号；11 月，入选"感动中国 2019 候选人物"。2020 年 1 月 1 日，被评为"2019 十大女性人物"；5 月 17 日，被评为"感动中国 2019 年度人物"。

■ 初战告捷，"鸭倌"披挂重上阵

还记得初到百坭村的情景，那时候我还是一个从没有接触过农村工作的"新手"。为了贯彻落实习近平总书记一直强调的"坚持精准扶贫、精准脱贫，找到问题根源，增强脱贫措施的实效性"，为了全面掌握百坭村的致贫原因和现状，我坚持用土办法，对村内的贫困户开展遍访工作，认真查摆问题并听取民情民意。

但是百坭村全村一共有 195 户建档立卡贫困户，分散居住在几个不同的山头，对于我这个不熟悉地形的"新手"来说，要在最短时间内掌握全村贫困户的详细情况，是非常困难的。但我没有失去信心，我想起了那句话——"让扶过贫的人像战争年代打过仗的人那样自豪"，长征的战士死都不怕，这点困难怎么能限制我继续前行。

——摘自《从"新手"到"熟路"》，黄文秀／文

原载《中国扶贫》2019 年第 7 期（总第 345 期）

2018 年 3 月 26 日，黄文秀第一次来到百坭村。前来迎接她的，是百坭村村支书周昌战。

周昌战是退伍军人，性格内敛，做事雷厉风行。在黄文秀入村当天，他立即召集村两委（村支部、村委会）干部开会，向大家隆重介绍了上级派来的第一书记。干部们对黄文秀的到来表示欢迎。但是，透过热烈的掌声，黄文秀明显感受到大家目光中的惊诧、疑惑与猜测，直接说，就是一种不信任——

天啊，这么水灵的女娃子，大学刚毕业吧，她来这里能做什么？

组织部门是不是派错人了？让这么一个啥也不懂的女娃子到这山沟，不要说扶贫，在我们这穷地方，能不能自个儿生存下去，都难说。

面对干部们疑惑的目光，黄文秀当即做出回应。她说："不瞒大家，来到百坭村之前，我曾在田阳县那满镇挂职，担任过半年镇党委副书记，具体负责'美丽乡村'建设，虽然没有任何扶贫经验，但是这不代表我不关注广西扶贫这场重大战役。我们百色地区属于滇桂黔石漠化片区，是全区乃至全国脱贫攻坚的主战场。如今，对于百色决战贫困决胜小康来说，已经到了啃'硬骨头'、攻坚拔寨的冲刺阶段。组织部派我到百坭村，就是想让我和大家一起，共同战斗。"

干部们发现，他们对这位新来的第一书记的一些判断可能有误。这女娃子看起来挺文静的，但刚才的几句话，坦诚实在，不拖泥带水，话不多，却老练，有力道。

黄文秀继续说："当然，我们百坭村的扶贫工作光靠我一个人是无法完成的。我想说的是，我们并不孤单，我也不是一个人在战斗，我们有一个强大的团队做后盾。我们这个队伍除了我之外，上面有扶贫工作队，下面有扶贫工作队队员、帮扶干部、后援单位代表等，更重要的，还有我们村两委干部和广大贫困户。在这么多人的共同努力下，我的第一个目标是让百坭村脱贫摘帽，争取在今年底前实现。"

　　掌声热烈，黄文秀的表态让在场的村两委干部受到鼓舞。这是一个充满青春气息的女子，她说话条理清晰，目标明确。这女娃子虽年龄不大，但看得出来是个外柔内刚的人，值得信任。

　　散会之后，周昌战将黄文秀领到她的宿舍。百坭村村委会办公楼是一幢两层小楼，黄文秀住在一层，这里有个十几平方米的小单间，房间布置简陋，一桌一椅一床铺而已。周昌战已让人收拾干净。他说："黄书记，您看，我们这里就这条件，真让您受委屈了。"

　　黄文秀在房间里转了一圈，笑道："这房间好啊，我喜欢。对了，帮我在墙上打几个钉子，我要把空间都利用起来，能节省不少地方。"

　　周昌战说："行，这事由我来办。还有什么要求，尽管跟我说。"

　　黄文秀想了一下，说："周书记，我初来百坭村，一切都不熟悉，我想找一个对百坭村情况知根知底的人，我想知道这个村的来龙去脉与发展状况。"

　　周昌战说："这么快就开始工作了？这是小事，我特别推荐一个人，他是我们村的老支书梁建念。梁老65岁了，已白发苍苍，是个有30年党龄的老党员，对百坭村的山山水水、一草一木可谓了如指掌。"

　　"太好了，"黄文秀说，"周书记，请您把梁老支书的电话给我，我先联系一下，今天下午就去找他。"

　　周昌战说："不用这么急，我打个电话，让他到村委来一下就可以了。"

黄文秀说："那哪行呢。我是晚辈，上门拜访理所当然。"

当天下午，黄文秀买了几斤水果，来到梁建念家里。老支书满脸岁月痕迹，长期在农村基层摸爬滚打，再加上穿着朴素，使他看起来完全是个田间老农的样子。黄文秀一下子明白，老支书为百坭村操碎了心。

梁建念看着站在眼前的黄文秀，不由在心里赞叹，年轻真好啊，这么阳光的女孩来百坭村做第一书记，该带来多少活力啊。

黄文秀拜见了梁建念，开门见山，向老支书讨教经验，请老支书说说村史，讲讲当地的风俗民情，如果开展工作应该先从哪方面入手，等等。

梁建念对这位新来的第一书记印象极好，觉得这小姑娘懂事，虽然在心里也对黄文秀的能力有点怀疑，但他坚信，上级组织部门绝不敢拿扶贫这头等大事当儿戏，随便派一个人来。既然派来了，那就是对这位第一书记的信任，基层干部理应支持。梁建念点燃卷烟，把他所知道的百坭村情况一五一十地告诉了黄文秀。他说："1994年，我接手百坭村的时候，百坭村还是个烂摊子。村委连个办公的地方都没有，会议只能在村干部家里召开，这给村里工作带来极大的不便。这还不算，百坭村两委班子不够团结，群众对村干部的评价很低，村里的工作很难开展。我刚刚上任，就面临着这些难题，得想办法一个一个去解决。"

黄文秀问："梁老，我很好奇，村委连办公的地方都没有，好像很少见。后来村委办公楼又是怎么建起来的？"

梁建念说："那时，村集体经济基本上就是个空账，但我接管百坭村的第一个目标，就是想把村委办公楼建起来。那时要筹点钱可是困难重重，哪像现在这么容易。万般无奈，我带领村两委班子，利用国家退耕还林的优惠政策种植八角，为村集体带来年收入2万元的经济效益。再通过多方筹集资金，建成了一幢占地面积60余平方米、造价6万多元的村委办公楼，彻底改变了以往村委办公难的问题。"

黄文秀问："村两委班子不团结，这您是怎么解决的呢？"

梁建念说："在我心目中，这些问题都是村两委班子成员的思想问题，解决这个问题不需要花钱。我的做法很简单，不想干的，拉帮结派搞事儿的，直接下岗。我重建了一个团结的班子，经过整治，彻底改变了村两委班子的精神面貌，村两委由原来的一盘散沙，拧成了一股绳。领导班子团结了，才有可能全心全意为群众解难题、办实事。"

黄文秀问道："百坭村下面的各个村屯是什么情况？"

梁建念说："百坭村地处偏僻，交通不便，最远的村屯离镇上将近三十里地。有些屯的村民购买日常生活用品要走上几个小时的山路，造成有钱买不进、有货卖不出的困难局面，几乎与世隔绝。面对这样的情况，我心急如焚，决定把改变村屯道路作为首要工作。后来我与村两委干部商量，决定利用国家万屯通公路的机会，向上级申请部分资金，由我亲自带领群众，投工投劳，经过两个多月的奋战，全村各屯之间的道路终于修通，虽只是一些简单的砂石路，但至少改善了群众多年来行路难的问题。"

黄文秀问："梁老，您在百坭村工作这么多年了，有什么好的工作经验传授给我吗？"

梁建念说："也没什么特别经验。如果有，那还是我们党的老传统，沉到基层去，到人民中间去，密切联系群众，只要真心实意为群众解难题、办实事，群众就会把你当成亲人。"

老支书的这番话，让黄文秀肃然起敬。虽然对百坭村的扶贫工作还没有一个具体方案，但是她从老支书这番语重心长的话里，感受到一种榜样的力量，让她对未来的工作充满信心。

回到村委后，黄文秀立即制订工作计划。按照她的想法，第一步是访贫问苦。先深入百坭村的各个村屯进行调查摸底，把每户贫困户的实际情况与帮扶需求一一了然于心。

在黄文秀看来，"访贫问苦"这项工作相对来说轻松而简单，无非到贫困户家里了解情况、倾听他们的诉求而已。

然而，黄文秀万万没有想到，这项看似简单的工作远不是想象中的那么简单，过程可谓一波三折、困难重重，竟让她这个坚强的女生委屈得哭了鼻子。

黄文秀来到百坭村后，第一项工作就是查看贫困户的材料。材料显示百坭村 472 户人家，有 103 户尚未脱贫，但黄文秀看到的相关数据都是一年之前的，很有必要重新摸排。驻村第二周的周末，黄文秀决定出发，进入村屯走访贫困户了解情况。

黄文秀将车子小心翼翼地开出村委。离开村委不久，她才发现，这条路坑坑洼洼，很不平整，就是老支书带领乡亲们修筑的砂石路。黄文秀开着车，感觉像一只小船在浪里颠簸。

黄文秀好不容易到达第一户贫困户家中，发现原来干干净净

入户走访

在村民家中走访

与村民交流

的车，已被一路坑里的泥水泼溅得满车身都是。那一刻，黄文秀心疼无比，这是贷款买来的新车，被糟蹋成这样。又一想，这么多年山里百姓在这样的坑洼路上走了多少回？我来百坭村第一次出门就被"坑"，是不是冥冥中给我的暗示：文秀，这坑人的路，你得解决它！

黄文秀停好车，来到一农户房前，有个村妇在菜地里摘青椒。黄文秀走上前，问道："请问老乡，这里是韦世双家吗？"

村妇35岁左右的模样，看到黄文秀问话，并未马上回答，而是把她上下打量了一下，再看看自己身上，粗服乱发，一副寒碜样，不由长长地叹了一口气。村妇望着黄文秀，又是羡慕，又是嫉妒。

黄文秀第一次下村屯，特意把自己打扮了一下，穿戴鲜亮整齐，她的本意是与村民第一次见面可以留下一个美好印象，展示第一书记风采。但事与愿违，看到村妇奇怪的眼神，黄文秀心里有些慌乱，忽然意识到，她可能犯了一个大错，穿着太整齐，又开着漂亮的小车，分明是城里人下乡旅行。更麻烦的是，自己还穿了半高跟鞋，在乡间走路实在不合适。那一刻，黄文秀才知道，很多事不能想当然。后来，黄文秀一回到村里，立即买了一顶草帽，把漂亮的半高跟鞋擦干净，放进了鞋袋，一些鲜亮的衣服也收拾妥当，压在箱底。她要把自己从一个办公室白领形象，彻底蜕变成一个地道的乡间村姑。

村妇爱答不理的样子，黄文秀以为她没听见，就走到她身边，再问："老乡，我叫黄文秀，是百坭村新来的第一书记，请问这里是韦世双的家吗？"

一听是新来的第一书记，村妇眼神更不友好了。她问："你穿得跟模特似的，是新来的第一书记？我们这个鬼不来的穷村，之前来了那么多书记，有的来村里镀层金，就回城里升官去了。你这个小姑娘，才多大年纪啊？刚毕业的大学生吧？是不是也像那些'镀金书记'一样，来打个照面，走个场子？"

黄文秀没有任何思想准备，更没想到，第一次入户走访竟被一个村妇劈头盖脸训斥一番，训得她发蒙，有些恍惚，心想，到底你是第一书记，还是我是第一书记？我长这么大，还从来没被人如此尖刻地当面训斥过呢。"镀金书记"或许有，但那也是以前的事，我还没开始工作，你怎知我就是"镀金书记"？

那一刻，黄文秀心里生出一百二十个不服气。但她把"不服气"放在了心里，她想，村妇对我们干部有意见，应该允许她发泄一下不满情绪，我是第一书记，怎么能和一个村妇计较？想到这儿，黄文秀对着村妇笑了笑，说："看样子，这批青椒丰收了。有销路吗？卖不掉的话，找我。"

村妇一听这话，半信半疑地看着黄文秀，这回她却什么话都没说。黄文秀意识到，她的青椒应该还没有销售渠道。

这时，从屋里走出一个拄着拐杖的男人。他对黄文秀说："我就是韦世双，您是哪一位，找我有事？"

黄文秀发现眼前的男人很温和，和村妇完全是两种性格。她自我介绍："我叫黄文秀，是百坭村新来的第一书记。今天来是想看一下你们家的实际情况。你们家是因病致贫，我希望能想办法帮助你们解决贫困问题。"

韦世双说:"谢谢黄书记,以前也有干部来调查我们家的贫困情况,拍拍屁股就走了,也没下文。所以,我老婆刚才对您多有冒犯,您不要和她计较。您进来,我给您倒杯水。"

黄文秀进屋,四处打量了一下,这里家徒四壁,真是一个贫困的家。黄文秀说:"韦大哥,您别急,我们坐下聊。"

韦世双告诉黄文秀,自己在外打工时不小心受伤,花了一大笔费用,现在已经没法外出打工,好在还能走路,做些简单劳动。家里上有父母要照顾,下面还有两个娃,一个上初中,一个上小学,全靠老婆黄家云种点青椒,养点土鸡土鸭,勉强过日子。

黄文秀问:"韦大哥,您自己有什么打算?不妨说出来,我们一起想办法。"

韦世双说:"外出打工已经不可能,我文化程度不高,也不知道自己能干啥。这样,我去把家云叫过来,也听听她的意见。"刚要起身,黄家云就进来了。她看到黄文秀,有点不好意思,刚才那样刻薄地说人家,可黄文秀并未计较,像什么事也没发生,还朝她点头微笑。看看人家这肚量,那一刻,黄家云有点后悔。

黄家云想给黄文秀道歉,却又不知道该怎么说。她把摘下的青椒放到篮子里,给黄文秀倒了一杯水,说:"黄书记,刚才冒犯您了,我是个粗人,说话直,在农村野惯了,您别往心里去,我给您赔礼道歉。"

黄文秀说:"大姐,别这样,我们有许多工作没做好,或者做得不到位,应该是我们向您道歉。您也过来坐吧,我这次来,就是想和你们聊聊，看看我能帮你们做点什么。"

黄家云发现，眼前这位第一书记不但貌美，还很大度，总是面带微笑，说话委婉，又不伤人自尊。

韦世双说："黄书记，我家目前虽属于贫困户，但我有信心脱贫，也一直想做点事，却不知道能做点什么。"

黄文秀问："韦大哥，您以前做过哪些农活？种植或养殖方面哪些比较熟？"

黄家云接过话头，说："我们家一直养些土鸡土鸭，世双也有这方面的经验，他还有个外号，叫鸭倌。但我们的钱看病都花掉了，一直没钱买鸭苗。我想着过段时间，等有钱了，我们再养一批鸭。别的，除了种点蔬菜，我啥都不会。"

黄文秀问："一只鸭子大概能卖多少钱？你们打算养多少只？"

韦世双说："目前的行情一只鸭子在 5 至 7 斤之间，每只售价 100 元左右，这还不算鸭蛋在内。像我们家这种情况，没有鸭棚，没饲料供应，不超过 100 只还能应付。"

黄文秀问："有没有信心，你们夫妻俩齐心协力养 500 只鸭子？"

韦世双两口子不敢相信自己的耳朵，都愣在那里，500 只远远超出了他们的想象。

韦世双说："黄书记，我们这个家您又不是不知道，没有存款，哪有能力养那么多鸭子。"

黄文秀说："韦大哥，我只想知道，如果给您 500 只鸭子，您有没有能力饲养，或者说，有没有把握养好？"

韦世双说："黄书记，这您就小瞧我了。只要有钱，不要说

500 只，就是 5000 只鸭子我也能养。我就是个养鸭的命。"

黄文秀说："那就这么定了。我们第一批准备养 500 只鸭子。看情况，效益好，我们再扩大养鸭规模。"

黄家云说："黄书记，您说的是真的？这需要一大笔开支，这钱从哪来？"

黄文秀说："现在为鼓励贫困户脱贫，国家提供了许多帮扶政策。你们家这种情况，我初步考察符合帮扶要求。我回去后与扶贫工作组讨论一下，可以为你们提供一笔 5 万元的小额贷款，先买材料，盖几间鸭棚，然后买鸭苗、买饲料。"

黄家云激动地问："5 万元？有这样的好事？"

黄文秀说："没错，5 万元。另外，我们县里要举办农村养殖技术培训班，我建议你们两口子都去听一听，把养鸭这门技术学得更好。我们的长远目标不只是这 500 只鸭子，我们要和村里的其他贫困户联合起来，养 5000 只、50000 只鸭子。"

黄文秀的一席话说得韦世双两口子热血沸腾，满脸都是欣喜的笑容，就像连绵阴雨天之后忽然艳阳高照，满眼都是希望。韦世双说："黄书记，我们听您的，一定去听课，两人一起去。"

黄文秀说："就这么说定了。来，我们先把相关材料填一下。"

这是黄文秀来到百坭村之后签下的第一个项目。她刚才计算了一下，像这样的家庭，夫妻俩都有能力养鸭，非常适合使用小额贷款扶持，韦世双家今年脱贫，已毫无悬念。

从韦世双家走出来，黄文秀感觉特别有成就感。她拒绝了两口子挽留她吃午饭的邀请，继续出发，前往下一户贫困户家中。

■ 妙语解忧，雨露滋润长沙屯

今天和后援单位的帮扶干部一起走访长沙屯的贫困户。路还没有硬化，下过雨的路面泥泞又坑洼，我一路都十分担心车子打滑。万幸，最后平安归来，我的车技又提升了！

走访了罗盛攸、黄金专、黄卫东、黄金提、黄仕京等户，其他人都上山务农或者外出打工了。对于未能走访到的农户，我重点查看了他们家的住房和饮用水情况，都达标了，我心里十分开心。

今天让我印象深刻的是黄仕京这一户。走访了一天，他们见我们非常辛苦就热情地留我们吃晚饭……

——摘自黄文秀《扶贫工作日记》2018 年 9 月 11 日（原件）

黄文秀有一个扶贫工作日记本，她在百坭村做了什么工作，去了哪几个村屯，见了哪些贫困户，在这本日记中都有详细记录。

2018 年 9 月 10 日，这天，黄文秀并未记录工作文字，而是画了一张手绘地形图。她标注的文字是"地形图，百爱屯"。这是百坭村百爱屯的 54 户贫困户分布图，散落在大路、村道旁。看得出来，整张分布图经精心绘制，条理清晰，一目了然，可见黄文秀的村屯走访工作已做得相当扎实仔细。

这样的贫困户分布图在她的扶贫工作日记中还有很多。第一书记或驻村干部都有记工作日记的习惯。但除日记外，能想到把每个村屯的贫困户分布图画出来的，黄文秀是第一人。画贫困户分布图的好处是，想找哪户贫困户，只要翻开日记就能直观掌握，甚至可以根据地理位置因地制宜，找到适合家庭发展的种养项目。

日记中的贫困户分布图是黄文秀勤于思考的结果，也是她在扶贫工作方法上的一种创新。

2018 年 9 月 11 日，黄文秀决定和百坭村驻村队员韦光鸿等扶贫干部到百坭村最偏远村屯之一的长沙屯去走访。

黄文秀后来在日记中详细记录了当天走访长沙屯村民黄仕京的经过，黄文秀与他聊天，说着说着，黄仕京居然激动地哭了。他们究竟聊了些什么，让黄仕京如此激动呢？

那天傍晚，天降细雨。黄文秀、韦光鸿等三人在长沙屯走访一天，饥肠辘辘，口干舌燥，终于就剩最后一户人家了，户主叫黄仕京。

黄仕京见来了三个扶贫干部入户调研，而且天色将晚，就吩咐爱人做饭。

黄文秀说："黄叔，谢谢您的好意。我们入户结束，还得赶路。"

黄仕京说："黄书记，您看这天气，有雷电，危险。我们先吃完饭再谈事，雨停了再回，这样安全。"

黄文秀看了看天，又看到黄仕京如此热情，便和韦光鸿他们商量，决定饭后再回。黄仕京老两口很高兴，连忙端茶倒水，张罗晚饭，还要杀鸡，被黄文秀制止了。黄文秀说："黄叔，我们干部有纪律。我看您家菜园有不少莴笋，帮我们多炒点莴笋就可以了。"

黄仕京连连答应。可是，山里人热情好客的那股劲儿，简直无法阻挡。趁黄文秀三人在聊天，黄仕京还是杀了一只鸡。

　　黄仕京两口子忙活半天，整了几个菜：腊肉炒笋片、白斩鸡、木耳炒鸡蛋、清炒白花菜和油炸花生米。这是典型的农家菜单，也是山里人待客的最高标准。当黄仕京把菜端上桌时，黄文秀他们都不知说什么好。黄文秀对其他两人说："既然黄叔这么热情，我们就不客气了，就当是来到了农家乐。"

　　韦光鸿他们立即明白了黄文秀的意思，既是农家乐，咱是要买单的，那就不客气了，开吃。黄仕京又拿出一个塑料瓶，说："文秀书记，我这还有一瓶苞谷（玉米）酒，你们也尝尝。"

　　黄文秀说："我们要开车，就不喝了，您自己喝吧。"

　　黄文秀三人走村串户，忙了一天都没休息，真的饿了，只顾吃，很少说话。黄仕京也坐在桌边，默默地看着三个年轻人狼吞虎咽的样子。

　　刚吃完饭，雨就哗哗落了下来。黄文秀说："这雨一时半会儿不会停，我们趁此机会，把黄叔家的情况了解一下。"

　　黄仕京看着三个年轻人，不由有些感慨，猛喝一口苞谷酒，说："看着你们年纪轻轻的就为国家做事，你们的父母都为你们高兴吧。可我们家呢，苦日子啥时候是个头？"

　　黄文秀说："黄叔，您跟我们说说，家里是个什么情况，我看你们两口子身体都不错，是什么原因致贫的呢？"

　　黄仕京一边喝着苞谷酒，一边把家里的情况和盘托出。

　　黄仕京家有5口人，父亲已经84岁，大儿子正在广西民族大学上大二，二女儿则于2018年7月考上广西医科大学，前不久开学，东拼西凑，总算筹足了钱去报道，生活费之类的还在想办法。

黄文秀一边听黄仕京讲述，一边拿出笔记本，一项一项记录。

"黄叔，你们平常家庭开支主要靠什么？"

"家里没多少地，收入主要靠山上的几十棵八角树，每年卖些八角，勉强维持生计。农闲季节，村里年轻人都到南宁或外省去打工赚钱，我哪里也去不了，最多到乐业县城或者凌云县城找点零活，有一单没一单的，也挣不了几个钱。"

"今年八角收了吗？现在鲜果市场价多少钱一斤？"

"玉米收获之后，这几天就可以上山采八角了。前几天托人打听了一下，今年鲜果有 3 块多一斤，这价格也算过得去了。"

"你们平常到山上摘八角，需要请人帮忙吗？"

"那怎么行呢？村里大户种 20 多亩，那才需要请人帮忙，大多数村民只有几亩地，都不会请人的。主要是工钱太贵，通常请人摘要包一顿午饭，一天还要 100 元工钱。"

"这么说，就你们老两口自己爬树摘八角？那不是很危险吗？"

"一直都这样啊，我们那点生活费，还有孩子们的学习费用，全靠那几十棵八角树供应。几乎每年都有人从树上跌下来。没有办法，在农村就是这样，再危险，我们也得爬到树上去。"

黄文秀听了，久久没有出声。她知道爬上八角树是多么危险。八角树是一种高大乔木，四季常绿，数十年生八角树树干直径可达 40 厘米，树冠高一二十米。其木质坚而脆，缺乏韧性木质纤维，易折断。八角的收获季节漫长，这使得八角产区的村民们不得不长时间泡在八角树上。俗话说，常在河边走，哪有不湿鞋，爬树采摘八角时存在着极大的安全隐患。

黄文秀说："黄叔，下次要摘八角，您打电话给我，我们几个一起过来帮您摘。"

黄仕京说："谢谢黄书记！摘果那点小事，我们两口子目前还能对付，就不劳烦您。只是，我没什么文化，也没啥办法，日夜焦虑不安，吃不下，睡不着……"黄仕京哽咽了，这个被贫困生活压得喘不过气来的老农止不住流下了泪水。

这一幕让黄文秀吃了一惊，忙问："这是怎么了，黄叔？有我们在，您有什么困难告诉我们，我们一起来帮您解决。"黄文秀掏出纸巾递给黄仕京。

黄仕京接过纸巾，平复了一下心情，说："文秀书记，您也看到了，我这两个孩子都在上大学，这两笔费用就像山一样压着我。以我们这样的家庭条件，能供一个上大学就不错了。我甚至想，让其中一个辍学回来打工，供另一个继续读书。"

黄文秀说："黄叔，我正要和您说这事。我们这次到长沙屯就是来帮你们解决这些问题的。你们家的情况我已经想到了解决的办法。照目前情况来看，我们可以给您申请雨露计划，由政府来帮助您，解决您的后顾之忧。总之，您可千万别让其中一个辍学。"

黄仕京眼前一亮，问道："文秀书记，您说的是啥计划？"

"雨露计划。"黄文秀解释说，"您目前的情况属于因学致贫，针对这一类贫困户，国家有相应的帮扶措施。"

黄仕京一听，急切地问："文秀书记，您快说说，那个什么计划到底是怎么帮扶的，能帮扶多少钱？"

黄文秀说："雨露计划。我这里有文件，我给您念念。"她立即打开公文包，找出一份文件。

雨露计划是一项由扶贫部门通过资助、引导农村建档立卡贫困户初中、高中毕业生和青壮年劳动力接受学历教育和技能培训，提高扶贫对象的素质，增强就业创业能力，实现脱贫致富的扶贫培训计划。

黄文秀说："黄叔，根据您家的实际情况，两个大学生在享受国家教育资助各项政策的基础上，每个人可以一次性获得补助5000元，也就是说，您家可以得到1万元补助。"

黄仕京听完，不敢相信自己的耳朵，反复问道："1万元，我没听错吧？真的有1万元？"

黄文秀说："黄叔，您没听错。您看，这是政府文件，白纸黑字。您把两个孩子的电话给我，这事由我来给您办理。另外，国家还有一些相关的教育资助项目，如国家奖学金、国家励志奖学金、国家助学金、国家助学贷款等，等我回到村里，一项一项给您查看，符合标准的，我们就申请。总之，两个孩子上大学的费用您就不用发愁了。"

听了黄文秀的解释，黄仕京笑了，他没想到，在这个穷苦的山村还会有这样的好事。那种兴奋的感觉，就像在黑暗中摸索了很久，终于看到前面有一束亮光。

黄文秀看了看外面，雨渐渐停了，该准备回程了，她掏出300元钱，递给黄仕京，说："黄叔，这是我们仨的饭钱，请您收下。"

黄仕京拒收，他说："文秀书记，再穷，这顿饭我还是请得起的。"

黄文秀说："黄叔，我们扶贫干部都有明确的纪律要求，不拿群众一针一线。您如果不收下饭钱，我们下次还怎么好意思在您这儿吃饭？"

黄仕京接过黄文秀的 300 元，嗫嚅半天，一句话也说不出来，双手颤抖，忍不住放声大哭起来。

黄文秀知道，这是一个村民激动和感激的心声，这是她来到百坭村后留在记忆中最深刻的一幕。

黄文秀决定，再和黄仕京聊一会儿，让他平静下来。"黄叔，我们仨的手机号都留给您，如果需要我们过来帮忙，您随时给我们电话。反正我有车，只要在村里，我们都会赶过来。"说着，黄文秀把三个人的手机号写在一张纸上，递给了黄仕京，嘱咐他："收好，别弄丢了。"

黄仕京接过纸条，小心翼翼地揣在怀里。他终于平复下来，对黄文秀说："我们这个屯远离村镇，是百坭村最偏远的地方，平常很少有人到这里来，屯里的这几十户人家几乎被人遗忘了。从来没人像您这样，对一个山沟里的农民嘘寒问暖。以后，我们一家听您的，您让我们做什么，我们就做什么。"

黄文秀心里很高兴，说："黄叔，我回去之后，找科技人员过来查看一下，看看这里有什么项目可以开发。总之，有我们扶贫干部在，幸福的日子一定会到来。"

黄仕京说："文秀书记，我还有个事想不明白。听大家说，您是大学毕业，还是北京回来的研究生，一个姑娘家，在北京那样的大城市找不到工作吗？怎么会到这么偏远的农村来呢？吃苦受累不说，整天跑这山沟，山路很危险啊！我之所以这么问您，是因为我的孩子毕业之后也面临找工作的问题，我真的好奇您当初的选择。"

黄文秀说："好啊，我愿意把我的一些想法告诉您。我也是山里长大的孩子，党和国家培养我上大学，目的就是要我们学以致用，用知识改变家乡的落后面貌。我们百色市是全国脱贫攻坚的主战场之一，还有很多的贫困户没有脱贫，作为共产党员，帮助大家脱贫，发展生产，过上幸福生活，是我应尽的责任。习近平总书记说过，在扶贫的路上，不能落下一个贫困家庭，丢下一个贫困群众。就我个人来说，大学毕业后，能够在大城市找到适合自己的工作，那当然好。但是，大家都去大城市，我们农村怎么办？现在看来，我当初的选择是正确的，我们农村缺少各种各样的人才，这是事实，但这也是我们大学生面临的一次机遇、一次挑战，我们来到农村，就是一颗鲜活的种子，可以尽情施展自己的才华。总之，现在的农村真是一片广阔的天地，可以大有作为，在这里，大学生完全可以实现自己的人生理想。"

黄仕京问道："像您这样回到农村工作的大学生多不多啊？"

黄文秀说："像我这样回乡工作，带动乡亲们脱贫致富的大学生太多了。"

黄仕京说："这多好啊，我马上打电话给两个孩子，要他们好好学习，争取在学校申请入党，学成归来，让我们这个小山村也变个样。"

黄文秀说："好，下次等他们放假回来，我们再一起聊聊。"说

带领北京师范大学的暑假实践学生进行调研

带领北京师范大学哲学学院的暑假
实践学生到村民家中走访

组织村里的孩子们开展活动

组织开展百坭村村规民约吟诵比赛

完，与黄仕京老两口挥手道别。几个月后，黄文秀接到黄仕京的电话，他在广西医科大学上学的女儿已经向党组织递交了入党申请书。

天黑了，雨也停了。黄文秀三人离开了长沙屯，开车回百坭村村委。打开车窗，她看到车灯映照下的青山、道路闪着光芒，空气中满是山野的清香。

■ 和风细雨，一片真情献百坭

"跟你说了你能帮我们解决问题吗？来了这么多第一书记都没让我们村富起来，你一个女娃娃就能行？别在这儿耽误工夫了，赶紧回城里享福去吧。"听到村民们这么说，我觉得心里憋屈，搞不懂为什么我辛辛苦苦地翻山越岭，走村串户，老百姓却对我这么排斥。

我找到了村里的老支书向他请教，老支书语重心长地对我说："黄书记，你刚来老百姓对你还不熟悉，他们不愿意与你深聊，你也要理解他们。农村其实是一个熟人社会，老百姓跟你熟了，自然就接纳你了。"如何才能跟老百姓熟起来？那天晚上回到宿舍，我一宿没睡着。要想让老百姓愿意接近我，就得让老百姓觉得我和他们是一样的。

——摘自《从"新手"到"熟路"》，黄文秀／文

原载《中国扶贫》2019 年第 7 期（总第 345 期）

黄文秀帮助韦世双整理好申请小额贷款的材料后，回到百坭村村委，她决定吸取教训，把那些漂亮的衣服、裙子、皮鞋收起来。有一件心仪已久的鱼尾裙，买了很长时间一直没机会穿，裙上的吊牌都还没摘掉，她把裙子抚摸了几遍，毅然放进了衣柜最底层。然后，她到百坭村小超市买了两双运动鞋、两双水鞋、一双凉鞋、一顶草帽和两件普通的 T 恤，她准备从外形上让自己变得更普通、更亲民一些。

走出村委，所有人都感觉黄文秀变了，那个穿着好看衣服的黄文秀变成了衣着朴素的村姑，村委的小伙子们感到很失落，都在悄悄议论，黄文秀怎么变了啊。

外形变成村姑的黄文秀，内在气质没有变，她还是那个爱笑的阳光女生。黄文秀想，为了更好地融入村民中间，我把自己当成村民中的一员，村民应该不会拒绝我了吧。

带着这样的想法，黄文秀信心满满，又开始了贫困户的走访工作。让黄文秀万万没想到的是，这一次入户走访却直接吃了闭门羹。

这回黄文秀要走访的贫困户叫韦元根，他们家致贫的主要原因是缺技术。韦元根两口子都是文盲，两个孩子一个在上学，另一个初中毕业之后在广东东莞打工。他们家一贫如洗，仅靠两亩玉米地维持生计。以前也有帮扶干部介绍韦元根到城里打工，可他无法适应城里生活，不是遇到电梯不知如何使用，就是经常迷路认不清方向，最后只好回来了。

黄文秀把车停在路边，走了一段山路，来到韦元根的家，见大门关着，却未上锁。黄文秀站在门前喊："韦元根，在家吗？韦元根！"

黄文秀喊了半天，无人应答。她心想，也许出门或下地去了。

这时，从不远处走来一个穿着校服的女生，说："阿姨，您别喊了，他在里面睡觉呢。"

被叫了一声"阿姨"，黄文秀愣了一下，转念一想，也对，自己现在就是个村姑的样子。她笑着问道："同学，你叫什么名字？"

"我叫韦兰花。"

"这大白天的，你怎么知道韦元根在屋里睡觉呢？"

韦兰花说："我是他邻居，他整天没事做只能睡觉。我来帮您叫醒他。"韦兰花把门推开，果然看到屋内有一张床，韦元根正躺在上面。

黄文秀有点来气，心想，我叫门半天，你都不应一声？故意装睡的吧。黄文秀告诫自己，他是贫困户，是我的帮扶对象，任何情况下都要保持冷静，保持微笑。或许他有什么不得已的原因，弄明白再说。

韦元根坐在床上，连打几个呵欠，懒散地看了眼站在门口的黄文秀，也不说一句话。他下了床，趿拉着拖鞋，慢吞吞地走到门口，只是扶着门框立在那儿，并没有让黄文秀进屋的意思，啥也不说。

黄文秀走上前，自我介绍："韦大哥，我是百坭村新来的第一书记，叫黄文秀。我这次来就是想和您聊聊家里的事，您爱人在家吗？"

　　韦元根仿佛没听到似的，眼里一片迷茫，黄文秀等了半天也不见他开口。

　　黄文秀转身问韦兰花："兰花，他这是怎么了？平常就这样吗？"

　　韦兰花说："也差不多吧。有时他到外面去打工，没几天就被人送回来了。"

　　"他爱人去哪了？"黄文秀问。

　　"可能去地里了。要不，我帮您去叫她？"

　　"不，我们一起去。"黄文秀刚说完，就听见砰的一声，韦元根又把门关了。

　　那一刻，黄文秀心里有点堵，她实在想不明白这是为什么，自己好心来帮扶他脱贫，他却是这种态度。

　　韦兰花领着黄文秀来到一块玉米地。韦元根的爱人陈大姐正在地里忙活，地里的玉米刚一尺多高，正是需要施肥的时候。

　　黄文秀主动打招呼："陈大姐，我来帮您。"

　　陈大姐见一个陌生女子来帮忙，感到有些意外，也不说话。黄文秀拿着小锹，在玉米旁边挖个浅坑，再把肥料放进去，盖上土。韦兰花也没闲着，过来帮忙浇水。

　　这些农活黄文秀都不陌生，毕竟是农村长大的孩子。化肥施完了，水也用完了，黄文秀已汗流浃背。

　　这一切把陈大姐看呆了，什么时候来了个田螺姑娘？

　　黄文秀从包里拿出一条毛巾，擦了擦脸上的汗。一看韦兰花脸上也有汗，就把毛巾递给她："兰花，你也擦一下。"韦兰花也不客气，接过毛巾擦了一把脸，再递回给黄文秀。黄文秀跟没事似的，直接把毛巾搭在了颈间，这下，完全是个农民的样子了。

黄文秀说："陈大姐，我是百坭村新来的第一书记，叫黄文秀。我想和您聊聊家常。"

陈大姐茫然地看着黄文秀，摇摇头，说了一句话。黄文秀一下子没听懂，问韦兰花："刚才她说什么？"

韦兰花说："她说，听不懂您说的话。"

黄文秀说："我说的是普通话啊。"再一想，她明白了：当地人说方言，我听不懂他们说的话，他们也听不懂我说的话，难怪韦元根一言不发。

这时，黄文秀才意识到自己遇到了一件相当麻烦的事，语言不通。这可不是小事，那么多山里人，总不能天天带着翻译吧？怎么办？黄文秀一时也想不出什么好办法。眼前只能请韦兰花做翻译，既然来了就先把韦元根家的问题解决。韦兰花爽快地答应了。

来到韦元根家，黄文秀通过韦兰花，告诉老两口："我是新来的第一书记，我想帮你们脱贫。没有钱没有技术，都没关系，只要你们肯做，我保证你们今年能够脱贫。"

韦元根终于开口说话了："黄书记，这是不可能的。我们家这么穷，怎么可能脱贫呢？"

黄文秀回答："贫穷并不可怕，只要我们有信心，脱贫并不难。请相信我。"

韦元根说："那我凭什么相信你呢？"

黄文秀用手指着自己胸前的党徽说："我是共产党员，帮助你们脱贫是我的工作和责任。"

韦元根说："那好，我问你，就我们家这种状况，你用什么办法来帮我们脱贫？"

黄文秀说："您的这些问题，我们都考虑到了。我现在有几个项目可以让您来选。第一，养鸭。考虑到你们家的实际情况，我建议您可以与其他养鸭户合股成立合作社，我们贷款给您买鸭苗，技术方面由合作社请专业人员来指导和定期检查。你俩还可以到合作社打工，负责打扫卫生，这样每个月不但能拿到工资，养鸭下蛋或卖鸭还有利润分红。第二，种沙糖橘。方法和养鸭一样。这两个项目您看怎么样？"

韦元根说："有这样的好事吗？扫扫地也能拿工资，怎么觉得像做梦一样呢？"

黄文秀看到，韦元根迷茫的眼里忽然有了惊喜的神色。她知道，这事算是谈成了。

离开韦元根家，黄文秀并没有立即回村委。她把车开到梁建念家，向老支书请教关于方言的事，如果方言问题不解决，将直接影响扶贫工作的进度。

梁建念说："乐业县同乐、甘田、花坪、新化四镇和逻西、逻沙、幼平、雅长四乡是百色方言最复杂的地方，主要有桂柳话、平话、客家话、壮话、勉金方言、苗语，其中又以桂柳话为主。要解决这个难题，最简单、最省事的办法就是带翻译。如果不想带翻译，那就只能从头学。"

黄文秀说："那就学吧，多学会一种语言，工作起来也方便。"

黄文秀说到做到，她请梁建念找了一个会讲方言的中学老师，开始了艰难的方言学习。先从基本会话开始，再针对扶贫的主题强化训练。几个月下来，黄文秀已能用方言与村民进行面对面交流。她在日记中写道："我发现我的方言进步了，可以和贫困户完全用桂柳话交流。今天到百果屯入户走访，发现自己的方言真的有所进步。"

在频繁的入户调查过程中，吃闭门羹是家常便饭，有时还会遇到各种各样的不理解和刁难。这时，黄文秀总是保持镇定和微笑，她时刻提醒自己，我是一名共产党员，群众有意见说明我有的工作可能没做好，或做得不到位。

有一天，黄文秀刚回到村委，就看到办公室里有两个人在争吵。一个是村支书周昌战，一个是贫困户王本全。听了一阵，黄文秀才听明白是怎么回事，王本全来找周书记，强烈要求把他纳入低保户。

王本全："周书记，我家里那么穷，你为什么不给办低保？"

周昌战："刚才和你讲过了，困难户不一定就可以享受低保。"

王本全："可我家里实在很困难啊，日子都过不下去了。低保的事你得给我办。"

周昌战："我已经把低保的标准A、B、C三大类都给你念了，一条条给你讲解了，你说说，你家的情况符合哪一类呢？"

王本全："周书记，你行行好，要不，就给我办一个短期低保吧。"

周昌战："短期低保你家也不符合要求。你家里既没人生病，也没其他特殊情况啊。"

黄文秀听到这儿，说："周书记，让我来和他聊聊。"

王本全心里本来就有气，忽然看到一个女娃坐到他对面想和他说话，更加来气，很不耐烦地说："你是谁，你管得了事吗？"

黄文秀说："我是百坭村新来的第一书记，叫黄文秀。你有什么困难和我说，我管得了事。"

王本全用狐疑的目光上下打量黄文秀，露出一脸的不屑，说："这里没你的事，小小年纪就当第一书记？看你这样子，还没找婆家吧，我跟你聊？一个女娃家，我跟你说了，你能帮我解决问题？快让开，别影响我和周书记谈话。"

周昌战说："该说的都说了，你还是先回去吧。"

王本全忽然变了脸色，情绪激动起来，用手指着黄文秀和周昌战气愤地说："你，还有你，你们都是一伙的，合起来欺负我这个老实人，我要告你们！还有，你们不是要填那个扶贫手册吗？没有我配合，我家那个本子你们一个也别想填。算你们狠。我不会来找你们了。你们不是很厉害吗？也拜托你们，千万别来找我，哼！"

黄文秀和周昌战望着王本全离去的背影，一时说不出话来。那一刻，不知为什么，黄文秀觉得痛心。王本全家的情况，她也有所了解，够不上低保标准这也是事实。可当王本全离去时，她心里还是感到一种无言的难受。是被他冤枉"欺负老实人"？不是。被误会、被冤枉的事多了，群众对扶贫工作认识不到位很正常。申请低保在农村很常见，几乎每隔几天就有人来申请低保，符合标准的就办，不符合标准的就不受理。王本全的要求可能有点过分，但都耐心解释了，为什么他还会那样愤怒？

一想到王本全离去时绝望的眼神，黄文秀心里就堵得慌。她反复在想，为什么会这样，问题的根源又在哪里？黄文秀决定去找梁建念老支书，想听听他的看法。

到了梁建念家，他正在院子里捅水池的下水管。他说："文秀，你先坐一会儿，我马上就好了。"

黄文秀问："梁老，您还会这个？"

梁建念说："一年三百六十五天，天天用水池，有时会堵塞很正常。我把管道疏通一下就又能正常用了。所以'堵和疏'可是我们生活中最有用的一个哲学呢。"

听老支书这么一说，黄文秀忽然灵感闪现，她明白王本全为什么会这样了。她迫不及待地和老支书道别，直接驱车来到王本全家门口。

王本全听到门外有汽车声，出门一看，是黄文秀，立即进屋，关门，任黄文秀怎么拍打门板，就是不开门。黄文秀心想，这家伙还挺顽固的，行，这次不肯见，我下次再来。

过了几天，黄文秀再来。一切如故，不见。

黄文秀再来。还是不见。

第四次。黄文秀照例拍打王本全家的门板，说："王大哥，这是我最后一次来。你再不开门，我下次就不来了。"等了一会儿，屋内仍不见动静。

黄文秀说："王大哥，那我走了，再见。"说完，回到车上，驾车离去。

王本全躲在家里，心想，我就不开门，你们不给我办低保，扶贫手册我就不签字。我不签字，你们的任务就完不成，看看谁狠。听到黄文秀开车离去，他心想，谁叫你老是来烦我，也让你吃吃苦头，我们穷人也不是那么好欺负的。

估摸着黄文秀的车开远了，王本全这才打开房门。家里还有老母亲躺在床上，问他："本全啊，你这大白天的，又关门又开门，什么事啊？"

王本全说："阿妈，村里一个干部老来烦我。我出去看看，她是不是走远了。"王本全走到屋外的村道上，查看地上的车轮印，心想，终于走了。

当王本全回到屋里，立即被眼前的一幕惊呆了，黄文秀正在喂他的老母亲喝水。怎么回事，刚才她不是走远了吗？

其实，黄文秀并没有走远，她把车开到屋后停下，然后下车，悄悄转到屋前，趁王本全出门后进了屋。

王本全的母亲说："本全，快给黄书记倒杯水。"

此时的王本全还是黑着脸，问道："我们家这么穷，为什么不能享受低保？"

黄文秀说："看你这样，也不是很笨的人。要不是老母亲躺在床上，你也会外出打工是吧？一个大男人，把低保看得像命似的，就是把低保给了你，你好意思要？"

王本全不出声。他也在纠结，为了每个月几百元的低保闹成这样，现在可能全村人都知道了，够丢人的。

黄文秀接着说："我之所以一而再再而三上门来拜访，是因为我看中你的聪明、勤快。我相信，若在平常，你不会为了每个月几百元的低保在村里闹得沸沸扬扬的。没办成低保，我认为是件好事。如果真的把低保户的牌子挂到你家门口，别人会怎么看你，你心里受得了吗？"

听了黄文秀的一席话，王本全觉得，可能自己真的做得过分了。自己有手有脚，身体没有任何毛病，却要政府给低保，确实说不过去，低保户都是些老弱病残的困难家庭。王本全沉默不语。

黄文秀见王本全不说话，知道他的思想有了转变，便趁热打铁继续说："国家扶贫政策多得很，靠低保只能解决基本生活，要脱贫还得自力更生，不等不靠，自己干出成绩才光荣。没办成低保，不代表没有其他帮扶措施。我可以告诉你，国家对种果树的村民还有产业奖补资金。你种果树吧，不但能脱贫致富，国家还有奖励，这比低保强多了。"

王本全听了，急切地说："黄书记，我决定种果树，你帮我算算，国家有多少奖补？"

黄文秀问："你家有多少地可以用？"

王本全想了一下，说："大概有 3 亩地可以种果树。"

黄文秀拿出《乐业县以奖代补特色产业项目分类奖补标准》，翻看一下，说："我初步估计，可以得到 7000 元的产业奖补资金。"

王本全说："黄书记，这些扶持政策我不知道，还和你们闹情绪，现在想起来，真是惭愧。你代我向周书记说一声，下次到村委，我向他道歉。"

组织百坭村的党员开展活动

参加党员大会

参加工作会议

组织开展百坭村大学生经验交流分享会

黄文秀说:"我们工作也有做不到位的地方。下一步,我给你联系种果方面的技术人员,你们对接一下。目前村里都在种猕猴桃和沙糖橘,你也可以考虑。"

王本全说:"黄书记,这事就这么定了。从现在开始,我要做一个百坭村的果农。"

黄文秀说:"做果农也要做好吃苦耐劳的准备。我们的目标不仅仅是脱贫,还要致富奔小康。"

后来,王本全把3亩地全部栽上了猕猴桃(两年苗),当上了名副其实的果农。黄文秀也兑现承诺,帮他寻找帮扶政策,争取到了产业奖补资金7000元。经过一年多的努力,王本全家顺利脱贫。

周昌战问黄文秀:"黄书记,王本全那个'刺头',你是怎么说服他的?"

黄文秀说:"这就是我们常说的'堵和疏'的工作方法。王本全没当上低保户,心里'堵',那时他是绝望的,我们要想办法去'疏',因势利导,给他希望。当绝望变成希望,一切难题就迎刃而解了。"

自从驻村以来,黄文秀的身影就一直在乡间村屯活跃,没闲过。百坭村的村庄分布比较散,好几个屯距离村委都在10公里以上,全是陡峭的山路,最远的那洋屯要走13公里山路。黄文秀用两个多月时间,把全村跑遍了,将全村贫困人口的情况都掌握在手中,摸清村情民意,把脉致贫原因,为将来的发展打下了基础。

■ 春回大地，碧草连天黄金叶

黄文秀在百坭村开车驶过乡野，经常看到一个奇怪的现象，一些田野里出现一排排整齐的田垄，田垄上长着一些碧绿的菜芽。有一次和村委干部入户走访，黄文秀问同车的村委会主任班智华，那些地里长的是什么菜？怎么没见过？

班智华回答："那不是蔬菜，是刚长出新叶的烟苗。"

班智华说得轻描淡写，黄文秀心里却有点激动，立即停车说："快下来看看，我们村还有这样的产业？"

"我们村种烟叶的人还不多，但我们新化镇却是乐业县的烟草大户。"班智华说。

"班主任，你家也种烟叶了吗？"黄文秀问。

"种啊，有10多亩吧。"班智华回答。

"怪我疏忽了，我们放着这么大的金疙瘩不闻不问，却在四处跑项目、寻产业、找市场，这不是捡了芝麻丢了西瓜吗？今天我们哪都不去，就在这田间地头办公。班主任，你算是老烟农了，今天你当老师，我当学生，你把百坭村烟草种植的来龙去脉给我讲讲。"黄文秀觉得，这是她来百坭村后最让她兴奋的一件事。

班智华说："黄书记，烟草这事头绪太大，一时半会儿也不知道说啥。要不，我们回村里，大家一起商量商量？"

黄文秀想了一下，先把烟草的事弄清楚再入户也不迟，说："行，你先召集村两委，我们回村开会，专门讨论烟草的事。"

百坭村村委办公室里，村两委班子人员都到齐了。黄文秀主持会议："请大家静一静。开会之前，我给大家看一样东西。"说着，黄文秀从口袋里拿出一包云烟。她把烟放在鼻子下面嗅了嗅，点点头，说："我不抽烟，但今天到会的人每人发一支，声明一下，开会时不能抽，只能闻闻香味。"

干部们悄悄议论，黄书记这是唱的哪一出啊？以前从没见她发过烟啊。

"黄书记，您这是发工资了吗，还是发奖金了？"

"今天啥也没有发，主要是高兴。"

"您有喜事？"

"差不多吧，对我来说，可谓大喜事。我整天在找项目、找产业，可就没发现，我们村还有烟草产业。今天召集大家来，就是请大家畅所欲言，谈谈我们村扩大烟草种植规模的可行性。所有人都要发言，不要求具体，只要关于种烟草的，想到什么就说什么。我先点将，班主任是我们村的老烟农，先请他给我们普及一下烟草知识。"

班智华发言："在座的村委干部，也有不少人家里种烟草，只是一直都没有形成规模。经过黄书记这一点拨，我觉得与其向外找扶贫项目，不如大力发展烟草种植，所以，我支持。"

接着，班智华阐述了支持的理由：一是国家支持发展优质烟草种植；二是烟草产业统购统销，不存在销售问题；三是比较其他扶贫项目，烟草产业具有短、平、快的特点，可以做到当年生产、当年收益，通常情况下，从移苗栽种到收割也就半年时间，见效快，贫困户能快速脱贫，从扶贫角度来说是一种非常理想的脱贫利器；四是乐业县生态环境、气候条件适宜，是优质烟草理想的生长区。

周昌战说："我在新化镇曾和几个种烟大户聊过，也知道一些情况。你们知道是哪个牌子的香烟用了我们乐业的烟叶吗？告诉你们吧，就是黄书记给我们的云烟。长期以来，乐业县烟草品种主要有'云烟85''云烟87''K326''红花大金元'等。但是，烤烟病虫害的发生率呈逐年上升趋势，这也是农户不敢种烟草的主要原因之一。"

村妇女主任韦玉行说："我家也种烟草。感觉就是收益短、平、快。以前想过种猕猴桃，据说也是当年或次年收益，但苗价太贵，苗价低的要等三四年才挂果。百坭村的烟草之所以没有成为主要产业，与村民的观望态度有关，大家分散经营。烟草种植技术含量相对高，烤烟更需要技术。村民中也有不愿意种烟草的，原因是价格虽相对稳定，但没多少收益，而且劳动强度大。从农历正月开始，二月移栽幼苗，三月田间种植，四月除草，五月成熟。烤烟是最辛苦的，白天工作，晚上大约每小时得起床一次看火堂。"

黄文秀问："韦主任，你们家种多少亩烟草？收入如何？"

韦玉行说："我家种了5亩烟草，每亩收入在2500元左右，半年就有1万多元。种烟草的好处是，时间相对灵活，只要在种植季节把烟草种好，其他时间可以自己安排，照顾家庭和劳动收入两不误。如果还能租到地块的话，我还准备扩大种植面积。"

黄文秀问："我们这里的地理环境得天独厚，非常适宜种烟草，而且统购统销，国家又支持，这么好的扶贫产业就摆在我们面前，我们为什么不进行产业升级，扩大规模呢？从现在起，我想在我们村扩大烟草种植，并打造成百坭村的特色产业，大家把这事议一议，正反两方面都说一说。下午，我去新化镇向周洁分队长汇报这事。"

黄文秀主持的这个"烟草大会"开得很成功，大家畅所欲言，最后一致同意，扩大百坭村的烟草种植规模。

事不宜迟，当天下午，黄文秀带着扩大烟草种植计划来到新化镇，找到脱贫攻坚工作队分队长周洁。

周洁听了黄文秀的汇报很高兴，表示支持百坭村大力发展烟草生产。周洁说："文秀，你的眼光很准，在短时间内就找到了脱贫的重武器。说起烟草生产，我们新化镇的农民是乐业县第一个敢于吃螃蟹的人。2001年，新化镇试种烟草26亩，获得成功，从此一发不可收。目前一共种植烟草2200亩，其中县、镇人大代表种植烟草面积就达1310亩。所以，百坭村也可以如法炮制，由干部带头，发动群众种烟草，这样就可以大大缩短贫困村摘帽的时间。"

黄文秀说："周队长，我想到烟草种得比较好的村子去参观一下。"

周洁说："没问题，我们新化镇主要烟草区在磨里村、伶弄村、仁里村等地。这样吧，我给磨里村的村主任罗永新打电话，你现在就可以去找他。我还要开会，就不陪你去了。"

黄文秀来到磨里村，举目所见都是一望无际的烟草田。碧绿的烟草长势喜人，一行行，一垄垄，整整齐齐，看着就让人舒服，仿佛满眼都是春天。

磨里村村委主任罗永新是磨里村烟草产业的带头人，他带着黄文秀到烟草地里参观。

"罗主任，我们百坭村也想扩大烟草种植面积，您得帮帮我们。"黄文秀说。

"我是县、镇人大代表，为民办实事责无旁贷。希望新化镇的贫困户尽快脱贫，我们的目标是一致的。"罗永新说。

近年来，罗永新带领磨里村贫困户积极种植烟草，将自身积累的技术和经验悉数传授给烟农，不仅如此，他还帮助烟农解决贷款、土地流转、烤房建造等实际困难。目前，磨里村烟草种植面积已稳定在500亩以上，其中10亩以上的种植大户有20余户，解决劳动力就业90余人。在他的带领下，贫困户纷纷加入烟草种植行列，从事烟草种植的贫困户从2017年的25户增加到41户，每户种植面积最少的也有3亩，最多的达11亩，现在磨里村已成为乐业县有名的烟草种植大村。

看到磨里村蓬勃发展的烟草产业，黄文秀心里暗暗着急。她说："罗主任，你们磨里村都开始进行土地流转种烟草了，可我们百坭村面对这么好的产业，还只是单打独斗、零星种植，我心里着急啊。"

罗永新安慰她说："黄书记，您别急，烟草是个短、平、快的产业，半年时间就可以完成从育苗到收获的过程。所以我建议，您回村后先统一贫困户的思想，也可以先流转部分土地做试点，至于生产技术，镇上有烟草站，技术员有的是。还有，如果需要我亲自出马，您一个电话，我随即就到。"

"谢谢罗主任！百坭村的烟草产业还得请您帮扶一把。"黄文秀心里充满感激。她在磨里村看到了希望，对于百坭村发展烟草产业也充满了信心。

说干就干，在新化镇烟草站技术人员的帮助下，黄文秀雄心勃勃，开始实施扩大百坭村烟草种植规模的计划，她把此计划命名为"百坭烟草工程"。根据现有的土地情况，黄文秀测算了一下，计划在未来两三年内，百坭村的烟草种植面积争取达到250亩左右，这样，大部分贫困村民就可以脱贫，还能解决一部分村民的就业问题。

让黄文秀始料未及的是，百坭烟草工程这么好的脱贫致富项目，经过动员之后，本以为村民们会积极参与，踊跃种植，却没想到，有一些村民并不响应。黄文秀感到困惑。

为弄清原因，黄文秀决定走访贫困户。经过几天的努力，终于明白了其中缘由。

原来，有一些私营企业的老板派人到各村进行宣传，鼓励村民加入"辣椒项目"，并承诺高价回收。他们不断给村民进行"技术普及"，宣称一斤辣椒多少钱，每亩能收多少斤。总之，这些宣传"辣椒项目"的口头禅就一句话，种辣椒比种烟草划算。一些缺乏市场和社会信息分析能力的村民被人一忽悠，就稀里糊涂改种了辣椒。

得知这个情况，黄文秀很着急。后来一想，村民们都已种下辣椒，再劝他们改种烟草也不合适。而且，如果种辣椒真有那么高的收益，那也值得恭喜，甚至把"烟草工程"改成"辣椒项目"亦未可知。

但是，百坭村的贫困户当中大多数村民还是相信黄文秀，选择了种烟草，不为别的，就因为她是第一书记，无论哪方面都比较靠谱，跟着她干没错。

贫困户班龙排是名残疾人，两个孩子一个读高中、一个读初中，家中还有一位老人。黄文秀推荐班龙排种烟草，班龙排说："黄书记，我有5亩地，全部用来种烟草。"

黄文秀说："行，我们先种5亩试试，如果收益尚可，我们再想办法扩大种植面积。我相信，种烟草脱贫没问题。"

百坭村村民韦峰灵，家里三个孩子两个上大学、一个读高中，负担非常重。黄文秀到百坭村后，了解到韦峰灵还不是建档立卡贫困户，认为像这样的家庭属于典型的因学致贫，是可以列为贫困户的。黄文秀和村两委班子研究，把韦峰灵家与情况类似的韦瑞章、韦灵德等三户家庭同时列入贫困户，再上报工作组。如今这三户贫困户共培养出四名大学生。

黄文秀对韦峰灵说："我们百坭村正在大力发展烟草产业，种烟草有稳定收入，我建议你也种。"

韦峰灵说："黄书记，我听您的，我把所有的土地都种上烟草。"

贫困户班华纯，家里有三个读小学的孩子，还有一位老人。看到他家的情况，黄文秀说："以后小孩上学需要用钱的地方很多，不多攒点钱，就算现在暂时脱贫，以后还会返贫的。种烟草是个不错的选择，你可以先租点地，种点烟草。"

班华纯听从了黄文秀的建议，在技术员的指导下，种了8亩烟草。

种烟草与种辣椒变成了一场竞争，看谁能入主百坭村。黄文秀决定，让时间说话。她密切关注两种植物的生长，不时到田间地头去观察，等待时间来裁判。

半年多的时间过去了，这场烟草与辣椒的竞争也有了最后的结果。宣传种辣椒的老板以不符合技术要求种植和辣椒达不到标准规格为由拒收辣椒，造成大量积压，卖不出去。许多椒农叫苦连天，懊悔不已，只得来找黄文秀，希望把椒田改成烟田。

黄文秀觉得，这是市场检验的结果，不能怪椒农，谁也不是神仙。面对椒农的难题，黄文秀决定，在网上帮椒农们销售辣椒，尽量挽回他们的损失。

同时，黄文秀关注的几个烟农也有了收获。2018 年，班龙排家种植烟草 5 亩，因面积小，收入不足，没有脱贫。2019 年，在黄文秀的帮助下，班龙排扩大了种植规模，种了 10 亩烟草，黄文秀说，今年脱贫那是铁定了。

2018 年，韦峰灵家种植烟草 12 亩，当年实现脱贫。2019 年，在黄文秀的鼓励下，韦峰灵将种植规模扩大到 20 亩，年种植烟草收入也从 34661.17 元增加到 63390.38 元，2020 年有望实现小康。

2018 年，班华纯家种植烟草 8 亩，当年实现脱贫。在黄文秀的建议下，班华纯还利用自己搞建筑的手艺，在空闲时打零工，帮助老乡建房子、铺地板，也有不少收入。如今他们家不愁吃、不愁穿，日子越过越红火。

黄文秀清醒地意识到，种烟草虽经济效益不错，但也有一定的技术要求。烟农们常说："种好黄金叶，种坏一把草。"意思是说，如果种好了，那就是黄金一样的叶子，价格高；如果种不好，比如遇到虫害、旱涝等，最终枯萎了，那就连一把草都不如。

2018年6月的一天，黄文秀接到脱贫攻坚工作队分队长周洁的电话："文秀，我们新化镇烟草站将在6月11日至17日召开为期七天的'跟着专家学烘烤'的烟叶技术培训，由乐业县烟草专卖局举办，你来不来啊？名额有限，烘烤师、烟技员只有15个名额。你来的话，我可以给你安排。"

黄文秀很想去跟专家学习，可是，七天时间太长，抽不开身，她就安排了村里的一个年轻人前往培训。

不能参加培训，不代表黄文秀放松了对烟草的关注。为了深入了解烟草产业，黄文秀从网上购买了大量的烟草种植技术书籍，如《烟草史话》《烟草栽培》《广西烟草史》《广西烟草病害识别与防治图谱》等。通过阅读和积累，黄文秀学到了很多烟草方面的知识。后来，新化镇烟草站技术人员与黄文秀交流时，对她丰富的烟草知识感到震惊，还问她学的是不是烟草专业。

黄文秀回答说："种烟草既然是我们村的主要产业之一，那就要熟悉烟草的整个生长过程，出现问题才知道如何应对。"因此，烟草生长的每个阶段黄文秀都要进行细致观察，有点空闲时间就去亲自打理，连打顶抹杈这项技术她都能熟练操作。

一开始，黄文秀问韦玉行："韦主任，烟草最难的技术活是什么？"

韦玉行说："大体上有两个，一个叫打顶抹杈，另一个就是烤

中共乐业县信访局支部与百坭村党支
部开展结对联建活动

带领村两委干部进行考察

向村民宣传扶贫政策

考察中

烟。这两个学会了，基本上就是行家了。"

黄文秀说："这事你得帮我，我想学技术，成不了行家，至少也要成为一个合格的烟农吧。"

韦玉行说："这好办，到了时节，我带你下烟田。"

就这样，黄文秀跟着韦玉行首先学会了打顶抹杈。这门技术看起来难，但明白原理之后就简单多了。

打顶抹杈是提高烟叶产量和质量的关键。打顶，就是去除叶烟茎顶部的花；抹杈，就是去除烟叶腋上长出的腋芽，都是为了有效控制烟草内部营养的无谓消耗。

韦玉行一边说，黄文秀一边记录，还一边问："顶花长多大就可以打顶了呢？""腋芽长多长就可以抹去呢？"韦玉行又一一作了解答。

黄文秀这才知道，烟草生长过程中的学问实在太多了。无论是打顶过早，留叶过少，还是打顶过晚，留叶过多，都会影响烟草生长，降低烟叶的质量。

黄文秀还学会了烤烟。俗话说，烟叶生产，三分栽七分烤。为提高烟农的收入，提升烟叶品质，到烤烟季节，黄文秀先与镇烟草站联系，让技术人员来到田间地头和烤房进行现场培训，蹲点指导，以确保烟叶生产取得丰收。而她自己则每次入户走访时，只要看到烟田边上的烤烟房里有人在忙碌，就会停下车，进去询问烤烟情况，打听烟叶行情。久而久之，黄文秀的烤烟技术越来越好，可以熟练地分拣烟叶，掌握温度，控制火候。

2018年，百坭村烟叶大丰收，取得良好的销售成绩，有9户贫困户靠种植烟草脱贫，贫困发生率由 22.88% 下降到 2.71%。进入 2019 年，又有部分贫困户种植的烟草长势不错，有望顺利脱贫。

正在烘烤烟叶的贫困户看到黄文秀进烤房，满脸喜悦地望着刚刚打开的炉门，红红的火苗映照着她青春秀丽的脸庞，当她看到满屋挂着金灿灿的烟叶时，眼里放射出脱贫致富的希望之光。

■ 跋山涉水，清溪倒照映山红

在百坭村，黄文秀全心全意扑在带领贫困户脱贫致富的这条主线上。她要帮助贫困户找到适合发展的产业，如猕猴桃、沙糖橘、油茶、甜竹、烟草等；有了项目，缺资金的还得筹集资金，然后派技术员跟进，面对面进行技术指导；最后丰收了，还得帮助贫困户寻市场，找客户。这些还不算，每家每户都有许多不同的困难与琐事，黄文秀要一一上门核实情况，然后想出对应措施与解决办法。

除此之外，一有时间黄文秀就主动帮助贫困户做家务、搞卫生；到田间地头和农户一起耙田、施肥、插秧、种果树；帮着村里跑项目，争取政策扶持，硬化道路，建饮水池；带领群众种杉木、沙糖橘、八角等，建起标准化果园；帮助村里建立电商服务站，为贫困户销果创收；等等。

百坭村的气候环境非常适合种植水果。2014 年，百坭村那用等几个屯种了 1800 亩沙糖橘，但因缺乏技术，产量、质量都不高，再加上交通条件制约，收益并不乐观。后来果园一直疏于管理，村民已失去信心。黄文秀来百坭村之后，挨家挨户走访了一个多月，并根据县水果专家的意见，决定让百坭村重拾沙糖橘产业。她对村支书周昌战说："我尝了我们这的沙糖橘，比别的地方口感好。县里水果专家也认为，只要科学管理，目前百坭村的沙糖橘完全不愁销路。"

这样，百坭村再次开启了沙糖橘产业项目。为让村民无后顾之忧，黄文秀把技术人员请到果园，手把手教农户管护果树。久而久之，县里面的技术人员都成了百坭村的常客。

百坭村有个村民叫梁家忠，说到黄文秀，他记得："黄书记有一次要入户调查，她想进门，我关门不让她进来。结果，她什么事都做不了。当时，我不相信她。"后来，黄文秀上门次数多了，梁家忠为之感动，终于开了门，让她进去。

黄文秀了解到，梁家忠曾经为两个孩子都考上大学而兴奋不已，不想却因学费问题让他们家陷入贫困。黄文秀说："国家现在有雨露计划，我帮你申请资助。两个孩子可以补助 1 万元，这样，你们家负担就能减轻很多。"黄文秀帮忙填写的申请表上交不久便获批准。梁家忠长长地松了口气，逢人就夸，说新来的黄书记不一样，她是我们贫困户的知心人。

而黄文秀却在 2018 年 5 月 30 日的日记中写道："我还不够勇敢。"她觉得，只有勇敢地面对现实，才能真正做好第一书记。

后来，黄文秀了解到，村民态度生硬并非完全针对自己，有的山屯距离村委近十公里山路，手机没有信号，网络也不通，村民有了急事赶到村委，有时却找不到人，无论是谁都会愤怒。黄文秀立刻把村两委干部召集起来开会，宣布一项决定："从现在起，实行

带领村民发展沙糖橘产业

指导村民种植沙糖橘

考察沙糖橘生长情况

邀请专家指导村民发展沙糖橘产业

帮助村民采收沙糖橘

村干部轮值制度，规定每天都要有一个村干部在村委值班，以保证村民在第一时间能找到人。"

在百坭村村委附近有一家小卖部，主人叫黄美线。2017年，黄美线的丈夫因病去世，仅医药费就花了10多万元，不但遭受精神打击，而且一家人的生活也因此跌入谷底。黄文秀知道此事后，立即从村委走到黄美线家。她仔细分析了黄美线家的情况，觉得这是因病致贫的贫困户，在政策范围内有帮扶空间。最后，黄文秀想了个办法，为黄美线贷款5万元开了这家小卖部，既方便村民，也让黄美线有了相对固定的收入。

百坭村者乐屯村民韦乃情，在黄文秀的帮助下申请到3万元小额贴息贷款，买了种子和树苗，在自己家20亩的土地上种上了新品种油茶。如果不是黄文秀的日记记载，我们无法想象，为了这户贫困户脱贫，黄文秀先后12次来到韦乃情家进行沟通，共想脱贫办法。这12次入户，除了商量种油茶，黄文秀还做了哪些工作呢？

一次，黄文秀看到，韦乃情的孙子快一岁了，还没上户口，她说，这事我来帮你办吧。然后，她带着材料来到新化镇，把这事给办了。

又一次，2019年春天，韦乃情家添丁，是个孙女。黄文秀赶过去，收齐材料，再次到新化镇把上户口的事给办了。

再一次，韦乃情的孙子忽然生病，打电话给黄文秀，希望她帮忙开车送孙子就医。黄文秀二话不说，立即驱车赶来，把孩子送到镇医院，当时韦乃情没钱交费，黄文秀毫不犹豫就先垫上了。黄文秀一次又一次的帮忙，让韦乃情感动得热泪盈眶，他说，文秀这样的第一书记，真是比我女儿还要亲。当然，韦乃情也用自己的勤劳来报答黄文秀无私的帮扶之情。如今，韦乃情家已顺利实现脱贫。

在其他地方，12 次登门入户调研并不算多，只要道路畅通，就没那么辛苦。但是，这里是崎岖的山路，稍一下雨，谐里河河水猛涨，道路冲垮、塌方、滑坡、泥石流等事故时有发生。

2019 年 4 月的一天，一阵暴雨之后，通往者乐屯的道路又被冲垮了。当时，黄文秀到韦乃情家入户调研，结束后开车回村委，没想到遇到道路坍塌，汽车陷入谐里河边的泥坑里，进退不得。黄文秀前后左右察看车况后，再次发动车子，加大马力，想冲出泥坑。然而没用，车轮在坑里高速旋转，就是冲不上来。高亢沉重的马达声像骏马嘶鸣，引来了附近村民围观。

有人认出来了："黄书记，这不是黄书记吗？"很快，黄书记车子陷坑的消息传遍了整个村。

韦乃情得知情况后也赶来了。他高声喊道："黄书记，您不用担心，我们来帮您！"一个村子几十号人，男男女女都拿着铁锹、撬棍赶过来了。所有男人来到汽车边，有人大喝一声："我们抬也要把汽车抬上来！"

这些纯朴的村民像在拯救自己的车子，他们齐心协力，用最笨拙的办法，呼喊着号子，一步一步，小心翼翼地挪动汽车。多么壮观的场面，号子嘹亮，震动山野。

终于，汽车离开了泥坑，村民们满身的泥浆。韦乃情说："黄书记，可能还要下雨，您早点上车回去吧。"

黄文秀没看清楚自己的车子是怎么离开泥坑的，她早已被这些纯朴的村民感动得泪流满面，什么话也说不出来。她向所有村民深深鞠了一躬，心里说，这辈子，遇到你们，真好！然后转身，驾车离开了者乐屯。

没行驶多远，前面的崖壁上飘下一帘瀑布，正好在路边，是个天然洗车的地方。黄文秀把车停在瀑布下面冲洗。突然，她透过车窗看到旁边山坡上有一片鲜红，那是什么？

黄文秀把车停在路边，走过去一看，啊，映山红！多么漂亮的映山红！山脚下有条小溪，清冽如镜，倒映着山上红艳艳的花朵。

黄文秀心想，我怎么没注意到山上还有这么漂亮的映山红？

这时，有个背着竹篓的长者经过，黄文秀问道："请问老人家，这片映山红是野生的吗？"

长者看了看，笑道："姑娘，你不是我们乐业的吧？我跟你说，我们这边的山岭上，走到哪里都有映山红，眼前的这一片都不值一提。"

黄文秀问："您是说，山里面还有更大片的映山红？"

长者自豪地说："我们乐业县就是映山红的故乡。姑娘，有机会去同乐镇看看，那里有原始的映山红，成千上万亩，那才叫壮观。"长者说完，径自离去。

黄文秀走到这片映山红中间，感觉周围一片红在四处蔓延，就像掠过树梢的阳光，走到哪里，都是万山红遍。

■ 青春无悔，一片丹心献百坭

乐业近日进入雨季，周六通往乐业县的道路凌云段的下伞段发生了塌方，情况非常危急。我得到消息后，马上联系村支书，让其时刻关注百坭村的情况。这个周末过得十分紧张。星期天晚上和自治区的第一书记拼车回乐业，星期一上午从那伟屯绕路回去，才成功于下午2点回到百坭村。

——摘自《黄文秀驻村日记》2018年6月25日，星期一

乐业县的气候很特别，多雨，一年四季空气都是湿漉漉的。进入6月，雨季到来了。

2018年6月下旬，百坭村里好几条路都被塌方阻断。黄文秀第一时间组织了几个村干部，一起去疏通道路。在黄文秀的工作中，修路占据了很大一部分。百坭村有五个屯在山上，尽管早在几年前就修好了通往屯里的砂石路，但砂石很容易被雨水冲走，每到下雨天，路面都会变得泥泞、坑洼不平。再加上常有泥石流、滑坡等自然灾害，村民的出行就更加不易。

2019年6月14日，周五，午后。

接连几天的强降雨，百坭村的许多村道被冲毁。黄文秀从早上到下午都在查看灾情，一直忙到下午1点半才结束。她把村屯道路受灾的情况一一记录，并交给村委相关干部立即上报镇委，请求尽快处置。13：56，黄文秀发了一条微信朋友圈："工作记录，下村查看水利设施，缓和群众情绪！"

回到百坭村村委，黄文秀找到周昌战，说："周书记，我下午

回趟老家田阳，父亲上个月做了第二次手术，我一直没回去看一下。每次打电话回去，他们都说一切都好，其实，他们是不想让我分心。"

周昌战说："去吧，村里有我先顶着。"

自从黄文秀来到百坭村后，周昌战一直支持黄文秀的工作，两人合作默契。正是因为有了周昌战这样优秀的村委干部的全力配合，黄文秀对百坭村的许多构想才得以实现。

黄文秀说："这几天老下雨，村里的防汛工作得做仔细些，请周书记多费点心！"

周昌战说："每年到这个季节，我们这里都是下雨。这几天我会派人到各村屯查看。你就放心回去吧。"

黄文秀离开百坭村，来到新化镇政府，找到脱贫攻坚工作队分队长周洁："周队长，向您请个假，回家一趟，看望一下父亲。"

"很久没回去了吧，回家看看父母，这是应该的。你一个人，路途远，要不要派个人送你一下？"

"谢谢周队长，大家都忙，派人就不用了，这点困难我能克服。"

在周洁眼里，黄文秀还是个小姑娘，年纪轻轻的就当了第一书记，负责一个村的脱贫工作，也难为她了。周洁常常说，文秀是新化镇唯一的女第一书记，我得保护好。

在黄文秀眼里，周洁像个大姐，一直关心她、照顾她。黄文秀平常有什么心事、有什么难处，都喜欢找周洁商量。

"请周队长放心，我会准时归队。"告别周洁之后，黄文秀离开新化镇，前往老家田阳县田州镇。

从新化镇出发，经过凌云县城、百色市，最后抵达田州镇，如果走高速公路，全程只有150公里，一个多小时，但收费近百元；如果走G212国道，全程将近180公里，但要四个小时左右。黄文秀觉得走高速有点贵，自己就那么点工资，不如把这些钱省下来加油，反正晚上就能到家，早一点迟一点关系不大。于是，黄文秀选择走国道。

走国道，就意味着选择了一个漫长的旅程。没关系，黄文秀的车上有几盘CD，都是好听的歌，一盘接一盘，全部听完，也就到家了。

几盘CD里面，有一盘是红色歌曲，黄文秀百听不厌，其中有《映山红》《十送红军》《红梅赞》等。特别是《映山红》，这是黄文秀最熟悉的曲子，她可以用吉他弹唱。她想起有一次，在谐里河畔的山坡上，那映山红盛开的壮观情景，如同电影画面一幅幅浮现在她的眼前。

黄文秀到达田州镇的时候，先到附近的一家超市给父亲买了一些补品，有白桦树茸、蜂王浆等。此时的田州镇已是万家灯火，黄文秀长长地舒了一口气，老家，我回来了。

其实，田州镇并不是黄文秀的老家，真正的老家在田阳的大山深处，那里缺水少地、交通闭塞。1989年，父亲黄忠杰带着母亲黄彩勤、姐姐黄文娟和哥哥黄茂益，离开了贫瘠的大山，来到田阳县郊区，在这里开荒种田，安上新家。也在这年，黄文秀出生了。

黄彩勤患有先天性心脏病，干不了重活，全家的生活重担都落在黄忠杰肩头。作为家中的顶梁柱，黄忠杰每日上山干活，带着家人种植甘蔗、芒果，养猪、牛和马，尽管家境清贫，但他一直相信勤劳能够致富。

2016 年，黄文秀硕士研究生毕业，正值人生的十字路口，有几份不错的工作可以选择，但她还是决定回到家乡。她的决定得到了黄忠杰的支持，他说："是国家资助你才能完成学业的。你是共产党员，就要听党的话，回到家乡来，好好做点对国家有用的事。"

家中原来有三间小瓦房，作为百色市引进人才的黄文秀获得了一笔 5 万元的安家费，她拿出其中的 3 万元给家里，再经几方筹集，建起了一栋两层的红砖房。家里房子建起来了，钱也用完了，至今内外都没有装修，还是田州镇的贫困户。

黄文秀家于 2016 年底脱贫。如今，房子还是毛坯形式，二楼的房间未安装门窗，客厅里摆放着一台老式电视机、木椅、几口大锅及一些杂物，堪称家徒四壁。

天早已黑了。黄文秀终于回到家里。因为回家之前打过电话，母亲一直在等她吃晚饭。黄文秀来到父亲房间，轻轻地说："阿爸，我回来了。"

黄忠杰正躺在床上休息，见女儿回来，想起身，黄文秀忙制止他："阿爸，您躺着。"

黄忠杰心疼地说："阿秀啊，你瘦了，在百坭村是不是很辛苦啊？"

黄文秀说："阿爸，我现在能吃能睡，您放心吧，瘦不了。"

黄文秀吃过晚饭，和母亲聊了一会儿家常，就各自回房休息。到了家，彻底放松下来，黄文秀很快进入梦乡。

2019年6月15日，周六。

黄文秀早早起了床，帮助母亲烧饭、洗衣服、打扫卫生，又给父亲熬药、喂药。侄儿也在这里，黄文秀耐心细致地给他辅导功课。

到了中午，有百坭村的果农打电话给黄文秀，说家里还有一些芒果没卖掉，请黄书记帮忙想点办法。

黄文秀二话不说，立即打开微信，发布了一条卖芒果的信息（2019年6月15日11：24）："百色芒果尝一口！品味在北回归线一带附近发生的夏日故事。"

一家人吃过午饭，黄文秀拿出一只银手镯，给母亲戴上。

"阿妈，我给您买了一只银手镯，戴上试试，看看是不是合适。"

黄彩勤脸上露出喜悦的笑容，倒不是因为银手镯，而是因为文秀越来越懂事、越来越孝顺了，这比送什么都高兴。她拿着银手镯，看了又看，爱不释手。她看到上面有几个字，问道："文秀，我眼睛看不清，手镯上面刻的是啥字啊？"

文秀说："女儿爱您！"

黄文秀把银手镯给母亲戴上。黄彩勤笑得很开心，满脸幸福。

2019年6月16日，周日。

黄文秀还是早早起了床，帮母亲做饭，为父亲熬药、喂药，陪父亲聊天。今天是父亲节，她把在百坭村工作的情形讲给父亲听。

黄忠杰很喜欢听这些乡村小故事，他告诉女儿："我们家也曾经是贫困户，所以我知道贫困户的难处。你在那里要用心做事，贫困户大多数没什么文化，你要有耐心，多站在对方的角度想问题，就可以避免许多矛盾。"

黄文秀说:"阿爸,您的这些话我都记在心里了。您先休息一会儿,我去帮阿妈做午饭。"

黄文秀在家里忙忙碌碌,一直没有停过。饭后,黄文秀把给父亲买的白桦树茸、蜂王浆等交给父亲:"阿爸,给您买了点补品,希望您早日康复!"

黄忠杰说:"你这娃子,不要浪费钱,省着点花,都三十的人了,要攒些钱,留着结婚。"

黄文秀说:"阿爸,百坭村不脱贫摘帽,我就不会谈个人的事。"

黄忠杰还想说什么,黄文秀不理他了,打开手机发了一条微信朋友圈(2019年6月16日12:47):"今天恰好是父亲节,这算是老头子的父亲节礼物吧。节日的意义在于纪念,同时又要懂得反思和总结!每年定期带家人做次体检吧,尤其肝功能这一块。平时自己也可以买鸡骨草、岩黄连煮水喝,随着年纪的增长,身体不再是吃顿好的、早睡一点就能恢复的了。"

黄文秀微信朋友圈的动态,永远定格在了这一天。

一直到下午3点多,黄文秀忙完了所有家务,说:"阿爸,我正好在家,现在有点空,我给您洗头。"

黄文秀一边给父亲洗头,一边跟他聊天,她问起姐姐和哥哥的情况。黄忠杰告诉女儿,姐姐一家在柳州生活,哥哥两口子在广东打工,把侄儿留在这里,他们的日子过得都不错。

黄文秀给父亲洗完头,侄儿说:"姑姑,我也要你帮我洗头。"

黄文秀说:"好,好,一会儿就给你洗。"就在黄文秀准备换水时，手机铃声急促响起。

"喂，是黄书记吗？我是百坭村的村民，昨夜我们这里下暴雨，洪水冲垮了道路，有人困在村子里出不来。"

"请待在家里，没有特别要紧的事不要出门。我立即向周昌战书记了解情况。"

"喂，周书记吗？我是黄文秀。现在村里是什么情况？"

"黄书记，我是周昌战。我们这里连降暴雨，到处都是山洪，多处道路被冲毁，情况比较严重。"

"请周书记坚持一下，我立即回村。"

黄文秀的脸上露出严峻的神色，她对父母说："阿爸阿妈，我们村山洪暴发，很多村民被困住了，我得赶回去。"

黄忠杰："那就赶紧回村吧，发洪水可是大事，我这里你不用担心。"

黄文秀："那我回村了。阿爸阿妈，你们多保重，等有空了我再回来。"

黄忠杰："阿秀，山洪无情，你一定要注意安全！"

黄文秀："阿爸阿妈放心吧，我去年经历过一次山洪，有经验，我会保护好自己的。"

黄文秀迅速收拾好行李，向父母和侄儿告别，挥挥手离开了田州镇，向百坭村疾速驶去。

谁也没料到，这是黄文秀和家人的最后一次见面，这一挥手，便是生死两隔，竟成永别。

从田州镇出发至百色市的路上，大雨倾盆。黄文秀从来没见过这么大的雨，能见度很低，雨刷根本不管用，挡风玻璃上一片模糊。在这种情况下，只能放慢车速，缓缓前进。

到百色市后，黄文秀还是选择走G212国道，驱车先往凌云县。

夜色越来越暗，雨越下越大。黄文秀想先找个地方停车避一下雨，或者找个酒店住下来，第二天再回百坭村。但是，黄文秀很快否定了这两个方案，今夜必须回到百坭村，那里是山区，洪灾易发，村民们需要她。越想心里越是不安，黄文秀决定，继续前进。而且，看手机定位，再有几公里路就到凌云县城了。

黄文秀的车子行至G212国道通鸿水泥厂路口至弄孟屯路段，突然，前面的路上出现了可怕的一幕，她立即紧急刹车，定睛一看，吓出一身冷汗。

前面的路没了，洪水冲垮了路段，对面一辆试图穿过洪水的小车，瞬间像树叶一样被洪水卷走了……

眼前的一幕来得太突然了。此时，黄文秀想起自己是广西云的通讯员，她要尽快把这令人揪心的洪水溃路事件上报。

2019年6月16日晚11∶43，黄文秀给广西云客户端发去了一段拍摄于凌云塌方路段的11秒灾情视频，并配有解说"现在已经过不去了……"。视频里，山洪咆哮，剧烈的闪电撕破夜空，轰隆的雷鸣令人战栗。这个时候，黄文秀还不知道，这个雨夜竟是她生命的最后一个夜晚。

面对如此险境，黄文秀隐隐感到了某种不安，她把眼前的险情通过微信发送到群里。

黄文秀在 11：43—11：54 之间，留下了三句话——

友人：好危险

黄文秀：有一辆车已经被水冲走了

友人：还是不要贸然涉水

黄文秀：我不懂怎么办了

友人：不应该走夜路

黄文秀：希望还能有吸取教训进而改正的机会

此时此刻，黄文秀意识到，自己已到了非常危险的境地。

2019 年 6 月 17 日，周一，凌晨。

00：12 黄文秀把 11 秒短视频也发到了家族群里。此时已是子夜时分，大部分家族人都睡了，无人应答。

00：16 她发了一条信息：我遇到山洪了，两头都走不了，雨越下越大，请为我祷告吧。

姐姐黄文娟看到了视频和留言，立即回复：我会为你祷告的，你自己也要祷告呀！

此时的黄文秀进退两难，前面路断了，还有滚滚洪水；返回的话，回哪儿，这里距离百色市已经 50 多公里了。

黄文秀想起了百坭村，如此暴雨，村里情况不知怎么样。黄文秀心里着急，暗暗拿定了主意，克服困难，继续前进。

但黄文秀知道，仅凭自己一个人，无法通过眼前被冲溃的道路，必须找人帮忙才能渡过洪水。

黄文秀把车子的双闪打开，她估计后面应该还有车子继续过来。等了一会儿，果然，从后视镜里看到有一辆小车越行越近，停在了她的车后。

黄文秀立即下车，冒雨来到后面的小车旁，拍打车窗。

小车里有两个人，一个是凌云县公安局交警大队副队长席道怀，另一个是司机吴师傅。

"席队长，我是乐业县百坭村的第一书记黄文秀，我有急事赶回村里，能不能请你们开我的车，帮我渡过这段洪水？"

席道怀对黄文秀说："这样，我去开你的车，在前面探路。黄书记，你坐到我的车上来，由吴师傅带你过去，他是专职司机。"

席道怀来到黄文秀的车上，通过手机告诉后面的吴师傅："我先蹚水过去，开远点，在前面等你们。"

席道怀开着黄文秀的车，小心翼翼地过了洪水路段，安全到达对面。席道怀打电话给吴师傅，却发现信号没了，手机里听不到任何声音。他想着，那就等等吧，他们一会儿会赶上来的。

5分钟过去了。10分钟，半小时……后面的车一直没跟上来。

席道怀发现事态不妙，决定立即返回，去找他们。

当席道怀返回塌方路段时，发现缺口被洪水越冲越大，洪水越来越猛，而对面什么也看不见。

席道怀判断，他们可能出事了。他立即开车到凌云县向上级部门报告险情。

2019年6月17日，早晨。天亮后，凌云县的救援队迅速赶到塌方现场，开展救援工作。救援队找到了一些失联人员，却没有发现黄文秀。

在这个风雨交加的夜晚，百坭村也受到暴雨影响，断了电，通往村里唯一的路也被塌方阻断。上午，村干部准备开会，村主任班智华等人见黄文秀还没回到，电话又联系不上，班智华就开车出发，往凌云县方向找人。

这天，从早上到晚上，仍未找到黄文秀。凌云县出动300余名公安、武警、消防人员继续搜救失联人员。

2019年6月18日下午，百色市蓝天救援队到现场增援搜救。

经过努力，搜救人员终于传来消息，在很远的一处河道里发现了一具疑似黄文秀的遗体。后经指纹比对，确认乐业县新化镇百坭村第一书记黄文秀不幸遇难。一辆黑色汽车翻在一旁，同车的吴师傅一同遇难。

如果，黄文秀不那么着急回百坭村，在家多陪父母住一个晚上；或者，她遇此险情，返回百色市住一晚；再或者，哪怕她留在车上打个盹，等天亮后摸清情况再回村……无论哪一种选择，都不会造成如此无法挽回的后果。

然而这世上没有那么多如果，在危险面前，一个年仅30岁的共产党员，她没有退缩，没有想着自己，她心里牵挂的，是百坭村那2000多名村民。所以，她义无反顾地选择了前进。她是一名群众交口赞誉的扶贫干部，更是一个有知识、有文化的青春榜样。黄文秀在大学里学的是思想教育专业，她用自己的生命在中国的大地上、在家乡的土地上，为我们上了一堂生动的思想教育课。她勇敢地冲向脱贫攻坚战场，把自己变成了脱贫攻坚道路上一块坚硬的铺路石。

不幸因公殉职之后，黄文秀的扶贫事迹通过各种媒体传遍全国，引起强烈反响。

中共中央总书记、国家主席、中央军委主席习近平对黄文秀同志先进事迹作出重要指示表示，黄文秀同志不幸遇难，令人痛惜，向她的家人表示亲切慰问。他强调，黄文秀同志研究生毕业后，放弃大城市的工作机会，毅然回到家乡，在脱贫攻坚第一线倾情投入、奉献自我，用美好青春诠释了共产党人的初心使命，谱写了新时代的青春之歌。广大党员干部和青年同志要以黄文秀同志为榜样，不忘初心、牢记使命，勇于担当、甘于奉献，在新时代的长征路上作出新的更大贡献。

山村脱贫逞英豪

——记上林县西燕镇北林村第一书记王英豪

　　王英豪，1989年生，汉族，河南新蔡县人，中共党员，主任科员。2016年6月毕业于东南大学，研究生学历。2016年7月通过广西定向选调生招录选拔，由广西壮族自治区党委组织部选派到广西壮族自治区住房和城乡建设厅工作。

　　2018年3月由广西壮族自治区党委组织部选派到上林县西燕镇北林村任第一书记。2018年、2019年连续两年考核为"优秀"等次，2019年2月荣获2017—2018年度"上林县脱贫攻坚先进个人"（贡献类）荣誉称号。在北林村任第一书记期间，王英豪积极多方筹措资金2000多万元大力开展基础设施建设，北林村2018年实现整村高质量脱贫摘帽，被评为自治区首批乡村风貌改造示范村、自治区县级现代特色农业示范区、自治区三星级党支部、县级文明村，村集体经济收入突破65万元。

■ 面试改变命运

2015 年 12 月 13 日下午，上海同济大学四平路校区，一场关于选调生的面试正在进行。

上午，王英豪已进行了笔试，并不难，考前准备得很充分，所以笔试非常顺利。笔试分数没出，下午又要进行面试。午饭后，王英豪前往四平路，进入同济大学校区考场。面试官有四人，分别来自广西壮族自治区党委组织部、广西壮族自治区人力资源和社会保障厅。

进入面试房间，王英豪在四位面试官对面位置坐下，先自我介绍："各位面试官好！我叫王英豪，今年 26 岁，老家在河南驻马店市新蔡县，东南大学土木工程学院硕士研究生即将毕业，中共党员。今年我报名参加了广西选调生考试，现已准备好接受面试。"

"英豪同学，我们是来自广西壮族自治区党委组织部、人力资源和社会保障厅的干部。欢迎你报名参加广西选调生考试。现在请你回答几个问题。第一个问题：你是驻马店人，为什么不报名家乡的选调生考试？难道，你不爱家乡吗？不想把家乡建设得更好吗？"

王英豪一听，有点蒙，第一道题就这么难？略做思考，王英豪回答："我们驻马店人都很爱家乡，这毋庸置疑。据我所知，很多 985、211 大学毕业的驻马店学生，毕业之后都报名参加家乡选调生考试，希望回到家乡，参加家乡建设。而我是一名党员，愿意把这样的机会让给他们，所以我放弃了报名参加家乡选调生考试的机会。但这并不代表我不爱家乡，我觉得，爱家乡可以有多种方式。

比如，我选择在外地工作，我的一言一行、工作表现等，做好了，同样可以为家乡增光添彩。"

四位面试官相互对看一下，未置可否，接着问："第二个问题是，其他省份各方面的条件都要比广西好，你却没选，为什么要选择报考广西的选调生呢？"

这个问题王英豪心里有底。通常，不论报考哪个地方的选调生，这个问题是必考的，所以王英豪也做了很多功课。他说："如果比条件，其他省份条件好，那也是相对的。就是说，别的省份有的，广西可能没有，但广西有的，其他省份也不一定有。广西拥有得天独厚的生态资源，我看到有报道，广西壮族自治区人民政府已经批复同意了《广西生态经济发展规划（2015—2020年）》，生态经济是广西今后发展的方向，这与党中央、国务院关于加快推进生态文明建设的意见十分契合。同时，桂林山水甲天下，世人都知道广西山水风情之美，我本人对广西也充满向往，我更倾向在一个生态宜人的环境中工作和生活。基于这样的想法，我选择了广西。"

"第三个问题：你对广西了解多少？"

"各位面试官，在广西的各个地方都有我们河南人的身影，报考广西的选调生之前，我通过在广西的河南人或驻马店老乡的微信群，了解他们在广西生活的实际情况，这是我下决心报考广西选调生的主要原因。"

"你在老乡群里都得到了哪些关于广西的信息呢？"

"第一个信息，就是广西人的包容。广西除了有很多河南人，还有许多东北人、福建人，大家都在广西生活，并没有陌生感，大家都认为：广西具有很大的包容性，特别是南宁，可能是南方最不排外、最有包容性的一座城市。第二个信息，就是广西的水果很丰富。老乡们都说，真想不到，在广西，几乎每个月都有新鲜水果吃，这让我惊喜，因为我从小喜欢吃水果，我们家有棵酸枣树，枣没熟呢，我就开吃了，到了广西，本土的荔枝、龙眼、芒果等，据说价格很低，都是现摘现吃，这在全国也不多见吧。第三个信息，嗯，不好意思，是我个人的一点私事，就不在这里说了吧。"

"没关系，可以说来听听，也许，我们还能帮上忙呢。"

"谢谢面试官。我听说广西女孩吃苦耐劳，很勤奋，老一辈革命家邓颖超同志就是南宁人。所以……所以，我想在广西找个媳妇。"

四位面试官都笑了，看了看王英豪，看得出小伙子在考前做了不少功课。

"现在还有最后一个问题：如果到社区进行普法教育，有居民提出，你们的志愿者里面有非法律专业人员，要求你们停止宣传，你是负责人，应该怎么处理？"

王英豪没想到，最后一道才是难题，自己既没准备，复习材料上又没出现过，怎么办？不过，大学生进社区做活动，每年都有好几次，比如"6·5"世界环境日，王英豪曾和同学们到社区进行过宣传。可是普法宣传的活动却没做过，这道题该怎么回答呢？

"各位老师，我虽没有到社区进行过普法宣传，但我曾有进社区做过世界环境日的宣传活动。如果到社区进行普法活动受到拒绝，我觉得这本身就是居民法律意识淡薄的一种表现，说明这个社区更需要普法。我会耐心解释，告诉这位居民，全社会都需要普法和守法，社区普法宣传是法制教育的一种有效途径，我们普法宣传队至少由一名法律专业人员与志愿者组成。志愿者都经过普法专业培训，是我们普法宣传的重要力量。到社区进行普法宣传的同时，我们可以给社区群众现场解答邻里纠纷、合同纠纷等问题，普及维权等法律知识，同时增强群众学法、懂法、守法、用法意识。"

机会往往都是留给有准备的人。王英豪的面试得到了四位面试官的一致认可，并让他回去等消息，一旦达到录取分数线，即可前往广西报到。

■ 抉择：北方与南方

2016 年 5 月，王英豪取得了东南大学的毕业证书。6 月，王英豪报名参加广西选调生的笔试和面试，以高分获得通过。这一刻，他的人生之路开始通向南方，他将从此和广西结下不解之缘。

但是，王英豪心里还有个不踏实的地方，那就是父母的意见。王英豪没把参加广西选调生考试一事告诉父母。直到研究生毕业，回到河南新蔡县家中，他仍没有告诉父母。现在，笔试和面试都通过了，如果父母得知他将要去广西工作，会做何感想？不过，这事迟早都要说的。

终于有一天，王英豪一家团聚，就在吃饭时，王英豪把准备去广西工作的事和家里人说了。

首先反对的是大哥："广西我去过。那地方你不能去，一个是太远，二个是饮食不习惯。我们这边全是吃面食，广西那边一天三餐全吃米粉，你哪能习惯呢？还有，那地方热，一年四季像在火炉里烤，基本上没有冬天。你看我们驻马店多好，四季分明，啥面食都有，价格也不贵，你去那么远干啥呢？"

大姐这天也从漯河市回到了娘家。当她听说王英豪要离开家乡去广西工作，有些不高兴，说："英豪，东南大学好歹也是全国名校，你的土木工程专业目前十分吃香，你可以问问你的前几届校友，很多现在都拿高薪呢！"

二哥说："听说广西那地方很穷，你有个好文凭，无论是在驻马店还是在郑州，找个好工作一点也不难。何必去那么远的地方呢？"

母亲说："你大哥二哥说得对，我和你父亲年纪大了，有个病啊痛的，也希望你们能在身边照料。孔夫子都说，父母在不远游，你还不是远游，你是去工作去生活。为啥不能选个近点的地方呢？"

父亲原是中学老师，他是全村人心中的楷模，五个子女个个考上了大学，人人都羡慕。父亲沉默良久，抽了半包烟，等大家都说得差不多时，他才咳嗽两声，大家就都安静了，知道他要发言。

父亲说："我是个老共产党员，我的想法和你们的不一样。我和你们的母亲还没到七老八十的年纪，用不着你们天天围在我们身边。我支持英豪到广西工作。有句话叫什么来着？是雄鹰就要展翅高飞，是骏马就要奔驰草原。我有这么多儿女，留一两个在身边还不够吗？英豪有文化，就应该听国家号召，支持国家建设，这么光荣的事，我们为什么要阻止他去做呢？"

大哥："爸，您老不知道，我听说广西那地方穷。"

父亲："你只是听说，亲眼看到了吗？就算现在穷，国家不是在全国进行精准扶贫吗？党和政府能允许那地方贫穷下去？"

大哥："您不知道，英豪到广西工作，很有可能被派到农村去。"

父亲："啥？把英豪派到农村去？到农村干啥呢？"

大哥："您有所不知，现在政府派一些机关干部到农村去当第一书记，我真担心到了广西，领导会派他到很偏远的乡下去。"

父亲："第一书记？啥是第一书记？"

大哥："爸，第一书记就是国家派党员干部到贫困的山村去扶贫，让贫困村脱贫摘帽。爸，您不知道，广西那边的山村听说比我们这里要差远了。"

父亲："又是听说！如果真的当上第一书记，这是好事啊，没点能耐，国家会让你去当第一书记？你以为人人都当得了第一书记？"

一家人争论半天，最后，大家的目光全投到王英豪身上，意思是，你居然"先斩后奏"，这么大的事，也不和家里商量。

王英豪说："现在交通那么发达，距离远近不是什么大问题。广西那地方你们都没去过，什么事都是听别人说。我虽没到过广西，但报考之前我进行过调查，没有你们说的那么糟。那是个有大山、有巨川、有大海的地方，目前急需人才，正是我去奋斗的好机会，千载难逢呀。"

父亲点点头，说道："英豪，你得记住，你现在是共产党员，已经不是我们山村的小麻雀了，而是大鹏，将来无论党派你到哪儿，你都得义无反顾，别给我们王家人丢脸！"

王英豪说："爸，您就放心吧，这点觉悟我还是有的。我想趁年轻，到最艰苦的地方去锻炼锻炼。习近平总书记说过，干部成长无捷径可走，经风雨、见世面才能壮筋骨、长才干。我希望脚踏实地，从基层干起。"

2016 年 7 月，王英豪告别父母，离开家乡，一路南下，奔赴广西。

■ 榜样的力量

2015 年底，广西开展新一轮定点扶贫工作，广西壮族自治区住房和城乡建设厅（简称"住建厅"）从厅机关选派了 4 名毕业于 985 高校的年轻干部及 3 名厅属单位的业务骨干，并继续委任"十二五"优秀扶贫工作队队长、工学博士游清华为住建厅驻上林扶贫工作队队长，组成博士扶贫工作队，定点帮扶贫困村。

2016 年 7 月，王英豪来到南宁，由自治区党委组织部选派到住建厅住房保障处工作，承担保障全区城镇低收入家庭住房的责任，并负责棚户区改造等工作。2017 年 7 月，他被组织任命为副主任科员。

2017 年 8 月，王英豪接到任务，指派他参加住建厅领导牵头组成的慰问团，前往上林，对住建厅帮扶的岜独村等贫困村进行慰问。

八桂大地，骄阳似火。慰问团来到了上林县赵坐村，大家看到，村里的大片荒地上，机器轰隆隆在作业，挖塘、铺路，一派热火朝天的建设景象。

带领大家参观的人叫李文翔，他是同济大学土木工程专业博士，由住建厅委派到赵坐村任第一书记。他向大家介绍："这里是赵坐村引进的高值鱼养殖基地建设现场，将近 500 亩荒地，今年 4 月，项目正式动工，再过一个多月可投产。虽然碰上雨季，施工进度受到影响，但是项目从商谈到落地、投产，速度很快，不到半年时间。建成后这里将成为水产养殖基地，预计可带动 300 多户贫困户脱贫。"

王英豪问："李博士，请问一下，你在这里工作遇到过困难吗？"

李文翔说："说实话，我在赵坐村，遇到的困难比想象中的还要多，还要复杂。比如眼前的这块地，涉及两个村庄纠纷，因矛盾荒废将近 60 年。我对两个村进行了调解，照顾到各方面的利益，最后决定建鱼塘，让两个村都得利。"

接着，李文翔带慰问团参观了新修建的篮球场、硬化后的乡村道路、危房改造后的新房，以及澳大利亚淡水龙虾等村集体经济基地。面对乡村的变化，李文翔如数家珍，很有成就感，脸上挂满了喜悦。

王英豪第一次来到贫困村，看到李文翔所做的一切，他感到热血沸腾，心里产生了一个想法，只要有机会，一定要像李文翔那样，到贫困村去，做一个驻村第一书记。

后来，慰问团一行人到西燕镇看望了扶贫工作队队长游清华。游清华介绍了当前扶贫工作的情况，他说："南宁市上林县西燕镇岜独村、北林村，大丰镇云里村、云城村，白圩镇赵坐村、大浪村等6个贫困村，共覆盖贫困户1040户，覆盖贫困人口4312人。这些村都曾是上林县远近闻名的贫困村。2015年以前，这6个村基础设施建设滞后，农业产业结构单一，群众生产生活条件极为恶劣，大部分村民不得不背井离乡外出打工，是名副其实的空巢村、空心村。所以，我们这里的扶贫任务十分艰巨，还需要有一定工作能力的同志到这里来担任驻村第一书记。我与住建厅人事处的甘处长联系过，看过不少党员的材料，我发现选调生当中有几个能担任第一书记的好苗子。"

虽然游清华没有说明"几个好苗子"是哪些人，但王英豪看到，游队长的目光在自己身上意味深长地停留了一下。果然，在离开西燕镇时，游清华单独找到王英豪，说："英豪，我们这里最缺的就是人才，你的能力不错。这里虽穷，但能锻炼人，要想干一番事业，在这里可以大显身手。"

王英豪说："游队长，我也有这样的打算。我还年轻，想到基层磨炼磨炼。"

游清华说："那就好，我在这里，期待你的到来！"

机会终于来了。2017年10月，住建厅收到组织部的通知，要求选派优秀党员干部到贫困村担任村党组织第一书记。文件刚刚下达，王英豪就在第一时间来到人事处，把申请担任驻村第一书记的报告交给了甘处长。甘处长说："英豪，好样的，到基层去锻炼，对你来说，是个难得的机会。"

王英豪说："扶贫工作队游清华队长也找我谈过话，希望我加入他们的扶贫队伍。”

甘处长说：“游队长看中你，这是好事。但我们还得对所有申请者进行能力评估，你先回去等消息吧。”

2017年12月，王英豪申请去上林县担任驻村第一书记的报告得到了住建厅的批准。

■ 初到北林村

2018年3月20日，王英豪来到上林县北林村，迎接他的是北林村即将离任的第一书记、北京大学博士陈仕洋。陈仕洋与王英豪同在住建厅住房保障处工作，两人是要好的朋友。陈仕洋握着王英豪的手说：“英豪兄，我的第一书记两年任期已完，接下来，北林村扶贫的接力棒就交到你手上了。有你来北林村，我很放心。”

在北林村村委驻地，陈仕洋主持召开了一个小小的欢迎会，他首先向村两委干部介绍新来的第一书记王英豪，然后逐一介绍村两委干部。陈仕洋离开北林村后，王英豪搬进了他的房间。这是一幢三层楼的建筑，睡房在二楼，三楼是厨房和洗漱间，住宿条件不好，王英豪感到生活有些不方便。

经过一段时间的了解，王英豪初步摸清了北林村的基本情况。北林村共有9个庄（相当于村），每个庄有一个管理经济的“庄主”，叫经联社主任，负责庄里的土地流转、项目接洽等事务。北林村共有26个村民小组844户3508人，其中建档立卡贫困户390户1634人。王英豪看到这个庞大的数据，感到头都大了。更麻烦的是，村里的路况很差，连最基本的路灯都没有。

村里的路当地人称为"巷道"，是村民从县道回到自己家中的必经之路。这段巷道十分破旧，一到下雨天就泥泞不堪。

巷道上没有路灯。一入夜，除了有月亮的晚上，整个北林村漆黑一片。王英豪切身体会了乡村夜晚没有路灯的黑暗，吃过饭想散散步或到附近村民家中聊聊天都很困难。

村委办公条件很简陋，没有像样的会议室，开会时把办公桌拼凑在一起，大家围着坐，开完会再将桌子归位。办公室里没有空调，天热了就是开着电风扇，大家仍然是汗流浃背。

王英豪觉得，村委是农村基层组织，群众经常来村委办事，看到村委条件如此差，感觉一定不好。于是，王英豪决定，先从改变村委的形象开始。他把北林村村委需要改造办公环境的实情向西燕镇党委、政府做了汇报，希望给予重视。很快，王英豪的申请得到回复，经西燕镇党委、政府研究决定，同意拨款 10 万元，对北林村村委的办公环境进行改造。

前后用了半个月的时间，王英豪把北林村村委的一、二层楼装修得焕然一新，有了新的会议室，装了新空调。村民来村委办事，进入房间后，可以看到房屋中间的大理石台面，工作人员坐里面，村民坐外面，台面上有相关干部名字的标牌，可以办什么事一清二楚。每个村干部都配置了一张桌子、一台电脑，开会时，再也用不着把桌子搬来搬去了。

这个小小的举措，让北林村两委干部和村民对这位新来的第一书记刮目相看。

村两委的办公问题圆满解决了，可北林村的夜晚还是漆黑一片，不要说让村民跳广场舞了，任何娱乐活动都无法开展。王英豪决定先把路灯问题解决，可手上没钱，只得向后援单位即住建厅科技处求援。

王英豪在电话中说："陈处，我们村一到夜晚就黑咕隆咚的，想散步都没辙。你们科技处认识的厂家多，看看有没有做路灯的，帮我整点路灯，无论如何，村委周围几条主要街道、十字路口的路灯要亮起来。"

陈处长说："做路灯的厂家有啊，我联系一下，等会再告诉你。"因为是扶贫前线的求助，陈处长立即拨通了广东一个厂家的电话。厂家听说是贫困村需要扶贫路灯，表示大力支持，愿意以优惠价供应 100 盏路灯。

王英豪想，这 100 盏路灯哪怕是厂家优惠供应，也还得花钱去买啊。可自己手上一分钱都没有，货款从哪来呢？为了让北林村的夜晚亮起来，王英豪决定"化缘"。

以前在工作中，王英豪曾结识了不少企业的老总。几通电话打过之后，大家一听说要为上林贫困村捐款装路灯，个个解囊相助，有五六千元的，有一两万元的，可还是不够。最后，中物联规划设计研究院的罗总对王英豪说："王书记，你们在基层帮贫困村扶贫，我们企业献点爱心也是应该的。你说吧，安装路灯还差多少钱，我们院全包了。"

那一刻，王英豪感受到一种力量和温暖，他不是一个人在扶贫，在他周围有许多罗总这样的爱心人士在默默地支持着他的扶贫工作，这些人是他最强大的"后援"。

这样，路灯项目由住建厅科技处、爱心企业等数家单位通力合作，总算落实了。王英豪把这100盏路灯安排装在村委附近的主要街道和十字路口。路灯亮起的时刻，村委附近的百姓个个走出户外，望着亮堂堂的新路灯，第一次看到了灯光下的北林村。大家在路灯下聚在一起，聊聊家常，显得特别兴奋，当然，他们知道，把北林村的黑夜点亮的，是一个叫王英豪的第一书记。村民们在路灯下，传说着王英豪的名字。

100盏路灯安装完毕，王英豪仔细检查了每盏灯的质量，每至一处灯下，都能看到几张笑脸，听到几许笑声。

王英豪并不知道，他在北林村的每个村民心里，都安上了一盏明亮的希望之灯。村民都在议论，北林村来了一个不一样的第一书记，没多长时间，他就把村委的办公大楼装修一新，用100盏路灯给北林村的夜晚带来了光明。大家都说，那个叫王英豪的小伙子脚踏实地，有这样的第一书记，北林村脱贫摘帽指日可待。

■ 要脱贫先修路

在乡村常常听到一句俗语：要致富，先修路。但王英豪却是这样理解的：要脱贫，先修路。如果道路不通，车子开不进来，产品运不出去，那也白搭。无论是脱贫还是致富，没有一条可靠的道路一切就无从谈起。

王英豪到北林村时对全村道路进行了一次调研，发现很多村庄之间还是土路，而且很窄，车子根本无法开进庄里。王英豪心里明白，北林村的修路项目将是一项任务艰巨的重大工程，不是一朝一夕就能完成的。他认为只有一个办法切实可行，在缺资金、缺劳动力的情况下，那就一段一段修，先筹资金，筹到多少资金就修多少路。同时，他特别关注政府的各项扶持政策中关于修路的专项经费，因为各级政府、不同部门都会有相应的扶持资金。

来到北林村不久，王英豪就得到一个消息，2018 年中央、自治区第一批"少数民族发展支出方向"的财政专项扶贫资金即将发放，这可是个好机会，怎么着也得想办法争取。经过考察和权衡，王英豪决定在北林村太平庄塘长至米江之间修建一条长约 2 公里的砂石路。

王英豪连夜写了一份申请报告，阐述太平庄村民对于此路的迫切需求，申请资金约 30 万元。一旦道路修建成功，将解决太平庄 150 户 525 人行路难的问题。

2018 年，全国向脱贫攻坚最后堡垒发起的总攻开始了，对于各项扶贫资金的投入也达到了空前的规模，每个贫困村都有很多项目资金扶持的机会，这就需要各个贫困村第一书记发挥聪明才智，找产业，找项目，找一切可以让村民脱贫的新路子。这样的机会，王英豪绝不会放过。

很快，修建太平庄 2 公里砂石路的申请就通过了，30 万元修路资金也很快到位。前后用了三个多月时间，北林村第一条扶贫款建成的巷道竣工了，结束了太平庄烂泥路的历史。

但是，整个北林村要修的巷道实在太多，王英豪仍是多方筹措资金，例如，后援单位出资 30 多万元，南宁市财政局出资 10 多万元，采用"一事一议"的帮扶措施等，先后完成了北林村云黄庄、云池庄等巷道的道路硬化工程。

经过两年多的乡村道路修建和改造，王英豪先后为北林村争取到项目资金达 2000 多万元，其中有条 2 公里的四级公路投资达 800 万元。如今的北林村，庄庄都有平整宽阔的巷道，而且都是崭新的水泥路。

多少年来，北林村的村道、巷道给村民出行带来了无尽的烦恼。晴天时路上坑坑洼洼，早前铺成的沙土路一个坑接一个坑，因为沙土路本身就是由沙石与泥土铺成，一旦下雨，就成泥浆，道路泥泞如同沼泽。这样的路，车辆基本上无法正常通行。

村庄里的道路全部通车了，村民们非常高兴。王英豪感到路修好后，村民们的精神面貌有了巨大变化，脱贫致富的步伐明显加快了。城里的货车可以开到自己家门口，进出村庄方便多了，家中

协调解决报王庄饮水问题

养牛养猪的农户不断增加，牛、猪存栏数量也不断增多。北林村报王庄的李荣威种养农民专业合作社，目前存栏山水牛70多头，这是20多户贫困户共同参与的一个脱贫项目，他们采取产业奖补资金＋信贷资金入股的模式，年终时再以贫困户入股资金的8%进行分红。现在，报王庄的村民们决定增加山水牛的存栏数量，目标为100头。

■ 从"山洞人家"到"山水人家"

王英豪争取来的2000多万元项目资金，除了用于修路和其他基建项目，还有一个重大项目，那就是对拉敢庄精品示范村的全力打造。

2018年夏天，王英豪到北林村拉敢庄入户走访，这是他第一次来到这个小山村。拉敢庄29户116人，33栋住房，贫困户占了半数以上。

王英豪走过几家农户，总觉得这个村庄有点特别，却又不明白特别在哪儿。他走到一个空旷之处，向四周眺望，不由恍然大悟，在拉敢庄背后有一座200多米高的山，他左看右看，一下子明白了，这座山很像一头狮子。再看，越看越像。这时，身边走过一个农夫，王英豪顺口说道："老乡，庄子背后的那座山，很像一头狮子啊。"

老农看了看他，笑着说："对，小伙子，这座山就叫作狮子山。这可是我们庄的宝山啊。"

王英豪问道："老乡，您说说，这狮子山有什么宝贝呢？"

老农又对王英豪端详一会儿，神秘地说："这是我们庄的秘密，我们一般不对外人说的。"

王英豪笑道："老乡，我不是外人。我是北林村的第一书记，我叫王英豪。"

老农听了，连忙与王英豪握手，说："早就听说村里来了个王书记，原来是您啊，真是年轻有为。王书记，您来我们庄是考察什么项目吗？"

王英豪说："老乡，我来拉敢庄找一个人，他叫蒙绍球。您认识他吗？"

老农一听，笑道："真是有缘。王书记，我就是蒙绍球。您找我有何贵干？"

王英豪握着蒙绍球的手说："一直想来拜访您，前期的事太多，就拖到现在了。今天我是专程来找您的。我听上一任陈书记说，拉敢庄有个老党员，叫蒙绍球，他觉悟高，种了几十亩番石榴园，叫我主动联系您。"

蒙绍球一听，开心地笑了："难得陈书记还记得我。王书记，您有什么事需要我帮忙，别客气，请说。"

"我这次来，主要有两件事。第一，您的番石榴园能不能再扩大些规模？您看，我们拉敢庄还有那么多贫困户，我们得帮他们一把，我想让他们加入您的番石榴园，能加入几个就加入几个。第二，我可以帮助这些加入番石榴园的贫困户申请小额信贷，每人5万元。您看看还有什么困难，我来想办法解决。"

"这是好事啊，再来十个八个我都不嫌多。他们入股我的番石榴园，除了分红，我还可以请他们来做工，给他们发工资。"

"好，就这么定了。我马上动员贫困户过来签协议。"

"王书记，拉敢庄我熟，我去动员那些贫困户吧。等签协议的时候您来见证，那些贫困户也放心。"

"太好了！到时候我一定来。"

"王书记，既然来了，我带您去看一个我们拉敢庄的宝贝。"

"是什么文物吗？"

"不是文物，我也不好说，总之，肯定是个好东西。"

蒙绍球的话引起了王英豪强烈的好奇心，他跟在蒙绍球后面向狮子山走去。

蒙绍球指着狮子山，对王英豪说："王书记，此山占地 400 多亩，从我们拉敢庄一直延伸到太平庄。山脚下有个洞，我们称之为'神仙洞'。我说的宝贝就是那个山洞。"

王英豪说："山洞我也见过不少，这个神仙洞有什么与众不同吗？"

蒙绍球说："确实与众不同。很多年前，村里人家中置办红白喜事都会来'拜洞'，就是烧香拜神。大家都传说，此洞之神虽无名号，但十分灵验，因此我们拉敢庄人都自称'山洞人家'，走到哪儿，只要说到山洞人家，就是指拉敢庄人。后来，别的村庄的村民开始叫我们'山顶洞人'，唉，意思是我们庄卫生环境很差，垃圾遍地。"

王英豪说："庄里环境脏乱差，我已经看到了。这事好办，采取分段包干的办法进行清理、管护，一户人家，管好一段。"

两人边说话边来到了神仙洞口，洞口宽约 3 米，进入其中，看到大量的钟乳石悬垂倒挂，形态各异，不远处，有地下暗河流水潺潺。

王英豪来南方之后，去过一些溶洞，眼前所见，无论是钟乳石的形状还是数量、大小等，都与伊岭岩等知名的溶洞有得一比。特别是这里还有地下河，河水清澈，水中还可见游鱼。

王英豪说："果真是个大宝贝！我会把这个神仙洞的旅游开发价值向后援单位进行汇报。另外，您那近百亩番石榴园也是旅游观光采摘的好地方，有了果园，有了神仙洞，还有地下河，这里可停车、可烧烤、可露营，简直就是一个完美的旅游度假点。只要能开发出来，就可以带动整个拉敢庄的旅游产业发展。"

蒙绍球很开心，这新来的第一书记，就是不一样。

王英豪把情况向后援单位汇报后，住建厅对此十分重视，邀请旅游开发专家进行实地考察，做出专项旅游规划设计。有了后援单位的大力支持，王英豪与蒙绍球等党员干部开始对拉敢庄的环境进行专项治理，从庄内景观改造、沿河栈道、污水处理设施等三大方向，着手对拉敢庄的环境实施重大整改。

拉敢庄的村民们听说政府要开发神仙洞，奔走相告，纷纷表示支持政府的项目建设，愿意参加义务劳动。一时间，群众的开发热情高涨。在王英豪的带领下，拉敢庄 29 户村民自发开展"三清三拆"工作，拆除沿河旧房 10 处共 580 平方米。经过不到一年的建设，拉敢庄共改造 29 户 33 栋住房，村庄面貌实现了大转变。

2018年5月19日，王英豪（左一）在上林县云里村参加上林旅游节

查看太平戏台建设进度

动员贫困户经营特色农家乐

　　经过王英豪和后援单位的共同努力，拉敢庄变美了。夜幕降临，拉敢庄灯火通明，太阳能路灯散发出柔和的光芒，音乐响起，村民们在村里的小广场跳起了广场舞。

　　拉敢庄的致富路子拓宽了。看见村里一年多来的重大变化，本已迁出拉敢庄的村民现在争着要搬回拉敢庄，原来的"山顶洞人"变成了现在的"山水人家"。

　　经过住建厅的精心规划，结合拉敢庄周边实际情况，利用狮子山、神仙洞、清水河、300多亩鱼塘、百亩番石榴园等特色条件，打造了一条"水上乐园＋爬山游洞攀岩＋农家乐民俗＋田园采摘"的旅游线路，让外地游客来到拉敢庄后，能够"白天有得玩，晚上有活动，确保留得住"。这条线路主要针对南宁、河池等周边地区的游客，如此一来，拉敢庄每户每年能增收4000元以上，整个拉敢庄的贫困户全部脱贫指日可待。

■ 温暖人心的鸡蛋爱心接龙

　　北林村蛋鸡养殖基地是广西最大的蛋鸡扶贫项目，目前共有蛋鸡10万多只，高峰期每天可以产蛋5吨左右，按照目前市场价格，平均每天可以创收4.5万元。这是北林村举足轻重的扶贫项目，可带动100多户贫困户脱贫。这些贫困户在养鸡场工作，包吃包住还月领工资2600元，伙食特别好，顿顿有鸡肉和鸡蛋（捡蛋过程中发现破损的鸡蛋全部送入厨房）。所以，北林村蛋鸡场是整个北林村的明星企业，村民个个以在蛋鸡场上班为荣。

能够带动这么多贫困户脱贫，王英豪对北林村蛋鸡场的经营情况一直十分关注。他知道，每天产那么多鲜蛋，好在目前已形成一定规模的销售渠道，正常情况下5吨鸡蛋都能够销完。平时，每天都有中间商开着货车来装货，因价格合理，中间商络绎不绝。

王英豪虽然从未担心过鸡蛋销售问题，但是他心里总隐隐约约有些不踏实，在销售渠道的各环节中，万一有一环脱了节，那么多鸡蛋将无法销售，对北林村蛋鸡场来说，无疑是个重大灾难，一天5吨，两天就会积压10吨，几天下来就是几十吨。王英豪不敢想象那样的情况发生。

让王英豪没想到的是，最不愿看到的状况就那么突然发生了。

2020年春天，一场突如其来的新型冠状病毒肺炎疫情，彻底打乱了人们的生活节奏。商场关门，超市停业，学校放假，有的路段被封锁，中间商不见了，线下根本卖不动。北林村蛋鸡场的鸡蛋开始积压。

蛋鸡场负责人滕老板心急火燎地打电话给王英豪。王英豪清楚记得滕老板带着哭腔的求援："王书记，王书记，不好了，快帮我想想办法。现在到处隔离、封闭、停业，中间商也不来，鸡蛋积压十分严重，我快撑不住了，快帮我想想办法吧！"

王英豪一边安慰滕老板，一边迅速思考，这是一道大难题，怎么办？

在这紧急关头，王英豪一时也想不出什么好办法。他唯一能做的，就是向后援单位求助，还有广泛联系自己在南宁的亲朋好友以及豫商总会等企业，请他们帮忙销售一部分。

经过一天一夜的电话联络，王英豪的手机一直没停过。他知道，过一天就会有5吨鸡蛋积压，他必须想到销售的办法。

通讯录里所有的朋友都找过了，所有认识的企业也都联系过了，再加上后援单位的帮忙，北林村蛋鸡场堆积如山的鸡蛋终于开始陆续发货。王英豪暂时缓了一口气。

但是，北林村蛋鸡场的鸡仿佛特别能下蛋，发完一批，又堆上来一批，源源不断。所有能想的办法，王英豪都想过了。现在，他已感到无能为力。

可是，再无能为力，也得挺住！北林村蛋鸡场是100多户贫困户的脱贫希望，得想尽一切办法把鸡蛋销出去。

在这个关键时刻，王英豪想到了党组织，想到了南宁市政府副秘书长、南宁市扶贫办主任刘宗晓。

"刘主任，我是上林县西燕镇北林村第一书记王英豪，现在有件紧急的事向您汇报。疫情到来之后，我们北林村蛋鸡场每天5吨鸡蛋一天天积压，经我努力销售，已经解决了一部分，但每天的蛋还在不断产出，您能否帮忙想想办法销售一些？"

刘宗晓听了王英豪的汇报，立即明白了事态的严重性。北林村蛋鸡场他是知道的，也曾去参观过，那是乡村脱贫致富的明星企业，现在疫情肆虐，到处封路，蛋鸡场经营状况之艰难可想而知。刘宗晓当机立断，必须采取非常措施，帮他们渡过难关。

可是，采取什么措施，刘宗晓一时也没有头绪。很晚了，刘宗晓忽然看到手机上的"南宁市直机关党建工作"微信群，心头一亮，何不在群里发个卖蛋的消息，或许能有转机。他立即与王英豪联系，要他把鸡蛋售卖的各种价格信息发过来。

很快，刘宗晓收到了王英豪的信息，他重新编辑了一下，立即发送到微信群里（2020年5月7日23：23）：

"各位领导，各位同志，受疫情影响，上林县西燕镇北林村（国定贫困村）蛋鸡场这几天有350件鸡蛋库存滞销，每件净重45斤，低价170元一件（12托），量大优惠，新鲜实惠。联系人是住建厅派驻上林县北林村第一书记王英豪，电话是……"

当时已有些晚，刘宗晓在微信群里发的卖蛋信息一直没有任何回复。刘宗晓等到凌晨，还是没有任何动静，就这样迷迷糊糊睡着了。

但是，王英豪还没有睡着。如果刘宗晓主任都帮不上忙的话，北林村蛋鸡场的资金就无法回笼，鸡无饲料吃，工人工资无着落，那是最可怕的，蛋鸡场距离破产就不远了。

那一夜，王英豪根本没睡，他一根烟接一根烟地抽，满屋都是烟味。他不知道接下来该怎么办，难道，那么大的蛋鸡场真的要破产吗？

王英豪熬了一夜没睡，两眼通红。第二天清晨，他到三楼的洗漱间装了一盆凉水，把脸埋在水里，他想刺激一下自己，好好想想，蛋鸡场的出路在哪里。

回到房间后，已是早上7点半。突然，手机急促地响起来，他马上接听："是王英豪书记吗？我是南宁市直属机关工委常务副书记张耀民，我们统计了一下，工委的5名干部各购买一件鸡蛋。我还会通知职工进行购买，你们做好发货的准备。"

2020年6月14日，接受记者团采访

2020年3月18日，住建厅干部职工积极参与消费扶贫活动，北林鸡蛋走进南宁机关

"谢谢耀民书记！"王英豪不敢相信自己的耳朵，他知道，刘宗晓主任帮上大忙了。紧接着，王英豪的手机一再响起，一单接着一单。

同样，刘宗晓的微信群里，铃声一个接着一个，全部是购买鸡蛋的消息。"宗晓主任，为产品滞销的贫困村亲自带货，既扶贫又献爱心。市直机关工委5名干部各购买一件。"这是张耀民副书记下的订单。

张耀民副书记一直关心乡村的扶贫工作，早上，当他看到刘宗晓主任发出的求助信息后，就立即联系工委的其他干部一起下单购买。他想，今年是全面打赢脱贫攻坚战的收官之年，当前疫情严峻，共产党员更应该走在前、做表率，关注贫困村滞销农产品，购买贫困村农产品，展现共克时艰的坚定力量。

想到这，张耀民立即在微信群里向市直机关党组织书记们呼吁："各位书记看看，北林村蛋鸡场是我们南宁市重点打造的扶贫企业，现在由于疫情影响，大量鸡蛋积压，本单位党员干部是否需要，请自愿认购。谢谢。"

不一会儿，微信群里热闹起来，党组织书记们纷纷快速响应，积极行动起来，发动身边党员寻找买家。

"市发展研究中心目前已接龙团了3件加11托。"

"市国安局干部团购6件，食堂订4件，共10件鸡蛋，后续还有发动。"

"团市委发动机关和青年企业家已经认购50件。"

"我单位目前已团80件。"

"2020 年 5 月 8 日市城管综合执法局认购上林县西燕镇北林村（国定贫困村）鸡蛋共 116 件，其中局机关 56 件，城管支队 43 件，监督评价中心 13 件，信息中心 2 件，广场处 2 件。"

"市民中心目前已订 50 件，还会持续增加，能供应得上吗？鸡妈妈们要给力啊！"

"我好像来晚了？今天还能抢到鸡蛋吗？"

这场爱心接龙一直在继续，振奋人心的消息不断传来。

王英豪的手机快被打爆了，热得发烫。那不是手机发烫，那是南宁市的党员干部、机关群众对北林村蛋鸡场奉献的一片爱心！5 月 8 日上午，北林村蛋鸡场积压的 350 件鸡蛋全部送至南宁。截至当晚 21：29，这场购蛋的爱心接龙已累计团购了近 700 件共 15 吨鸡蛋，且大部分南宁市直单位还在团购中。

"一天下单 15 吨！"王英豪热泪盈眶。他知道，北林村蛋鸡场的困难已经过去了。他更明白，在他的身后，有强大的党组织在支持着他，关键时刻就会拧成一股绳，显示出强大的力量。

王英豪自入驻北林村以来，以产业扶贫为重点，不断加大扶贫攻坚工作力度，通过实施产业扶贫、基础扶贫、项目扶贫等系列措施，逐步实现从"输血扶贫"向"造血扶贫"的转变。通过发展果园、养鸡、黑皮冬瓜、旅游等特色产业，为当地贫困户和村集体实现了创富增收。

在王英豪的带领下，北林村累计脱贫 379 户 1605 人，贫困发生率从 2015 年底的 45.8% 降到 0.81%。2018 年，北林村实现了整村脱贫摘帽。

【采访手记】

采访王英豪的时候，他的女朋友也在现场，她白白净净的，是一名小学教师，很漂亮。文中，我没有写他们相识相恋的经过。我问王英豪，你是个中原小伙儿，是怎么看中这个广西姑娘的？王英豪说，我先爱上了广西这片土地，然后就觉得，南方的女子很美，就爱上了。我问，一开始追她，她就答应你了吗？

"没有。那时我还在住建厅的办公室里上班。我以为，我的副主任科员身份会给我加分，姑娘却未置可否，我们只是作为一般朋友相处交流。直到后来，我告诉她，我下乡了，在上林贫困村当第一书记。这时，她像换了个人似的，以一种异常惊奇的目光看着我。我问怎么了？姑娘说，你年纪轻轻的，去当扶贫第一书记？可能吗？我把任命通知给她看。姑娘满眼都是惊喜，说，真有你的，你下乡了，那我每周都去找你。从此，我就有了真正的女朋友，她常常提着大包小包的衣物、食品来看望我。"

说完，王英豪看着女朋友笑了。当初，在同济大学面试的时候，王英豪就说过，如果可能，还会找一个广西的女孩处对象。现在，他的愿望实现了。

谈及驻村的这段岁月，王英豪感慨地说："驻村扶贫以来，最感动的是，群众诚挚地邀请我回家喝粥；最难忘的是，民生项目一个个落地。基层如家，为民办实事，群众的满意已成为我工作的最大动力。"

南方的阳光很猛烈，小伙子被晒得黝黑。我能想象这个北方小伙儿执着、踏实、肯干的执拗劲。北林村脱贫摘帽了，这对从未有过扶贫经验的王英豪来说，其难度可想而知。

非但如此，扶贫第一书记在群众眼里简直就是一个全能将军，事无巨细都要找他，上学、看病、产业等各种问题，都要他去解决。

很多第一书记都是从未接触过扶贫工作，就义无反顾地直接冲向贫困村的，王英豪就是其中之一。

拼命三郎：与贫困搏斗的人

——记天峨县岜暮乡板么村第一书记郭孟德

　　郭孟德，1983 年生，壮族，广西金城江人，中共党员，大学学历，文学学士，天峨县公安局四级警长。天峨县岜暮乡板么村第一书记，在脱贫攻坚工作中表现突出，2016 年、2017 年、2018 年连续三年考核为"优秀"等次，获天峨县委、县政府记三等功。郭孟德从警 13 年，其中有 8 年奋战在脱贫攻坚一线，自 2013 年至今先后完成了天峨县向阳镇燕来村、林列村，岜暮乡板么村的脱贫摘帽任务。因工作出色，获"广西先进工作者""全区脱贫攻坚优秀第一书记""广西十佳社区民警""百年五四·广西青年榜样""河池市优秀驻村第一书记""河池市优秀共产党员"等荣誉称号。

■ 艰难求学，没齿难忘长老村

1983 年，郭孟德出生在河池市金城江区长老乡长老村。长老村是桂西北一处偏僻的地方，位于河池市金城江区西部，与河池镇、九圩镇和南丹县车河镇、大厂镇接壤，镇政府所在地距金城江城区 90 公里，地形以丘陵、坡地为主。

这里有个古镇叫大厂镇，是整个广西比较热闹的地方。大厂镇是广西有色金属之乡，总储量 1100 万吨，其中锡储量 144 万多吨，居全国首位。南丹境内有色金属种类多、品质高、储量大，是世界罕见的富集矿区，南丹大厂镇因此被誉为"矿物学家的天堂"。

可想而知，如此丰富的有色金属，除吸引各地的"淘金者"，更吸引了周边乡镇百姓前来入股、打工或寻宝。

长老乡与大厂矿区接壤。大厂的大老板在山上挖矿，长老乡的村民们就在山下挖矿。郭孟德的父母通过亲友关系，投资了大厂的一个小矿，入股所得虽不是盆满钵满，但每年收入要比在家里种地强很多。

郭孟德一直在长老乡读书。那一年，郭孟德准备初中毕业，找父亲谈话："爸，我想考都安高中。"

父亲听了这话很吃惊，问道："都安高中很远啊，离我们这差不多 150 公里。"

河池人都知道，都安高中一直是广西名校，创立于民国十二年（1923 年），至今已有近百年历史。都安高中虽地处贫困县，却以高质量的教学成果与优异的高考成绩名闻广西教育界，能考进这所学校读书绝对是一种荣誉。

但是，郭孟德的学籍属于金城江，要到都安高中上学就得交一笔择校费，而且有钱还不一定能上，中考成绩还得达到都安高中的录取分数线才有可能被录取。

父亲说："阿德，你想读都安高中没问题，只要你的成绩达到都安高中的录取分数线，什么择校费、学费、生活费等都由我来出。"

郭孟德对都安高中充满向往，父亲的承诺让他信心倍增。他知道，要实现理想就必须奋发刻苦、脚踏实地。郭孟德从小就聪明，学习成绩一直很好，中考没有任何意外，他的成绩达到了都安高中的录取分数线。

因家庭经济比较宽裕，郭孟德的高中生活过得比较顺利。

可是，天有不测风云，2001 年南丹县拉甲坡矿发生特大透水事故，造成重大人员伤亡。随后，当地的矿区全部整顿或关停。郭孟德父母与人合股经营的小矿也被封闭关停，投资打了水漂，血本无归。

那一年，郭孟德正好参加高考，在填报志愿时，他犹豫了。他的高考分数已超过了广西大学的录取分数线，但是，学费和生活费怎么办？

郭孟德明白，父母正处在最艰难的时候，不但拿不出钱来供他上学，还欠了许多工人的工资。

"阿德，家里这个情况，你看，要不我们就去河池学院，那里也是本科，费用少，据说还有很多补助。"父亲说。

"爸，听您的，那我报河池学院。"那一刻，郭孟德觉得自己长大了，应该为父亲、为家里分担责任了。

就这样，郭孟德填报了河池学院汉语言文学专业。

可是，到了郭孟德要去学校报到时，学费还没凑齐。郭孟德没钱上大学的事，在长老村传开了。长老村共有 300 多户人家，大部分姓郭，其中有个村干部是长老村的第一个大学生，郭孟德称他为郭大哥。有一天，郭大哥经过郭孟德家门口，看见他靠在墙边沉默，郭大哥觉得奇怪，问："孟德，你怎么了？发生了什么事？"

"郭大哥，我、我没钱上大学。"

"原来是这事，孟德，你别担心，我来帮你想办法。"郭大哥也知道郭孟德家的情况，就安慰他。

郭大哥把郭孟德没钱上学的事和村支书、村主任说了，大家都觉得这事一定要帮他，绝对不能让他辍学。村主任说："我到广播室喊一声，让大家都捐点，学费和生活费就有了。"

那时村里还有广播室，村主任打开了广播："长老村的各位村民，现在说个事。大家都知道，郭孟德家和别人合开的小矿被关了，老郭也是血本无归，欠了一屁股债。现在，孟德考上大学，交不起学费，这事我们全村人得帮他一把。我做个主，每户人家捐 10 元，实在拿不出来的就算了。如果有能力多捐点的那就多捐点，总之一句话，一定要让孟德去上学。所有的捐款送到村委会，由村委做好登记，再转交孟德。"

经过村主任的一番动员，整个长老村几乎所有村民都捐了款，共计 3000 多元（相当于现在的 1 万多元）。

有了这些钱，郭孟德可以去上大学了。村主任把钱交到郭孟德手上，语重心长地说："孟德，记住乡亲们的一片情，好好读书，将来为乡亲们做点事。"

这3000多元让郭孟德至今难以忘怀。他第一次明白了"村民"和"人民"的真切含义，那是一群纯朴善良的人，他们是在困难时刻愿意伸出援手的人。从那时起，郭孟德就在心里深刻记下了"人民"二字。

后来，郭孟德大学毕业后到一个国企工作，虽说每个月的工资都有保障，但每天朝九晚五，总觉得缺点什么。在大学里，郭孟德就通过自学通过了广西大学法律专业的考试，后来又通过了全国司法考试。再后来，郭孟德参加了河池市的公务员考试，来到了天峨县公安局工作。

2013年1月，地处龙滩水电站库区的向阳镇燕来村成为天峨县公安局的结对帮扶村。当时在县公安局政工室工作且业绩一向出色的郭孟德觉得驻村是为乡亲们报恩的好机会，便主动请缨到扶贫一线工作。郭孟德心中始终有个结，那就是他上大学那年父母的小矿破产，家庭陷入困境，是父老乡亲们伸出援手，解决了他家的燃眉之急，这让他刻骨铭心，立志要报答乡亲们的恩情。

郭孟德自己都没想到，这一去就与扶贫工作结下了不解之缘。到目前为止，郭孟德已将人生当中8年的黄金时光，挥洒在天峨县的扶贫道路上。

■ 主动请缨，驻村扶贫燕来村

党的十八大召开之后，天峨县决定向 94 个村、社区下派 102 名新农村建设指导员入乡驻村，以党的十八大精神引领农村经济社会发展，引导和帮助群众发展特色产业，共同建设富裕、和谐、美丽的新农村。根据上级要求，天峨县公安局也要选派几名干警。但让公安干警下乡扶贫，参加新农村建设，一没农村工作经验，二没资金，三没项目，就是下乡驻村了那也是很被动的，一双空手，怎么工作？为此，很多人不理解。

在县公安局政工室工作的郭孟德听到这个消息，决定主动请缨。他找到县局领导："我从小就在农村生活，农村情况我比较熟，所以，我报名下乡参加新农村建设。"

天峨县公安局领导对郭孟德主动要求下乡工作的热情表示赞赏，经过反复讨论，最后同意了他的申请。

2013 年 1 月，经过组织部门分配，郭孟德被派到天峨县向阳镇燕来村担任指导员，参加新农村建设。燕来村距离天峨县城 78 公里，壮、汉、瑶、苗多个民族聚居，755 户 3796 人，与百色市乐业县、贵州黔南布依族苗族自治州罗甸县交界。

一个熟悉燕来村情况的朋友好心对郭孟德说："那个村我工作过几年。由于历史原因，当地屯与屯、邻里之间常常闹纠纷，以致双方拳脚相加，至今纠纷不断。"

郭孟德问："主要是什么原因引起的纠纷呢？"

"燕来村属于三市交界处，管理难度比较大，因赌博和土地权属经常引发大小纠纷。这样的村谁都怕摊上，躲都躲不及，谁愿意到那地方工作呢？"

郭孟德说："再难我也得去。有问题总得想办法解决，我想去试试。"

"你可能还不知道，那里还有很多水库移民，矛盾更多，动不动就上访，许多问题很棘手。"

郭孟德心想，群众有诉求也正常，合理的就想办法解决，不合理的得讲清道理。一个干部的工作能力，相当程度上就是解决问题的能力。他说："我去试试。"

来到燕来村后，郭孟德发现首要解决的就是燕来村的道路问题。在入户走访时，当地村民诉苦："晴天尘土满天飞，雨天稀泥溅满腿。"不但如此，燕来村很多村屯都不通路，给当地群众的生产生活带来很大的困难。

作为燕来村的新农村建设指导员，郭孟德和燕来村的第一书记共同商量，想办法先把村里的道路硬化一下，有了路，外面的车才能进村，村里的土货才能运出去，没有路就谈不上发展经济。经过多次和相关部门联系，建成了总长8公里的燕来村至板龙村水泥路。这条水泥路惠及燕来村燕来、交打、告里等7个自然屯的群众，极大改善了百姓出行、运输和生产生活的道路环境。

燕来村捧里屯距天乐二级路约1公里，由二级路通往捧里屯的是一条狭窄的崎岖山道，路面凹凸不平，村民出行困难。当地有个俗语形容行走此山道的艰难："人背马驮下山坡，一路走来一路泼。路边悬崖心发抖，抖到篓里剩无多。"这是捧里屯人将农副产品运下山时从这条山道上经过的真实写照。在这条路上行走还存在严重的安全隐患，特别是村里有人生了病，得用担架抬着往下挪。说来说去，就是没钱修路。

现在，村里有了新农村建设指导员，有了第一书记，捧里屯整修山路的事很快就提上了议事日程。

经过郭孟德和其他扶贫干部的不断努力，上级部门终于拨了10万元资金用于燕来村捧里屯屯级道路硬化。2013年底，捧里屯山道正式开始施工。消息传来，捧里屯百姓欢呼雀跃，世代行路之难，今朝将得以彻底改观。

有一天，郭孟德忽然接到一个电话："郭警官，你快过来一下，这里的村民打起来了。"打电话的是一个村干部，语气十分急迫，他说："郭警官，你再不过来，可能会有大事发生！"

情况紧急，郭孟德迅速和村里的其他干部来到屯里了解情况。到了现场，郭孟德的心一下子提了起来。他看到了一个激烈对峙的场面：上屯的村民每人手里都拿着家伙，与下屯的村民对峙着，双方械斗一触即发。

郭孟德初步了解到的情况是：天峨龙滩水库蓄水之后，一部分村民没有异地搬迁，而是采用了"后靠移民"的形式。所谓后靠移民，就是从低矮的地方往后面的山上搬。这种方式虽然解决了水库移民故土难离、长途搬运的难题，但是也产生了新的矛盾，那就是山上原来的村民与后靠移民之间的土地、水源纠纷。上屯村民发现，原来在水边的下屯村民，因为水库蓄水一步步往后靠，结果，靠到自家门前来了。

现在两个屯的村民对峙就是因为山上的一个蓄水池。这个水池原来是上屯人用的，积蓄的是山上流下来的清泉，十分清甜。后来，下屯人后靠，也搬到了离水池不远的地方，原本供应一个屯的水池现在是两个屯的人用，水就紧张了，因此产生矛盾。

两个屯的村民不分男女老幼，手里都持着各种"武器"如锄头、镰刀、棍子等，反正手边有什么抄起来就要干。眼看双方就要干起来了，郭孟德大吼一声："住手！"

这一声大吼把对峙双方吓了一跳。郭孟德迅速站到两屯村民之间，他心里揪紧了，甚至感到利刃上的寒光在他的眼前晃动，那些锄头、镰刀等似乎随时都能落到他的身上来。但是，郭孟德知道，他绝不能退缩，否则两个屯的村民就会血肉相拼。绝不能让这样的事发生！

郭孟德站在中间像一堵墙，无人敢轻举妄动。他说："有什么事好好商量，大家都是邻居，低头不见抬头见。两个屯各选两个代表，有什么事我们坐下来谈。其他人都散了吧。"

但是，上屯人一心想赶走下屯人，他们今天就是想教训一下下屯人。

正当郭孟德站在中间说服大家离开的时候，上屯人中出来两个女人，来到郭孟德面前，说："郭警官，你不想离开是吧，我看你走不走！"然后就开始解裤子。

郭孟德见状大惊，问："住手，你俩想干什么？"

两个女人也不理他，继续脱，她们要用这损招来辣郭孟德的眼睛，让他赶快离开。

眼前突如其来的一切，竟让郭孟德顿感束手无策。

在这关键时刻，当地派出所的民警赶到，将两个女人的行为制止住了。对于两个屯的水源之争，郭孟德深入村中，听取各方诉求，最后找到解决的办法，那就是再建一个水池。为此郭孟德还前往龙滩水库移民局申请了一笔调解经费，作为建水池的资金，两个屯的水源问题就这样迎刃而解了。

■ 眼见为实，贫困村民他乡取经

郭孟德并没有因为修建了水池就对这个水库移民点放手不管。调解纠纷只是表面现象，村民之间矛盾背后的根本原因，仍然是水库移民和原来的村民共同面临的一个难题，那就是贫困。若贫困问题不解决，后面还会有其他矛盾产生。所以，郭孟德很清楚地认识到，只调解村屯之间的纠纷还不够，还得想办法为他们谋产业。

水库蓄水，村民后靠，形成了上屯和下屯都邻近水库的地理特点。郭孟德决定因地制宜，发展水产养殖，他多次到县水产畜牧兽医局找品种、找技术、找专家。很多人都觉得奇怪，问："郭警官，经常看到你往水产局跑，是不是改行了？调水产局上班了？"

郭孟德找来水产专家，利用库区特点让村民们发展养鱼产业。但是，发展产业靠单腿走路可不行，产业单一，如市场价格出现波动，怎么办？水边可以养鱼，山上却没有其他产业，怎么办？是否可以种植果树呢？

郭孟德又请来县水果局局长韦发才等专家到燕来村实地考察，

看这个地方的自然地理环境是否适合种植珍珠李。

这还不够，郭孟德向后援单位——天峨县公安局借来一辆大巴，带领燕来村的村民先后到八腊瑶族乡以及凤山县等地参观核桃、珍珠李种植和林下养殖等项目。特别是八腊，因为和向阳乡是邻乡，两地的村民有很多是老相识，他们在一起交流珍珠李的种植经验，为后来燕来村种植珍珠李打下了基础。

考察归来，郭孟德组织韦发才等专家和村民座谈，讨论哪种产业适合在燕来村推广。

专家们认为，燕来村地广人稀、土地肥沃，从气候环境考虑，非常适合种植珍珠李，经济收益比水库养鱼还好。且目前珍珠李的价格每年持续上扬，市场上供不应求。经过综合考虑，郭孟德决定在燕来村大力发展核桃和珍珠李种植。确定项目后，郭孟德邀请农业技术专家到村里来，召开农业科技培训讲座，现场讲授种植技术。

这么好的产业项目，又经过参观、交流、学习、培训、宣传等各个环节，郭孟德却发现，有一部分村民种了，还有一部分村民仍持怀疑态度。眼看种植珍珠李的最好时间就要过去，郭孟德急得团团转，问那些村民："到底是什么原因，让你们不肯种呢？"

终于有个群众说出原因："郭警官，我们是怕您骗我们种了珍珠李后一走了之，到时候我们有了问题，不知道找谁去。"

郭孟德说："我能走到哪里去？我有单位的啊。即使将来我回到单位，你们也还有我的手机号，还能找到我的。还有，你们不是担心我走了不管你们吗？这样，我和你们一起种。村里最穷的贫困

查看村民的葡萄生长情况

查看村民家中的养殖情况

户叫田双龙，你们都知道，我现在就去和他合股种珍珠李。欢迎大家随时到田双龙家的地里参观。"

郭孟德说到做到，马上来到田双龙家。田双龙嗜酒，一喝多了就打老婆，结果老婆跑了，留下个娃，家徒四壁，靠低保生活。

"双龙，喝酒不是办法，这个家你要撑起来。还有，你的小孩正在读书，你这样会对他造成多坏的影响。如果你不想让他恨你，你得先改变自己。我来帮你。"

"郭警官，家里穷成这样，你怎么帮我啊？"

"我与你结成帮扶对象。你家有几十亩地，我投资入股5000元，咱们一起种珍珠李，销售我来负责，你只负责果园管理就行。"

"郭警官，这是真的吗？"

"我入股的5000元都带来了，你还不相信吗？"

"郭警官，你为什么要帮我？"

"我是扶贫工作干部，我们不会让一户贫困户落下。你自己也要少喝酒，振作起来。等你脱贫致富了，我相信你老婆会自己回来的。另外，我要告诉你的是，现在我和你的利益捆绑在一起，你得认真做事，马虎不得。"

田双龙一看，新农村建设指导员都这么说了，还真金白银拿出5000元，又帮自己争取到了5万元小额信贷，这事不但得干，还一定得干好了。

一分耕耘一分收获。在郭孟德的帮扶下，通过将近两年的辛苦劳动，田双龙家的珍珠李终于有了收获。那一年，除去成本费用，还有6万元的盈余。

"郭警官，这6万元是我们共同的盈余，我们怎么分成啊？五五分吧，或者，你七我三？"

"双龙，这个钱我就不分了，留着给你扩大珍珠李的种植规模，还有你家的房子也要装修一下了，这些都要用钱呢。"

"郭警官，这怎么行呢！当初你可入股了5000元。"

"我那5000元原来是准备打水漂的呢。不过，你没让我失望，真争气。这样，你把这钱还回来就行了。"

田双龙不知该说什么好，这么好的扶贫干部，如果不是亲眼所见、亲身经历，他都不敢相信。

"双龙，等你家装修好了，新居入伙那天，我带扶贫工作队的队员过来，一起热闹一下。"

"欢迎你们来！可我不会做菜，也不知买啥菜好。"

"这些你不用担心，那天我来负责帮你做饭炒菜。"

田双龙家的房子当初还是郭孟德帮申请的危房改造，没有钱装修，完全是毛坯房。窗户没窗框，更没窗扇，只用破床单在窗顶那里钉两根钉子挂着，风一吹，破床单就飘来荡去。

现在，田双龙手上有了钱，装了窗，贴了瓷砖，整个房子焕然一新。

而郭孟德也没忘记他的承诺，田双龙家新居入伙那天，他带着扶贫工作队队员们买了很多菜，还有两头小猪，到了田双龙家。那天晚上，平常无人问津的田双龙家突然变得热闹起来，家门口灯火通明，引来了其他村民围观。

田双龙从来没见过这么热闹的场面。郭孟德让他讲几句话，他几度哽咽，说不出话来。好久，他才说："我来到这个世上，第一次有人把我当人看。我以后，一定听郭警官的话，管理好自己的果园，做个新农民。"

说完，田双龙又把上高中的儿子田小龙拉到郭孟德的跟前："快说，谢谢郭叔叔！"

"谢谢郭叔叔！"

"嗯，快要高考了吧，成绩如何？"

"综合分数在班上是前五名。"

"不错啊，如果学费有困难你直接找我，我来帮你解决。高考之后有没有什么打算，准备填报哪方面的志愿呢？"

"我想当警察，像郭叔叔一样。"

"好样的！有志气！郭叔叔就冲你这句话，奖你 200 元。小龙，你要记住，我们警察是为人民服务的，好好学习，心想事成！"

田小龙接过郭孟德的 200 元，深深地鞠了一躬。

郭孟德离开燕来村之后，有一天他接到田双龙打来的电话，告诉他一个好消息，田小龙考上了中国人民公安大学。

郭孟德倍感欣慰，田双龙这个家总算是云开见日了。

郭孟德和田双龙种植珍珠李成功的案例，极大地鼓舞了燕来村人种植珍珠李的热情，全村开始实施大规模种植珍珠李产业项目。当年，仅种植珍珠李一个项目，燕来村就种了 400 亩。

产业只是燕来村新农村建设的一个部分。郭孟德更加关注燕来村的乡村文化建设，以提升村民的精神面貌。郭孟德奔走于上级政府的各个部门，积极争取专项扶持资金，修建了篮球场和文化娱乐室等文娱活动场所，短时间内迅速改变了燕来村的精神面貌。在郭孟德和其他帮扶干部的共同努力下，列入"十二五"规划的深度贫困村——燕来村顺利脱贫摘帽，开始走上致富之路。

■ 心系百姓，郭书记夜走大峡谷

郭孟德驻村扶贫，一心扑在燕来村的各项扶贫工作上，家里的事却无法照顾，基本上都是爱人牙丽芳一手打理。2013年底，牙丽芳怀孕临产，就打电话让郭孟德回来照顾两天。

这是夫妻俩的第一个孩子，工作再忙，郭孟德都得赶回来。那天下午，郭孟德从燕来村回到了天峨县城，把爱人送到县人民医院，住进了待产病房。一切刚安排好，突然下起暴雨。牙丽芳说："你看看这大雨，我们来得多及时，风吹不到，雨打不着，住在病房里只等生了。"

郭孟德没有出声，他望着病房外的瓢泼大雨，心里不由揪紧了。因为天峨一旦进入雨季，基本上都会出现泥石流、塌方等自然灾害。而燕来村地形复杂，一旦下雨，塌方的事经常发生。牙丽芳问："孟德，你在想什么？"

郭孟德恍然回过神来，说："没想什么。"

过了一会儿，郭孟德的手机响了，他掏出手机看了一下号码后，走到病房外面的走廊上接电话。

牙丽芳看到郭孟德回到病房后脸色都变了，便问："孟德，发生什么事了吗？"

"没事，没事。"

"这么多年了，你那点心事，怎么能瞒得了我？快说说，什么事？"

"丽芳，那我就不瞒你了。燕来村出了大事，泥石流冲毁房子，我得想办法赶回村里。"

"孟德，我不是不让你回去，从县城到燕来村，这天气三个多小时才能到。这也没什么，可是你知道的，龙滩大峡谷那一段山路，这雨天，山上石头直往下滚，太危险了。"

"再危险我也得去。村里的村民更危险，我得在他们身边。"

"这是什么话，我这边生孩子就不危险吗？你去了燕来村，如果我有了危险，谁在我身边？"

一句话问住了郭孟德。是啊，女人生孩子，谁敢保证没有危险呢？万一有事，怎么办？郭孟德在爱人和村民之间进行着艰难的选择。

看到郭孟德的犹豫，牙丽芳轻轻地笑了："瞧你那样，关键时刻拿不定主意。你放心去吧。我26岁就入党了，这点觉悟还是有的。只是，我担心大峡谷那段路太危险了。"

郭孟德非常感谢爱人的理解和支持，他说："你不也面临着危险吗？不过你放心，如果我在大峡谷牺牲了，那也是工伤，能补助100万元呢。"

"呸呸，没个正经。我可不想用这个钱。你就不能说点吉利的话吗！"

"那你这边怎么办？"

"我早就想好了，待会儿我妈会来照顾我，你就放心去吧。"

郭孟德离开县人民医院，立即驱车前往燕来村。一路上暴雨如注，龙滩大峡谷一带更是危险重重，山上不停有石块滚落。郭孟德一度想停下来，等雨停了再前行，可是燕来村的情况危急，必须及时赶到。

郭孟德小心翼翼地通过了危险路段，花了三个多小时才来到了燕来村发生泥石流的地点。

漆黑的夜里，从山上滑下来的泥石流一直冲到了村民韦老汉家。这是一幢两层楼房，韦老汉住在一楼，儿子小韦一家住在二楼。泥石流冲下来后，直接破窗而入，把韦老汉堵在一楼，生死不明。

报警电话是小韦打的，他先打电话到村委，村委再打电话找到了郭孟德。

郭孟德到达现场后，当地村委干部也到了现场。郭孟德上前询问情况，小韦说："父亲还在厨房里，可是门被泥石流堵死了，进不去。"

郭孟德立即查看情况，说："你们打灯光，我进去救人。小韦，你去找把斧子来，快砸门！"

村干部说："郭警官，现在很危险，可能还有第二波泥石流冲下来。"

郭孟德说："那就抓紧时间，在第二波泥石流冲下来之前把韦老汉救出来。"

小韦找来一把斧子，面对自家的房门，却不知道怎么下手。郭孟德看得着急，说："把斧子给我！"说着便抢过斧子，对准房门砍过去。很快，房门被砸烂了，里面的泥水流出来，郭孟德大声喊："老韦，你在哪，听到吗？"

郭孟德听到墙角有个微弱的声音："我在，我在这。"

郭孟德立即过去，搬开韦老汉身边的石块，把他从泥沙里扶起来，背在身上。

韦老汉大声叫喊："你放开我！你放开我！"

郭孟德停下脚步，放开韦老汉，问："老韦，你怎么了？"

韦老汉往地上一坐，说："我哪儿也不去，这是我的家，我死，也要死在家里！"

郭孟德说："老韦，这里很危险，再发生第二波泥石流，我们都活不了！"

韦老汉还是不肯走，说："不，你走吧。我不想做孤魂野鬼，我要死在家里。"

郭孟德觉得，再这样下去更危险，只得采取强制行动。他说："放心吧，有我在，你死不了。"郭孟德不由分说把韦老汉再次背到身后，说了一声："所有人，快撤！"便带着大家迅速转移到安全地带。

没多长时间，第二波泥石流又冲下来，把韦老汉家的两层楼房冲散了。

郭孟德随即打电话向上级报告燕来村的泥石流情况，然后和村干部一起连夜巡查村里的灾情。忙碌了一夜，第二天清晨4点多，县民政局等单位的工作人员迅速赶到，带来了帐篷、食物和水等救灾物资，安顿了韦老汉一家。

5 点 10 分，丈母娘打来电话，牙丽芳生了个大胖小子，剖宫产，母子平安。听到这个好消息，郭孟德激动得流了泪，对丈母娘说："请转告丽芳，我没陪在她身边，对不起她。"

丈母娘说："好，我告诉她。你是国家干部，百姓处在危难时刻，你冲在最前面，她会理解的。你放心工作吧。"

听了丈母娘的话，郭孟德心里对爱人充满歉意，在自己的小家与群众的大事面前，牙丽芳展现了一个共产党员的宽阔胸怀。郭孟德暗暗发誓，一定要对她好。

2015 年 10 月，在圆满完成燕来村的脱贫摘帽任务后，鉴于郭孟德在燕来村丰富的扶贫经验和工作能力，天峨县委组织部、天峨县公安局决定，派郭孟德前往向阳镇的贫困村——林列村担任驻村第一书记。

■ 苦口婆心，助山村女孩逆境上学

2015 年 11 月，郭孟德来到向阳镇林列村担任驻村第一书记。林列村位于龙滩水电站库区，是库区移民后靠安置点之一，山高林密，交通闭塞，属于深度贫困村。全村有 13 个屯，其中有 7 个屯不通公路。

来到林列村之后，郭孟德先入户走访，对全村贫困户进行调查摸底。当他走到村民黄小山家时，觉得有点不可思议，一家五口人，三个孩子中有两个孩子残疾。

郭孟德一边记录一边计划，这样的家庭，脱贫虽然有点难度，

到村民家中入户走访

入户走访后与村民合影

但是户主黄小山和他爱人都是有劳动能力的，只要找个产业帮扶一下，脱贫不是难事。

"郭书记，还有个事，不知要不要跟您说一声。"黄小山说。

"请说。有什么事，您尽管说。"

"郭书记，是这样，我有个哥哥，前年得病去世，他老婆已改嫁到别的村。他留下个女儿，叫黄秋燕，在宜州中学上高二，一直和我们住在一起。"

"你哥家没有房子吗？"

"我哥原来和我们住在一起，我们的房子连在一起，有两间是他家的。黄秋燕放假回来，基本上都和我们住在一起。"

"那黄秋燕的学费是怎么解决的？"

"政府为她办了低保，学费也有雨露计划，但目前最困难的是她的生活费一直没有着落。您看我这个家，哪里能拿出什么钱来供她上学呢。"

"行，我记一下她的手机号。您也告诉她，如果遇到困难可以打电话找我。"郭孟德心想，得尽快为黄小山家找个脱贫项目，黄小山家脱贫，黄秋燕的生活费也就迎刃而解了。

有一天，郭孟德忽然接到一个电话，是黄秋燕打来的。

"喂，请问是郭书记郭叔叔吗？我是黄小山的侄女，我叫黄秋燕。"

"哦，想起来了，你叔和我说起过你。你现在在哪里？"

"郭叔叔好！我现在在宜州中学读高二。同班同学都是十六七岁，可我都19岁了。我不想上学了，我准备到广东去打工。"

"别，你千万别做糊涂事，好好读书，我先把情况了解清楚再说。"

郭孟德把黄秋燕的情况向林列村帮扶后援单位天峨县公安局汇报。局长十分重视此事，要求郭孟德前往宜州将黄秋燕的情况调查清楚，并拿出一个切实可行的解决方案。

郭孟德立即驱车前往宜州。

在宜州中学的小会议室，班主任领着黄秋燕来到郭孟德面前。

"班主任好！我是林列村驻村第一书记郭孟德，这次专程前来了解黄秋燕同学的学习和生活情况。"

班主任说："郭书记来得正好，我也有个事要找您。秋燕向我透露过，她想辍学去广东打工。"

"是的，她也打过电话跟我说了这情况。但是，她跟我说，班上同学都是十六七岁，她19岁了，才想辍学去打工的。"

"同年级的同学也有19岁的啊，这不是主要原因。秋燕家庭条件不好，上学时断断续续，导致她19岁才读高二。学校对学生的年龄没有特别限制。秋燕想辍学的真正原因是她的生活费一直没有着落。"

郭孟德问黄秋燕："这些年，你的生活费是怎么解决的？"

"郭叔叔，我主要靠周末到一些饭店洗碗洗盘子，挣点生活费。"

"那你在学校里都吃些什么？"

"我没钱买食堂的饭菜，就自己用电饭锅煮饭。在饭店打工时，我就买点辣椒和西红柿，切好了请厨师帮忙放点油盐炒一下，装进一个大的玻璃瓶里，这样可以吃一周。"

郭孟德很吃惊，问道："你这样怎么行，营养怎么跟得上？你看你，都瘦成什么样了。"

"郭叔叔，饭都吃不饱，还谈什么营养。"

郭孟德对班主任说："我们一起去看一下她吃饭的辣椒罐，再到她打工的地方看一下。"

郭孟德在黄秋燕的宿舍看到了她的辣椒罐，那一刻，郭孟德感到心酸，生活中有许多事情是我们无法想象的。这个女孩子，一直在顽强地生活着。这样的贫困状况不是她造成的，她父亲去世，母亲改嫁，就像一个孤儿。如今，她已经成人，如果无人问津，中断学业外出打工自然是一种出路，但这样的话，还要我们这些第一书记做什么！

郭孟德暗暗给自己下了命令：无论如何，黄秋燕不能辍学！

郭孟德还到黄秋燕打工的饭店，拍下了她洗碗洗盘子的劳动场景。

回到天峨县后，在县公安局扶贫工作大会上，郭孟德展示了自己拍的图片和视频，讲述了黄秋燕的故事。他说："她叫黄秋燕。如果不是亲眼所见，我无法相信，我们这个时代还有如此困难的学生。我也是从农村出来的，我刚考上大学家里就破产了，欠了很多外债。在最困难的时候，我得到了村里百姓的帮助，最终完成了学业。如果没有乡亲们的帮助，我不可能当上警察，更不可能当上驻村第一书记。现在，对于黄秋燕同学的困难，我感同身受。我请求在座的各位警察同志，帮她一把，帮助她完成学业。"

大家被黄秋燕苦难的身世震惊了，纷纷慷慨解囊，最后，共捐款 16000 元。

郭孟德亲自把钱送到了黄秋燕的手上，告诉她："这是我们天峨县公安局广大干警对你的一点心意，你要好好读书。另外，这钱你省着点用，为安全起见，我先给你 1 万元作为生活费。留下6000 元作为备用金，放我这里，随时取。"

黄秋燕拿着钱，激动得泪流满面，她说："郭叔叔，我一定好好学习，来报答大家。"

郭孟德说："高二学期结束之后你有什么打算？"

黄秋燕说："我想去我妈那里看一下，下学期高三，就没时间去看她了。"

郭孟德说："早去早回。你的钱要当心，这可是你上大学的生活费，要保存好了。"

黄秋燕的母亲再嫁的老公喜欢赌博、打架，欠了一身的外债，她自己也染上了赌博的恶习。母亲和后爸并不喜欢黄秋燕来找他们，总觉得她不是来要钱，就是来混饭吃的。

母亲发现黄秋燕居然有 1 万元，便天天和后爸一起哄她把钱取出来，说还了债后就再也不赌博了，会好好生活。

黄秋燕不同意，他们又骗她说："你先把钱借给我们还钱，我们会想办法挣钱还给你的。"

到底涉世未深，黄秋燕相信了他们，把钱交给了母亲。

当郭孟德得知黄秋燕把钱给了母亲还债时，立即带着黄秋燕来到她母亲家，却已无法挽回。

黄秋燕上高三之后，郭孟德把 6000 元交给了她，让她顺利参加了高考。

黄秋燕考上了广西城市建设学校，郭孟德帮她申请了雨露计划，学费有了，可生活费又没了着落。

郭孟德先是找到一个开饭店的远房亲戚，安排黄秋燕去打暑期工。后来，因担心黄秋燕长期打工会影响学习，郭孟德又找了几个爱心企业与她结成帮扶对象，总算解决了她的生活费问题。

三年之后，黄秋燕大学毕业，到南宁一家企业上班，可以自食其力了。

有一天，郭孟德接到了黄秋燕的电话："郭叔叔，我想辞职回林列村。"

郭孟德问："工作得好好的，为什么呀？"

黄秋燕说："我想回家乡种珍珠李，改变家乡的落后面貌。"

郭孟德说："有这样的想法当然好啊。现在国家有很多扶贫政策，大学生回乡创业，政府也有扶持政策。"

郭孟德为黄秋燕家申请了危房改造。新居入伙那天，郭孟德买了一台电视机送给黄秋燕。

■ 危急关头，郭书记挺身而出

现在驻村第一书记在农村是最热门的一个词。至于驻村第一书记是干什么的，很多人以为就只是帮扶贫困村脱贫，其实完全不是这么回事。郭孟德说："啥叫驻村第一书记？通俗来说，就是一个贫困村的大总管，有人叫'啥都管'。第一书记的工作除了带领贫困村找项目、找产业脱贫，村里事无巨细，突发事件、婚丧嫁娶等，村民都会找你，你都得去，还得出份子。你去了，村民觉得有面子，以后各种工作就容易开展。"

2017年10月19日上午，郭孟德正在林列村村委办公室整理材料。突然，一个村屯的群众打来电话："郭书记，不好了，砍人了！"

郭孟德是警察，他从群众惊恐的声音中敏感地意识到，出事了。他立即和村委的两个扶贫干部驱车前往事发地点。

郭孟德和两个村干部到达现场时发现，一起悲剧已经发生。事情是这样的——

该屯有户贫困户叫吴安胜，60多岁，老伴的精神有问题，有四个儿女，三个女儿早已出嫁，家中只有小儿子吴沙，吴沙患有间歇性精神病。

吴沙结过两次婚，两次都因他的病间歇发作时疯狂追打老婆而离婚了。吴沙的两次婚姻留下了两个女儿，大的读小学，小的才两岁。

那一天，吴沙的病又发作了。他拿起了砍刀，追砍父亲吴安胜。吴安胜年纪大了，跑不过年轻力壮的儿子，被吴沙追上砍断了手臂。

吴沙还不肯罢休，拎着砍刀，四处寻找目标，又把他两岁的小女儿砍死了。

路过的村民发现了情况，吓得全身颤抖，立即打电话给郭孟德。

郭孟德和两个扶贫干部迅速赶到现场，看到了一个极其恐怖的场面。更可怕的是，吴沙手里还拿着满是鲜血的砍刀站在门前，目露凶光，似乎在寻找下一个目标。

郭孟德立即向两个扶贫干部发出命令："发生重大刑事案件，快向县局报警！带领所有人撤退，不要围观，很危险！"

郭孟德在县公安局上班的时候，也曾遇到过持刀歹徒，但那时警察多，且个个有手枪，所以并不惧怕。而现在，郭孟德是赤手空拳，他告诫自己，千万要冷静，绝不允许吴沙再伤害无辜的群众。

郭孟德冷静地寻找着工具，他盘算着要先把吴沙的砍刀夺过来。吴沙又发狂了，他拿着砍刀，开始追赶郭孟德。

郭孟德迅速做出判断，此时的吴沙完全处于亢奋状态，想要徒手夺刀并制服他，并不容易。但如果不迅速把吴沙控制住，他很有可能再次对村民造成伤害。

这时，一个扶贫干部找来了一根木棍，递给郭孟德。郭孟德拿起木棍，与吴沙对峙。

吴沙手持砍刀，一步步逼来，当他举起砍刀的时候，郭孟德猛地挥起木棍，打在他的手臂上，砍刀被打掉了，郭孟德迅速扑向吴沙，把他死死摁在地上。

这时，两名扶贫干部也过来帮忙，将吴沙牢牢地控制住。不一会儿，县公安局的警车呼啸而来，吴沙被押上了警车。

面对如此人间惨剧，郭孟德心里感到十分沉重。他想，扶贫是一项综合性工程，并不是种几亩果树有了一定收入就算脱贫的，农村基层在精神层面上也要脱贫，对贫困人群的精神关怀、心理疏导等要做到位，娱乐设施等也需要健全。郭孟德感到肩上扶贫的担子沉甸甸的。

郭孟德与驻村扶贫队队员们一起料理了吴安胜小孙女的后事。吴沙被送进了精神病院治疗。在郭孟德的帮助下，吴安胜被送进医院治疗臂伤，由大女儿负责照料。家里只剩下老伴和大孙女，由二女儿时常回来照应。经郭孟德与学校联系并说明情况，学校免去了吴安胜大孙女的全部费用。此外，郭孟德通过司法救助、全乡捐款，为吴安胜筹集了几万元，让这个支离破碎、摇摇欲坠的家，暂时得以稳定下来。

吴安胜手臂恢复后，郭孟德先为他找了一个公益岗位，工作比较轻松，一个月有 1000 多元收入。

有一天，吴安胜找到郭孟德，说："郭书记，您看，我还能活动，我想做点项目，多赚点钱。"

郭孟德说："好啊，你想做什么呢？要不这样，我给你找鸡仔，你自己养，生了蛋自己吃，平常也能改善伙食，增加点营养。"

吴安胜说："这个好。我一个人，先养 50 只试试。"

郭孟德说："太多了，先养 40 只吧。等你有经验了再扩大养鸡规模。你再种点玉米用来喂鸡。"

郭孟德为吴安胜联系了 40 只鸡苗让他养，又帮他种了几亩花椒树、玉米等。这个濒临绝望的家庭，终于走上了正轨。

有一天，吴安胜找到郭孟德："郭书记，我家吃鸡都吃腻了，想换个口味。"

郭孟德笑了："那好啊，我再为你找点鸭苗，你自己养。下次改吃鸭。"

■ 舍家忘我，只因山村未脱贫

按照规划，林列村必须在 2017 年底全部脱贫。郭孟德日夜扑在林列村的产业扶贫上。为了找产业，他几乎忘记了家里还有爱人和小孩。而且，此时牙丽芳已经再次怀胎十月，他们的第二个孩子就要出生了。

2017 年 4 月 9 日那一天，牙丽芳打电话过来："孟德，你还在忙吗？我想告诉你，我们的第二个孩子就要出生了。上次你没在我身边陪我，这次你得回来。"

郭孟德问："大概什么时候？"

牙丽芳说："医生说，不是今天就是明天。你就请个两天假，行吗？"

"不会那么巧吧。我已经带领林列村的一帮人正准备前往百色等地考察。今年，林列村要脱贫，我正在找项目。"

"你要外出多久？"

"大概一周吧。"

"算了，你去忙吧。"快要挂电话的时候，郭孟德听到爱人轻轻地叹了一口气。

2017 年 4 月 10 日一早，郭孟德借用了县公安局的一辆大巴，带领林列村的党员、贫困户出发，前往百色以及贵州黔东南地区考察扶贫项目。

第一站到了中国芒果之乡——百色田东县。

刚参观完，牙丽芳打来电话："孟德，你在哪？快来陪我吧。

刚才医生看了 B 超，说胎位不正，胎儿块头比较大，有可能达到 9 斤。我有点害怕。"

这时，牙丽芳的主治医生也打来电话："是郭书记吗？你爱人的情况有点严重，我们需要送她到河池市人民医院，你能回来吗？"

"医生，我现在在百色，暂时回不去，我让岳母跟过去吧。"

郭孟德看到村里的贫困户正与田东县的果农交流，而他在旁边却像只热锅上的蚂蚁，坐立不安。一边是临产的爱人，胎位不正，胎儿块头大，谁都知道，这很容易出事；一边是扶贫项目考察队，大家正在讨论要不要种芒果。如果现在回河池，那扶贫项目考察队就会群龙无首；如果留下来继续考察，爱人那边怎么办？况且，上一次就没陪产，这一次如果再不陪在她身边，她可能嘴上不会怪我，可心里会不会一直埋怨我？

"郭书记吗，我是医生。你爱人的羊水已经破了，孩子的小脚也露出来了，需要立即进行剖宫产。现在没人签字，怎么办？"

"医生，我是个第一书记，我正带着贫困村村民在考察项目，实在无法回去。请让我的岳母签字吧。"

"郭书记，你对爱人的生产一点都不关心吗？据我所知，生第一个小孩的时候你也不在爱人身边。"

"医生，对不起，我知道，我不是一个好丈夫，我回去之后向爱人赔罪。"

郭孟德在芒果园里找了个地方，失声痛哭。

当时，天峨县正在开展扶贫脱贫任务大检查，林列村是个深度贫困村，要想真正脱贫，任务相当艰巨。在自己的小家与贫困村这个大家之间，郭孟德无法做出选择。在他心中，林列村2017年必须脱贫是他对党的庄严承诺，是他对林列村贫困户应尽的责任。他当然爱自己的妻子，爱自己的孩子，可是，需要他做出选择时，他把对小家的爱深深埋在了心里。

郭孟德的第二个孩子在河池市人民医院出生了。

郭孟德后来才知道，孩子出生时有些缺氧，被立即送到了保温箱。牙丽芳在医院住了20多天，孩子则在保温箱住了30多天。

那段时间正在进行扶贫脱贫任务大检查，郭孟德一直在林列村接受上级部门的各项检查，没有去医院看望过一次，只能委托年过七旬的母亲和岳母到医院照顾妻儿。

一直到出院那天，牙丽芳才看到了疲惫不堪、胡子拉碴的郭孟德。当时，她很想痛快地骂他一声，可是，她没骂出口。她知道，这不能怪他，他已经很不容易了。

"丽芳，对不起！"

牙丽芳看着爱人，想说点什么。可看到他满脸憔悴的样子，想着他肩上的担子，牙丽芳什么话也没有说，只把手伸给他："扶我起来，我们回家。"

郭孟德为了扶贫舍小家为大家的感人事迹，很快在天峨的城乡之间流传。在城里，天峨县公安局的警察们派代表前往河池看望和慰问牙丽芳；在村里，村民只要到河池去办事，都会带上土鸡去看望牙丽芳；有的村民在金城江有房子，他们就熬好鸡汤送给牙丽芳。

这一切，真实反映了郭孟德用心扶贫、踏实工作的奉献情怀，深深感动了天峨人民，而天峨人民也没有忘记这位一心扑在扶贫工作上的好书记。

经过郭孟德的努力，林列村形成了"山顶有杉木，半山有果树，水中有养鱼，林下有养殖"的产业现状，林列村长、中、短的产业脱贫攻坚计划目标已经实现。他通过引资创建龙滩珍珠李、中草药、林下生态养殖等种养示范基地，还有9家合作社，促成林列村与40家电商联姻，实现100%覆盖贫困群众。2017年，林列村有150吨珍珠李上市，产值达120万元，加上其他收入，村民年人均收入6000元以上。

在林列村，交通一直是制约全村发展的最大因素。郭孟德入户走访时，了解到当地群众最迫切、最期盼的事情就是把村里的道路修建起来。但在施工过程中，有的群众只顾自身利益，造成矛盾纠纷不断。

贫困户李某认为修路破坏了自家的风水，还占用了自家的土地，要求补偿，否则阻碍施工。郭孟德上门做思想工作，结果被李某轰出家门。郭孟德毫不气馁，这样的事他已经经历过很多次了。他先后12次上门，动之以情，晓之以理，最终说服了李某。

郭孟德依靠"磨破嘴、跑断腿"的韧劲，一遍又一遍向群众宣传修路的重要性和紧迫性，用诚意化解了无数纠纷。最后，一直不通路的龙坪、外麻、交要、外里、纳福等5个自然屯，道路全部硬化竣工。

天道酬勤。2017年底，林列村顺利完成了脱贫摘帽目标任务。2018年3月，郭孟德的两年驻村第一书记任期结束，向党组织交上了一份完美的答卷。

与老农在田边交流

与贫困户在园中交流

■ 脱贫总攻，郭书记披挂重上阵

2018年3月，郭孟德完成林列村脱贫任务后，回到天峨县城，准备休息一段时间。

牙丽芳说："孟德，从2013年你下乡扶贫到2018年，已有6年时间。在你后面当第一书记的人都已得到提拔，可你呢，除了置我们这个家于不顾，你得到了什么？干了6年的扶贫工作，于情于理，你都应该回到原来的工作岗位，好好干你的警察，好好照顾我们这个家。我的冷暖你可以不闻不问，可是现在有了两个娃，你总得担点责任吧？"

牙丽芳说得有理，郭孟德无言以对。他知道，这6年的扶贫工作，他冷落了妻子，冷落了这个家。好在现在任务已经圆满结束，还有补偿的机会，啥都不说，他要用实际行动来弥补自己6年来对这个家的亏欠。

郭孟德正式回到县公安局上班，又过上了按部就班的日子。但是，6年间没日没夜的乡村生活一下子变成了朝九晚五的规矩日子，郭孟德还有点不习惯。

这天，郭孟德将一份林列村脱贫摘帽的材料送给局长："局长，这是您要的扶贫材料，我已整理好了。"

"小郭，材料放桌上，你等一下。我们好久没聊天了，今天咱们聊会儿。"局长为郭孟德倒了一杯水。

"小郭啊，这几年辛苦你了。你的任务完成得很出色，局里上上下下都在赞你夸你呢！"

　　"局长，贫困村脱贫离不开后援单位的大力支持。您看，我又是要你们捐款，又是多次借用局里的大巴车，没有局里的支持，我想我很难完成任务。"

　　"小郭，你谦虚了，主要工作还是你去做的。你为我们局争了光，也为我们局树立了模范和榜样。"

　　"报告局长，为人民服务是我们警察的职责。"

　　"你坐下。现在，局里有件要紧的事，想和你商量一下。"

　　"您请说。"

　　"2018 年是天峨县整体脱贫的关键之年。你也知道，到 2020 年全面建成小康社会，是我们党向人民做出的庄严承诺，是明年、后年工作的重中之重和必须完成的硬任务。所以，脱贫攻坚战目前已经进入全力冲刺阶段。目前，我们局还有几个结队帮扶的贫困村没有脱贫，急需有实战经验的第一书记进行最后的搏击。你知道，我们局缺这样的人，你可是我们局的扶贫专家，我们想听听你的意见。"

　　局长停了一下继续说道："小郭，我也知道，你已经扶贫 6 年时间了，于情于理，你都可以拒绝。可我们局里就缺你这样的扶贫将军。"

　　郭孟德想了一下，这也是实情。如果他不干，找个新手去，万一不能脱贫，那将会影响整个大局。

　　"局长，请您放心。我干！扶贫的最后总攻，我再加把劲。"

　　"好！局里全力支持你的工作，有什么需要你直接申请。等你凯旋，我为你请功！"

“保证完成任务！”

在全国都为最后脱贫发起总攻的关键时刻，作为一名党员，郭孟德毫不犹豫报名参战。他觉得，能够参与这场具有历史意义的脱贫大会战，那将是一生的光荣。

接下来郭孟德最大的一个难题，就是如何向爱人牙丽芳开口，说出又要出征的事。

自从郭孟德回家之后，牙丽芳整个人精神焕发，她觉得，这才是自己想要过的小日子。牙丽芳也是天峨县公安局的一名警察。老百姓常说，老婆孩子热炕头，警察也不例外，牙丽芳就想过这样的小日子。

牙丽芳回到家，看到郭孟德做了一桌菜，她很高兴，这么多年了，终于有了家的感觉。

但是，牙丽芳很快发现，情况有点不对劲。郭孟德忙前忙后，有点极力讨好的意思，她不由警觉起来。

“孟德，你这无事献殷勤，我还真有点不习惯。你是不是有什么事要对我说？”

“老婆，你可真厉害，我有点风吹草动你都能感觉到。我是有点事想说，不过，我们吃过饭再说吧。”

“不行，你不说，我就不吃饭。”

“今天，局长找我谈话了。你知道，2020年……”

“别说了，我已经猜到了。接着干两年第一书记是吗，不就这点事吗？”

“这么说，我的好老婆，你同意了？”

"我不同意咋办？好在我们有了两个娃，也没什么负担。我不能跟着你冲锋陷阵，就负责照顾好家，你就放心去扶贫吧。"

看到爱人如此通情达理，郭孟德感到很欣慰。

2018年4月28日，根据县公安局扶贫指挥部的安排，郭孟德再次披挂上阵，带着局领导的重托，转战深度贫困村——天峨县岜暮乡板么村，担任驻村第一书记。

板么村属于大石山区，七分石头三分地，自然条件恶劣，基础条件薄弱，产业发展滞后，全村有391户贫困户。郭孟德用不到一个月的时间，就带领村两委干部遍访了村里所有贫困群众。缺资金、少技术，这是郭孟德当时总结出来的问题。

经过与村委会研究讨论后，郭孟德决定，扬长避短，壮大集体经济，发展毒蜂养殖产业。在后援单位2万元资金的扶持下，第一批共10窝毒蜂"入住"板么村。

"我们村养毒蜂后，田里、玉米地里的害虫少了许多，今年我们村的粮食一定会高产。"村民韦家义高兴地说。

郭孟德把毒蜂的窝安在人迹罕至的荒山上，在靠近蜂巢的地方设立安全警示牌，这样，毒蜂安心成长，村民安全生活。10窝毒蜂长势良好，到10月份就能实现产值5万多元。

郭孟德还着手乡村道路建设。"打通脱贫攻坚最后一公里，就要修通产业致富路。"郭孟德是这样理解的，也是这样做的。

郭孟德组织村两委干部，召开村民小组会议，最终决定，由郭孟德和村党支部书记黄承烈负责联系道路建设所用的沙石、水泥，村委会其他同志负责发动群众投工投劳，共同解决道路建设问题。

由爱心企业、后援单位共同出资 6 万元，解决了村道建设材料的资金问题。

■ 劳累过度，病痛无情突然袭来

板么村彭洞屯共有 12 户 48 人，其中 8 户是贫困户，全屯贫困发生率为 70%，自然条件恶劣，贫困户劳动技能低，低保收入占家庭收入的 50% 以上。为了让彭洞屯群众走上脱贫致富道路，郭孟德会同村两委干部对彭洞屯的情况进行了详细调查，得出彭洞屯符合整体搬迁条件的结论，建议搬迁。

这可是一项大工程。经过天峨县委、县人民政府审核，批准了彭洞屯整体搬迁的请求。在岜暮乡党委、政府的领导下，在后援单位的帮助下，郭孟德开始对彭洞屯 12 户群众实施整屯搬迁。

随着一台台钩机大臂一挥，一栋栋旧房应声倒下，彭洞屯成为岜暮乡第一个易地扶贫整屯搬迁的村屯。

为了让 12 户群众住得下，能发展，郭孟德和驻村工作队队员一起，通过开展劳动技能培训，主动对接新城区扶贫车间，解决彭洞屯移民的就业问题。2018 年底，彭洞屯 8 户贫困户通过务工、个体经营等方式，年人均收入达 5000 元以上，全部实现脱贫摘帽。

2018 年 5 月，郭孟德刚到板么村不久，有一天，他在入户走访时右腿突然抽筋，痛得很厉害。他以为是山路走多了，有点累，也没当回事，就请其他扶贫干部帮助按摩一下。

但是，郭孟德腿肚子的疼痛感并未减轻，在无法行走的情况下，他这才同意去县医院检查。救护车把郭孟德送到了县医院。但县医院条件简陋，医生建议郭孟德到河池市人民医院检查。

经河池市人民医院诊断，郭孟德患有肾病综合征。他强壮的身体，在长期超负荷工作的情况下，终于扛不住了。医生告诉他，这个病很危险，发展下去就是尿毒症，劳累不得，不能再做高强度的工作。

医生的诊断报告让郭孟德感到沮丧，他不得不听从医生的建议住院治疗。

郭孟德没想到，这次住院前后共 15 天，15 天对很多人来说无足轻重，一晃就过去了，可对郭孟德来说可谓度日如年。村里那么多事要处理，那么多贫困户在等着他去想办法、拿方案，他却躺在病床上一筹莫展。

自从参加工作后郭孟德就一直是个工作狂，驻村扶贫工作 6 年，除了这次生病住院 15 天，他从来没有请过假。他知道，只要把医院证明拿给局领导看，说一声不干了，需要好好养病，局领导一定会同意，并有妥善照顾和安排。但是，作为一个党员，能这样做吗？

对于郭孟德的病情，牙丽芳十分焦急。她来到医院，想好好和爱人谈一下。

"孟德，你看，这病还不是你累出来的。现在，你有医院证明，向领导说明情况，换别人上吧。你也该好好休息一下了。"

"是啊，躺在病床上这么多天，我也想了很多。我对你有亏欠，对我们的家也有亏欠。有时，真想不干了。"

"你现在有医院证明，完全有理由回来啊。"

"可是，就这么半途而废，我心有不甘！就像红军长征走了一半，能回头吗？"

"你这是什么比喻。"

"我的情况要比红军长征好多了。"

"那你有什么打算？"

"现在正是脱贫攻坚总攻的关键时期，我不能因为自己的一点小病就掉链子，我要把扶贫坚持下去。"

"我知道，我拗不过你。继续扶贫没问题，但你别耽误治病。治不好病，你还扶啥贫呢？这个道理，你不懂？"

"我懂。我注意休息就是了。"

板么村脱贫摘帽的工作正在热火朝天进行着，时间紧、任务重，如果临时换将必将影响进度。郭孟德咬咬牙，收起医院证明，带上药，再次回到了板么村。

牙丽芳知道爱人的脾气，要他离开扶贫岗位回家过安稳舒适的日子，那简直就是要了他的命。

牙丽芳没有办法，郭孟德不回来，她只能去找他，默默地帮助他。每当郭孟德加班查漏补缺完善台账、应对各种验收的繁忙时期，牙丽芳都会在周末带上两个孩子住到村里，协助郭孟德工作。

板么村开里屯有户贫困户叫韦庆川，80多岁，几年前儿子因车祸瘫痪在床，儿媳妇也跑了。韦庆川和老伴既要照看儿子，又要抚养正在读高一的孙女，生活十分困难。郭孟德将韦庆川家列为自己的重点帮扶对象，通过办理低保、寻求爱心人士帮扶、安排公益岗位等方式，挽救了这个濒临崩溃的家庭。韦庆川十分感激郭孟德，他说："如果没有郭书记的帮助，我们一家就真的过不下去了！"

郭孟德一进入工作状态就会忘记自己是个病人。板么村村主任韦鹏泰说："为了发展板么村的产业，郭书记投入了大量精力，吃饭休息从来没有规律，他真是累病的。病情严重的时候，他的脚肿得像粽子，脸肿得像罗汉，真让人担心。大家都劝郭书记，放下手头工作先好好治病，他都说没事，能坚持下来。"

郭孟德根据板么村的气候条件和区位优势，决定以集体资金入股的方式与天峨广林生态科技开发有限责任公司合作发展食用菌产业，公司负责提供菌棒、技术指导、产品保价回收，并保底给予村集体 8% 的利润。同时，引导 15 户贫困户以产业启动资金或小额信贷入股，通过规模化、标准化生产，板么村食用菌棒年生产量达 90 万棒，有效促进了村集体经济发展，带动了贫困户脱贫致富。

在板么村集体经济产业园有个食用菌大棚，郭孟德经常来到这里指导村民摆放食用菌棒。他知道，只要村集体有了经济收入，村党支部的号召力就得到加强，村干部说话办事就更有底气。

郭孟德无论在哪个村工作，都坚持以党建引领脱贫攻坚。他探索出"党建＋致富能人＋基地＋贫困户"模式，促进贫困户脱贫增收。在板么村，郭孟德动员全村 22 名党员干部主动对接 46 户贫困户，帮助他们发展产业。同时，组织有文化、懂技术、会经营的党员到外地考察学习，结合本地实际大力发展特色项目。在不到一年的时间里，郭孟德多渠道筹集资金 120 万元，引导农村党员致富能人在板么村创建食用菌、草莓、油茶育苗、毒蜂、黑山羊养殖等基地，吸收全村 219 户贫困户入股，并且每户贫困户都有一人在家门口就业。2018 年，板么村集体经济收入突破 10 万元。

2019 年，天峨至巴马高速公路和天峨至东兰二级路开工建设，原本交通落后的岜暮乡热闹了起来。随着施工队和部分企业进驻板么村，土地越来越值钱。

有一块 1.7 亩的闲置土地涉及两个屯，之前两屯村民搁置争议，共同使用，倒也相安无事。但随着这块土地升值，两屯村民都萌生独占的想法，矛盾开始激化。

两屯之间的矛盾如果不及时化解，很有可能会发展成两屯之间的械斗，这样的事郭孟德见多了。郭孟德本身既有丰富的法律知识，又有警察的身份，调解这样的纠纷可谓经验丰富，得心应手。

郭孟德先从土地纠纷起源展开调查，认真倾听双方的诉求，主持双方代表进行调解。考虑到该纠纷土地面积小以及涉及两屯村民多等实际情况，郭孟德提议将此土地用于戏台、篮球场、文化室建设，进一步丰富大家的文化生活。郭孟德的建议，得到了两屯村民的一致认同。一场纠纷得以妥善化解。

郭孟德筹集资金，帮助两屯村民在争议地块上建成群众活动中心，让村民有了休闲娱乐的地方。活动中心建成后，一到晚上，伴随广场舞音乐响起，原来的"闹心地"变成了村民的开心乐园。两个屯的村民因活动中心聚在一起，团结友爱，几乎变成了一个屯。

在郭孟德等扶贫干部以及全村群众的共同努力下，2019 年，天峨县深度贫困村——岜暮乡板么村成功脱贫摘帽。

【采访手记】

2020 年 9 月 9 日，我采访了郭孟德。

郭孟德是个 80 后，天峨县公安局民警。他从警 13 年，其中有 8 年时间奋战在脱贫攻坚第一线，先后转战天峨县向阳镇燕来村、林列村和岜暮乡板么村三个深度贫困村，分别担任新农村建设指导员和驻村第一书记，被誉为扶贫队伍中的"三朝元老"。他出色完成了三个深度贫困村的脱贫摘帽任务，用实际行动践行了新时代党员干部的担当和奉献。

8 年来，无论在哪个村，郭孟德总是一心扑在扶贫事业上，勇挑重担，忘我工作，直至积劳成疾。

郭孟德就像个专与贫困搏斗的战士。

"脱贫攻坚重要，身体健康也重要。你的病要认真对待，不要太劳累！"郭孟德带病驻村开展脱贫攻坚工作，令人牵挂。近日，河池市人大常委会副主任、天峨县委书记陆祥红还通过微信叮嘱郭孟德："一定要注意身体！"

身患肾病综合征的郭孟德每个月必须住院打一次激素。郭孟德一般星期五赶晚班车到南宁，住院治疗待到星期日下午，然后带上一个月的药返回天峨，星期一早上又进村开启新一周的工作。新型冠状病毒肺炎疫情期间，郭孟德因忙于抗疫和扶贫工作而耽误治病，导致病情反复。疫情缓解后，郭孟德每个月都要挤时间到南宁的医院治病。

尽管如此，他仍然坚持不下扶贫战场，继续冲锋拼搏。在采访时，我就看到了，他真像个"拼命三郎"。

　　8 年的扶贫生涯使得郭孟德对于农村的状况有着特别的认识。在采访中，他数次提到农村孩子的教育问题。郭孟德有个观点，孩子上学、读书、考大学是改变贫困家庭的一条重要途径。他说，一个贫困家庭，只要有一个孩子大学毕业，这个家庭就会很快脱贫，且不易返贫。所以，每到一个地方，郭孟德特别关心孩子们的读书与教育。8 年来，他向后援单位和社会人士组织捐款达 30 多万元，帮助了 227 名贫困学生，圆了 4 名孤儿的大学梦。

　　郭孟德一心帮助贫困户脱贫，却很少顾及家中的妻儿老小。我问他："你很少顾家，你的家人怎么看你？"

　　郭孟德说："我没有分身术。在我面前，一个是家庭，一个是贫困村，我只能选一个。我选择了贫困村。这不是我心狠，是我必须这么做。因为我是共产党员，我别无选择。"

　　郭孟德谈到他第二个孩子出生，妻子情况危急，而自己又不在她身边时，禁不住失声痛哭。他说："我能想象，那时爱人心里是多么的绝望。好在爱人也是共产党员，同为警察，她能理解我的处境。即使对我发牢骚也只是说说，过后就不再提了。我一直想，最好她能打我骂我，消消气。可她没有，有了苦都往心里咽，有了委屈自己一个人承受，有了困难自己一个人扛。没有她的理解和支持，我这个第一书记也做不好。"

　　采访了那么多个第一书记，郭孟德是第一个在我面前流泪的汉子。

　　我一直在寻找"拼命三郎"郭孟德如此拼搏背后的动力，想到他对我说过的话："没有人民群众的帮助，我上不了大学。人们常说，滴水之恩，涌泉相报。我感恩这个土地上质朴的百姓。更重要的是，我是共产党员，让群众脱贫致富，这是我义不容辞的责任。"

写这篇文章的时候，2020年已经过半。中国已成功控制住新型冠状病毒肺炎疫情。全国脱贫攻坚战进行得如火如荼，全面建成小康社会的日子即将到来。

一个警长的特殊任务

——记马山县加方乡龙岗村第一书记陆治江

　　陆治江，1980年生，壮族，广西河池市都安瑶族自治县人，中共党员，广西南宁市公安局青秀分局副局长。2017年底，任南宁市马山县加方乡龙岗村第一书记。陆治江紧紧扣住"创新扶贫"这个中心思想，以"当、做、亮、建"凝心聚力；在全国首创"扶贫车间、扶志超市、扶智课堂"于一体的"三扶"综合中心一站式扶贫模式，入选广西脱贫攻坚工作亮点清单，2019年龙岗村实现整村脱贫摘帽。2019年，获广西壮族自治区党委组织部"全区脱贫攻坚优秀第一书记"和南宁市委、市政府"南宁市打好精准脱贫攻坚战先进个人"荣誉称号。

■ 特殊任务，警长星夜驰马山

2017 年 12 月的一天，南宁市公安局青秀分局副局长、一级警长陆治江正准备下班，突然接到南宁市公安局政治部的电话，通知他立即前往市局会议室，说有重要任务。陆治江不敢怠慢，迅速从青秀分局驱车前往。

南宁市公安局会议室里，早有几个人在等着，除了局长，还有政治部的几位同志。局长开门见山，说："治江同志，事情紧急。找你来，是有个十分艰巨的任务，想由你去完成。我们几个想听听你的意见。"

陆治江心想，从警以来，破奇案，追逃犯，出生入死，什么艰巨的任务没遇过？

"请局长放心！不管任务多么艰难，我都会带领同志们完成的。保证完成任务！"陆治江站起来，立正敬礼。他觉得，领导把一个"十分艰巨"的任务交给他，那是对他能力的肯定，这事无比光荣。况且，上面有领导关心，下面还有忠诚敬业的广大干警，还有什么困难不能克服？

局长说："不，这个任务的艰巨性就在这里，没人帮你，需要你一个人去完成。我也不和你兜圈子，经过组织部门综合考虑，我局决定，派你去马山县龙岗村担任第一书记，带领全村百姓，力争在两年之内，摘掉龙岗贫困村的帽子。"

原来如此。对陆治江来说，这个任务确实不是一般艰巨。他提出一个疑问："局长，我是警察，乡村扶贫工作从未接触，抓经济促生产我也是一窍不通。就连我家里的账本都是夫人掌管。一句话，对于扶贫，对于农村经济，我是十足的外行。下乡扶贫这事，组织上选中我，万一未能脱贫，辜负了组织不说，关键是扶贫摘帽这样的国家大事，谁也耽误不起啊。"

政治部的老韦说："治江同志，俗话说，一张白纸，才好画最新最美的图画。扶贫工作已经到了最后的总攻阶段，剩下来的那些贫困村都是难啃的'硬骨头'。如果我们还用以前的老办法，2020年完成脱贫总目标，时间上已经不够。在这个关键时刻，我们决定，组织扶贫特种兵，派一些能力强、点子多、脑子活的同志下乡，担任第一书记去扶贫。此前，你虽对扶贫工作没有任何经验，但你是一名忠诚的共产党员，作风过硬，善于思考，思路开阔，我们这才选中你。希望你发挥想象力，摒弃旧模式，跳出旧框框，以创新来扶贫。总之一句话，扶贫这场硬仗，我们要出奇制胜。你一定要记住这四个字，出奇制胜！"

面对领导信任与恳切的目光，陆治江再次立正敬礼，庄严承诺："请领导放心，我上！保证完成任务！"

突如其来的紧急任务让陆治江有点措手不及，上级领导给陆治江准备的时间只有两天，没有任何思想准备。这也说明了时间紧迫，不允许他谈什么任重道远、来日方长，而是要他兵贵神速、争分夺秒。

且不说陆治江对扶贫工作完全陌生，更不说他对龙岗村的实际情况全无所闻，眼下还有一件更为棘手的事需要解决，那就是如何向夫人和两个孩子说明情况。以前执行紧急任务只需要在电话里和夫人说一声，说走就走，有时两三天，最多十来天，家里有什么事可以找人临时应付一下，这样的情况夫人已司空见惯。但这次不一样，这一去最少得两年，家里怎么办？孩子怎么办？节假日当然也能回来看看，可村里贫困户没脱贫，任务没完成，回得来吗？

晚上，陆治江回到家中，爱人小蒋正在炒菜做饭。陆治江把路上买的烤鸭装好盘子，又拿出一瓶珍藏的酒。小蒋感到奇怪，问道："阿江，今天没谁过生日啊。还喝酒，今晚不加班了？"

陆治江说："哪能天天加班。我来帮你炒菜。"

小蒋说："不用，都好了。准备吃饭吧。"

陆治江先把两只油旺旺的烤鸭腿，一只给了小蒋，一只给了正在上小学二年级的女儿。

小蒋看了看陆治江，无事献殷勤，肯定有事。她说："别卖关子了，到底啥事，说！"

陆治江觉得惭愧，还是夫人了解自己，心里那点小心思只两秒钟就被她看穿了。陆治江一点儿也不觉得奇怪，因为小蒋也是一名警察，一双慧眼明察秋毫，什么事都瞒不过她。

陆治江平常很少喝酒，即使有应酬，也常以开车为由拒绝。现在，他为自己斟满了酒，也给小蒋斟满了。他说："你现在就像个X光机，我心里想什么事，你都知道。你就不能让我有点私人空间吗？"

小蒋说："拜托，我也是人民警察，谁不让你有私人空间了？是你总主动给我看。平常也没见你买几回烤鸭，今天又是喝酒，又是烤鸭，这不明摆着有事求我嘛？"

"被你说中了，确实有件事，我得和你说清楚。上级派给我一个紧急任务，两天后就出发。"

"那就出发啊，以前不都这样吗？"

"可是，这次和以前大不一样。所以，这事我得和你商量。"

"究竟是什么任务？"看到陆治江严肃的脸色，小蒋不由得警觉起来。

"组织部门已经决定，派我前往马山县龙岗村担任驻村第一书记，至少两年。两天后就要到村里赴任。"陆治江喝了一口酒，把组织上下派的任务原原本本告诉了小蒋。

小蒋听完并没有出声，而是静静地吃着饭，仿佛什么话也没听见似的。

陆治江见小蒋不出声，心里没底，轻轻地说："有什么困难，你说出来，我们一起想办法。"

小蒋仍然显得很平静。过了一会儿，她说："组织部门派你下乡扶贫，这是对你的信任，更何况，现在正是精准扶贫到了发起总攻的阶段。作为家属，我坚决支持。家里的事，你不用操心，两个孩子我都会安排妥当。"

那一刻，陆治江眼里有些湿润。他心里很清楚，这些年来，小蒋任劳任怨，家里忙，单位也忙，可她总能打理得清清爽爽，安排得井井有条的。他却从来没给小蒋买过一件像样的衣服，甚至不知有多少年了，没再给她送过一束花，而小蒋曾经是那么喜欢他送的花。

怀着深深的内疚，陆治江说："家里的琐事很多，家务也很繁重，你自己还要上班。外婆90多岁了，你要经常去看她，我父亲身体也不太好，你还得替我照应着，让你受苦了。"

小蒋道："说这些话多见外。你的亲人就是我的亲人，照看他们都是分内之事。我倒是担心你，对扶贫工作从没接触过，完全是个门外汉，你打算用什么办法让龙岗村脱贫摘帽？"

陆治江说："事在人为。我们这批下乡扶贫的第一书记都是像我这样的门外汉。领导这样做的目的主要是想出奇制胜，摈弃扶贫工作中的旧条条老框框，走创新扶贫之路。"

小蒋说："你放心去吧。山区那些贫困的乡亲们在等着你，他们更需要你。无论如何，你也要把龙岗村的贫困帽给摘了。"

有了夫人的支持，陆治江心里踏实多了。他用一天时间，看望了年迈的外婆和父母，收拾好行李。

为了准时到达龙岗村，陆治江决定提前出发。第二天傍晚，陆治江就告别爱人和年幼的孩子，连夜赶赴马山。他到马山县城时，已是满天星光。

次日上午9点，龙岗村的村委干部早已接到通知，赶到马山迎接陆治江。办好交接手续，陆治江和村委干部一起，马不停蹄地奔赴龙岗村。

2018年1月1日，陆治江在龙岗村村委一间简陋的宿舍里，打开工作日记本，写下了这样一段话："我愿以微薄之力，改变贫困家庭的命运、贫困村的面貌，带领大家脱贫致富……"

陆治江用朴实的语言，记录着他的信念与决心。但他心里很清楚，他对龙岗村的情况，除了"贫困村"这三个字，其他都是一无所知。千头万绪，该从哪里做起呢？

■ 逐户访贫，风雨交加走龙岗

陆治江和村委干部穿过莽莽大石山，将近两小时才来到了完全陌生的龙岗村。

下了车，陆治江站在村委大门前，下意识地抬头向四周望了望，但见四周重峦叠嶂、群山绵延，这里就像个与世隔绝的小世界，心里不由暗暗叫苦，如此封闭的小山村，我该怎么办，又该从哪里着手扶贫？陆治江心里有些茫然。

陆治江还不知道，眼前看到的只是龙岗村的表象。到达村委后，陆治江并没有马上休息，他立即召开村委会和群众代表大会，了解龙岗村的基本情况。

当陆治江听完村委王主任的简单介绍后，那一刻，他心里对龙岗村的感觉几乎是有点绝望的。这是个怎样贫困的山村啊！

龙岗村由壮、汉、瑶等民族构成，封闭偏远，地处马山县城东部的大石山区，距县城约 55 公里，是加方乡比较贫苦的行政村之一。

王主任介绍，龙岗村贫穷的根源在于土地稀缺。当地人常说"九分石头一分地"，全村总面积 21.65 平方公里，仅有耕地 1341 亩，零散分布于石山和石缝中。全村 525 户 1721 人，人均耕地不足 1 亩。2015 年精准识别贫困户有 227 户 774 人，2017 年贫困发生率高达 27.44%，属于深度贫困村。年轻人基本都外出务工了，村里也没个像样的产业，这里不但土地稀少，而且干旱缺水。

村民长年种点耐旱的玉米，望天收，只能维持个温饱。"看天吃饭，靠天喝水"，这是对龙岗村自然条件恶劣、资源极度匮乏的真实写照。

尽管陆治江已经知道龙岗村的贫困，心里也有一定的准备，可当他听完王主任的介绍，心头还是凉了一半，有点发蒙。

既来之则安之。最后，陆治江发言，他要向龙岗村的干部群众吐露心声，表个态。他说："我这次来，说实话，目前并没有什么成熟的脱贫方案，也没为你们带来什么项目，我只带来了一颗赤诚之心。从现在开始，我的心就放在龙岗村。希望大家精诚团结，通力合作，我们不但要实现龙岗村脱贫摘帽，还要找到龙岗村持续发展的一条希望之路。"

陆治江的发言赢得了龙岗村干部群众的热烈掌声。他们纷纷表示，全力支持陆书记的工作。

陆治江心里很激动，这群朴素的山民，"贫困村"的帽子压在他们头上，已经让他们喘不过气来了。他们也知道，距离 2020 年脱贫攻坚收官只有两年时间了，他们相信党和政府派来的第一书记肯定是百里挑一的，越是深度贫困的地方，越是需要精兵强将。

一时间，龙岗村的干部群众奔走相告，他们对陆治江充满了期待。

当然，也有一部分群众持怀疑态度。有人说，陆书记是个警察，睿智冷静，屡破奇案，这是他的强项，可对扶贫他是外行。一

带领党员流动宣传小分队到排献屯开展
扶贫政策宣讲活动

实地了解村屯道路硬化情况

在疫情防控期间逆行回村，坚守一线
指导村民开展疫情防控工作

给贫困学生们讲解如何凭学习成绩或奖状获得"扶志超市"积分

个外行人来做扶贫工作，能行吗？

陆治江也在反复问自己，我这个警长来做扶贫第一书记，能行吗？

每当此刻，陆治江就会想起临行前领导们反复强调的四个字——出奇制胜。自古以来，在制订作战方案之前都有个重要原则，就是知己知彼。陆治江决定，从明天起走进山村，对200多户贫困户进行摸底调查，先把基本情况都摸清楚，再进行下一步计划。

第二天上午，天色阴沉，山头堆着黑云。王主任说："陆书记，看这天，很可能要下雨，要不我们改天再进村调查吧。"

陆治江看了看天色，说："一天也耽搁不起了，再大的雨也阻挡不了我们。大家把伞带上，早饭后我们就出发。"

在龙岗村排连屯，陆治江和村干部一行四人走进一座木瓦房，房主蓝金娇正在做手工。平常也没什么人来家中，一下子见到这么多陌生人，蓝金娇有点坐立不安，不知所措。

王主任介绍说："我们是村委会干部，这位是我们村新来的第一书记陆治江，他来村里走访贫困户。"

陆治江找个板凳坐下。以前他下乡办案，也曾到过农村基层，进过不少农户家中，却从来没见过如此破旧的贫困人家，家徒四壁，只有一台旧电视机，两个孩子正在看动画片。

陆治江坐在蓝金娇对面，安慰她说："你不用张罗，我们自己带了水。这次来，我们就是想看看你们家的实际情况，也想听听你对脱贫有些什么想法和要求。你想到哪儿就说到哪儿，随便说说。"

蓝金娇从没想过，新来的第一书记会到自己家中走访。她有些感动，觉得这位陆书记有些与众不同，他没有一点干部架子，说话和蔼，像在拉家常。再看看自家的这种贫困状况，她觉得抬不起头来，想说点什么，却又不知说什么好。

陆治江很快明白，刚才蓝金娇去转了一圈，想找个干净的杯子给客人倒点水都找不到，觉得有点难堪。陆治江安慰她说："你不要有任何顾虑，我们龙岗村有200多户贫困家庭。你们贫穷，就是我们每个党员干部的贫穷。我这次来，就是和大伙儿一起想办法，先让我们龙岗村脱贫摘帽。"

蓝金娇听了这些话，心里暖乎乎的，她决定把自己的一些想法告诉这位新来的第一书记。她说："我们家四口人，老公在林场伐木做工，就靠他那点生活费维持全家开销。就这点工钱也不好赚，还得看天气。天气好，可以多赚点，遇上天气不好，一个月的工钱也仅仅能维持一家人的口粮。"

陆治江问："那你有没有想过，到外面去打工呢？"

蓝金娇说："早就想过这事。可是，我的文化程度不高，再加上两个小孩没人照看，实在没办法外出打工，就这样，我成了村里的留守妇女。"

陆治江拿着笔记本，把蓝金娇的这些情况一一记录。他问王主任："全村像这样的家庭有多少？"

王主任说："这样的家庭有很多。有的把小孩送到父母家，有的把父母请到家里来，然后夫妻双双进城打工。这样，夫妻俩一个月最少有五六千元收入。最困难的就是蓝金娇家，一个人外出打工，一个人留守。对这些留守妇女村里也曾想办法，接点手工活儿，让她们赚点工钱，可报酬少，没多少收入。所以，村里就出现了很多留守妇女聚在一起，她们有的研究六合彩，有的打牌，有的打麻将，村里不良的社会风气也一直得不到纠正。"

　　蓝金娇说："村里有这么多留守妇女，就我个人来说，我希望有办法让大家都能找到活干，找到自己想做的事。还有，孩子能有地方玩，像幼儿园那样。只不过，天下哪有这么好的事呢。"

　　陆治江一边记录，一边饶有兴致地让她继续说下去。

　　蓝金娇接着说："你看，我们家有1亩多玉米地，一年收入也就800多元。我觉得很亏，总想改种其他品种，可又不知种什么好。"

　　后来，陆治江又走访了几户贫困户，情况大同小异。陆治江把这些宝贵的信息认真记录下来。刚离开一个村庄，忽然下起大雨，王主任说："陆书记，前面的路不好走，我们先回村委。等雨歇了，我们再下来。"

　　陆治江说："不，继续走访。一下雨，大家都在家，正是好机会。"

　　车子刚开出一会儿，就陷入了泥泞的水坑中，轮子打滑了，怎么也上不来。在这荒山野岭，前不着村，后不靠店。司机说："只能下车，推一把。"

　　陆治江毫不犹豫打开车门，冲入雨中。王主任和另一名干部也下了车。三个人在后面齐心协力，车子一声怒吼，终于驶出水坑。

　　陆治江和两个村委干部身上，溅了一身的泥浆。

■ 三种三养，小试牛刀显身手

经过一个多月深入细致的调研，陆治江已基本摸清龙岗村贫困户的实际情况。接下来该怎么办？陆治江陷入了沉思。他忽然想到，在警局每次遇到棘手的案子，那时的境况竟与此时十分相似。

陆治江长期在公安部门工作，接触过很多错综复杂的案件，一时找不到头绪，无从下手。遇到这种情况，需要冷静下来。龙岗村目前面临的贫困状况，和以前办案的状况很相似，陆治江果断决定，把宝贵的破案经验用于扶贫工作。龙岗村的家底已经摸清，现在先寻找一个突破口。

至于修村路、修水柜、修危房等，这些都是乡村基础设施，政府有相应的政策扶持，只要符合条件，这些都算不上什么难事。陆治江把这些政策扶持项目全部交给村委干部去解决，遇到难题则由他进行协调。陆治江把工作的重点主要放在如何为龙岗村贫困户增收脱贫的这条主线上。

这条主线的"线头"又在哪里呢？

一天下午，陆治江正在村委办公室整理调查资料，忽然有个村民跌跌撞撞跑进来哭诉："陆、陆书记，不好了，我的牛不见了。"

陆治江倒了一杯水给他，说："老乡，别急，你慢慢说。"

那一刻，陆治江两眼放光，双手肌肉绷紧了，因为有了案子，他仿佛又回到了从前办案时的工作状态。

前来报案的人姓刘，大家都叫他刘老板。他在村中有一家肉牛养殖合作社，共有牛 23 头，这是十来户村民共同投资的合作社。今天由他值班，也就回家吃了顿饭的工夫，回来却发现牛栏里只剩下 22 头牛了。

老刘说："陆书记，一头牛价值 1 万多元，这对我们农民来说，就是一户人家的全部家当，全指望着靠养牛来脱贫。这下可好，牛要是丢了，不但没脱贫，还得背债。"

有着多年办案经验的陆治江迅速判断：一是时间不长，外地人进村偷牛的可能性不大。要在大白天偷牛可不太容易，龙岗村山道弯弯，进来容易，出去可就难了。二是牛的体形大，不像小猫小狗走得快，目标容易发现。因此，这头牛应该能很快找到。

陆治江心里有了底，他下意识地摸了摸腰间，手枪没了。他大吃一惊，又笑了，还以为在警队呢。随后，老刘带着陆治江立即来到肉牛养殖场。

老刘还在反复数牛，陆治江却在仔细查看痕迹。从牛栏到地上，再从地上到牛栏，他发现了几个重要的摩擦痕迹，很快做出判断，这头牛"越狱"了。

陆治江追踪痕迹来到牛舍外面，看到了普通人无法看到的牛脚印，这可是警察的基本功，陆治江研究过痕迹学，没想到有朝一日会在扶贫工作中用上。

陆治江放心了，牛没丢，就在附近撒野。转过几亩田，拐了几个弯，陆治江眼前一亮，一头黄牛正在前面吃草。

陆治江问："刘老板，那是你的牛吗？"

老刘仔细一看，满心欢喜，说："正是正是，牛背上有记号，写的是数字。"

两人走到牛旁边，果然看到牛背上写着 19 的字样。老刘找根枝条，猛地一抽，说："快回到牛棚去！"

刚想走，旁边的玉米地里走出来一个人，说："老刘，你等等，等一下再走。"

老刘说："老韦，你有事吗？"

老韦说："老刘，我称你刘老板。你不能就这么走了，你回头看看，你的牛把我的玉米啃了那么多，你的牛是养肥了，我那被啃掉的玉米咋办？"

老刘一看，果然，玉米地被牛踩得东倒西歪。老刘忽然想到一个问题，问："老韦，你说啃你的玉米的是我的牛，有什么证据吗？我来的这一路都是玉米，难不成，你家的玉米比别家的嫩，比别家的好吃？我的牛跑那么远的路，专门来吃你家的玉米？"

老刘的话一下子就把老韦给噎住了，他愣在那里，无法回答。

陆治江见他们俩在争论，就到玉米地里看了一下，很明显有牛的脚印。他再到四周看看，明白了是怎么回事，就对老刘说："玉米地是被这牛糟蹋的。老韦种点玉米也不容易，我来调解一下，老刘赔 100 元，这事就算解决了。"

老刘问："为啥我家的牛不啃别家的玉米，非啃老韦家的玉米呢？"

陆治江说："这一路两边都长满荆棘，别家的玉米地牛进不去。刚好到老韦家这里荆棘就没了，牛就进来吃玉米了。顺便告诉你们，我是警察。"说完，陆治江掏出警官证给两人看。

看到鲜亮的警徽，老刘说："陆书记，你是警察，我信你。这100元我赔。"说完就掏口袋，摸了半天一个子儿也没摸出来，他有些不好意思，说："没带钱包。要不，到我牛场去？"

陆治江掏出100元给老刘，说："我这有，先垫了。"

陆治江和老刘赶着牛往牛棚走。一路上，陆治江问老刘："我有个事没弄明白，好好的牛怎么会'越狱'呢？"

老刘说："以前已经发生过一次。我们在外面购买的牧草因为下雨或货车故障没及时运来，牛饿得不行，就'越狱'了。"

陆治江更加疑惑，问："你是说，牛吃的牧草都是从外面运回来的？"

老刘说："是啊，目前肉牛行情不错，只要外地牧草能保证供应，我准备把合作社的规模扩大。"

"这是好事啊。"陆治江说。

言者无心，听者有意。陆治江立即发现，刘老板的这句话里蕴藏着商机。

"我们村为什么没人种牧草呢？"陆治江问刘老板。

"龙岗村土地少，形成不了规模，只能到外地找牧草。"刘老板说。

刘老板介绍，龙岗村的村民历来都是以种玉米为主。每亩玉米在正常年景收入800元左右。而种牧草每亩地可收入1500元。由于土地不足，技术也跟不上，村里就一直没种。

"我去动员村民种牧草，你能收购吗？"陆治江问。

"那是求之不得啊。陆书记，您种多少牧草，我就收多少。本村乡亲，省去了运输费，价格还是比外地优惠。"

"那我们签订包销合同。"

"可以，马上签。"

这是陆治江来到龙岗村签订的第一份合同。合同签好后，陆治江立即召开村民大会，动员大家停止种玉米改种牧草。每亩牧草的收入是玉米的将近一倍，这让村民们喜出望外。可他们心里还是没有底，问道："陆书记，合同是您签的，万一刘老板不收我们的牧草，我们岂不白种了？另外，我们没文化，不懂种牧草的技术，怎么办？"

陆治江说："只要你们同意改种牧草就行。至于种哪种草，怎么种，技术上我来安排，这个不用你们操心。关于收购，这事由我负责到底。我可以当着全村人的面写下保证书，你们种的牧草刘老板如果不收，就由我个人全部收购。你们不会损失一分钱。"

陆治江话音刚落，会场上响起一片掌声。这些被贫困折磨得喘不过气来的乡亲们，第一次听到如此温暖的话，陆书记保证收购，心里就有了底，牧草那么高的价格，大家都争着种抢着种。

村委王主任有点疑惑，悄悄问："陆书记，这些村民从没种过牧草，他们能行吗？"

陆治江说："这不用担心，会种玉米就会种牧草。若村民不会种，还有我们，我们手把手教他们种。我已经和科技特派员取得联系，请他们提供技术支持。"

通过一段时间的土地整合，龙岗村采取"以奖代租"的新型方式，陆治江共发动 31 户贫困户种植牧草 83.5 亩，每户贫困户年均增收约 0.5 万元。贫困户的收入增加了，肉牛合作社的饲料难题也随之解决了。

种牧草获得成功，让陆治江发现了一个秘密，他命名为"配套经济"，这是一条快速脱贫的捷径。就是对本乡或邻乡的一些成熟企业、合作社进行考察，寻找他们的上游或下游的配套产品，如牧草就是肉牛合作社的上游产品。

陆治江按照"配套经济"模式如法炮制。他很快发现，邻村有个山琴种养专业合作社，拥有旱藕粉加工厂和 QS 标准厂房车间，产品已通过自治区产品质量研究所检验，生产与销售路子都很成熟，急需原材料旱藕。

陆治江立即与山琴合作社签订供销合同，带动龙岗村的 22 户贫困户种植旱藕 80 亩。2018 年底，每户贫困户年均增收约 0.3 万元。

陆治江从自己发现的"配套经济"模式中尝到了甜头。他看到邻村不少人养蚕，差不多一年四季都需要桑叶。为什么不能为他们提供桑叶呢？经过与邻村养蚕大户联系，陆治江通过集中培训和入户宣传，在龙岗村大力推广桑树种植。

如今，陆治江共指导 28 户贫困户种植桑树 126 亩，亩产值超过 8000 元。有了桑树，有条件的贫困户还可以直接养蚕。种桑与养蚕相结合，让贫困户实现了增收。

陆治江运用"配套经济"模式，成功地发展了龙岗村的"三种"产业，即种牧草、种旱藕、种桑树。

"三种"成功了，与之"配套"的产业模式也随即产生。在"三种"产业走上正轨之后，陆治江立即着手发展"三养"项目，即养牛、养鸡、养蚕。

陆治江根据市场行情的变化，再次调整产业项目，决定以"贫困户＋企业＋党员＋能人"的新模式，在提高质量基础上扩大规模，让贫困户组团发展。

陆治江这些具体有效的扶贫措施让整个龙岗村的产业经济活起来了。所有玉米地全部改种其他高效高产的经济作物，让有限的土地发挥最大的效益。贫困户不但能够脱贫，经济收入也大幅增长。

取得这些成果，就连陆治江自己都没想到。而"三种三养"的扶贫模式，陆治江只不过小试牛刀、初显身手而已。

■ 脱贫摘帽，"三扶"中心立奇功

尽管"三种三养"模式让陆治江很有成就感，但他心里还是感到不满足。这个模式还是有解决不了的问题，如家庭劳动力不均衡，导致有的家庭脱贫了，有的家庭举步维艰。那么有没有一种办法，除了丧失劳动能力者，其他贫困户都能找到属于自己的脱贫增收的路子呢？也就是说，有没有一种可能，让村里的贫困户按照自己的意愿，选择适合自己的项目脱贫呢？

针对村里各种不同类型的贫困户，陆治江经过反复研究后果断决定，创建"三扶"综合中心，集中破解这一难题。

这是陆治江学习习近平总书记"要加强扶贫同扶志、扶智相结合"的重要指示后，得到的启发——打造全国首个集"扶贫车间、扶志超市、扶智课堂"于一体的"三扶"综合中心。

这是一个功能齐全的综合机构，里面设有车间、超市、教室、儿童乐园等功能区域，首创以就业增收、奖励先进、宣传引导、技术培训等为主要功能的"一站式"扶贫模式。

通俗点说，就是龙岗村的贫困户，只要进入"三扶"综合中心，都不会空手而归，因为这里总有一项技能或种养技术适合他们。

这里有扶贫车间。陆治江先后筹集资金 93 万元，建成了扶贫车间，其目的是筑巢引凤，促进贫困户增收。2018 年，陆治江多次带领龙岗村两委干部到外地洽谈合作事宜，经过努力，最终与广东一家电子加工企业签订合同，成立了龙岗村首个扶贫车间，让村民实现就地、就近就业。

扶贫车间创建以来，先后有 106 个村民来到车间务工，贫困群众人均月工资 2500 元左右，并持续稳定增长，解决了大部分留守妇女的就业问题。

这里有扶志超市。陆治江利用村集体经济收入和社会爱心人士捐赠的款项，从中划出专门经费，设立全村全员积分制，凭积分可兑换商品。农村特困人员和低保户有固定积分赠送，其他村民到"扶贫车间"务工，或在发展种养、助人为乐、义务劳动、子女教育等方面表现突出者，可获得相应积分；不遵守村规民约或有违法违纪行为者，则扣分，奖勤罚懒，赏罚分明，激发内生动力。

扶志超市的建立，使整个龙岗村的精神面貌发生了很大的改变，社会风气明显好转，义务劳动、助人为乐的好人好事层出不穷。目前已有 89 户获得"扶志超市"积分，并兑换了价值 2.2 万元

与扶贫车间技能大赛获奖的贫困户合影

在"扶智课堂"给村民代表上党史课

在"扶志超市"给前来兑换积分的村民
发放物品

在扶贫车间了解返乡青年务工情况

的奖品。

这里有扶智课堂。陆治江结合党支部设立新时代文明实践站，创立了扶智课堂，主要开设劳动技能和种植、养殖技术培训班，举办政策宣传、法律知识讲座；开办学生课外兴趣辅导班，提升村民的综合素质。在扶智课堂里，有数款适合本村实情的种养项目，贫困户无论看上哪一款，村里都会立即启动程序，从资金、技术到销售等各个环节，都有专人一对一进行跟进，让贫困户没有任何后顾之忧。

扶智课堂从 2019 年 6 月投入使用以来，已开班 18 场次，培训村民 850 人次。

龙岗村原贫困户唐育白是从"三扶"综合中心走出来的脱贫者之一。他深有体会地说："我文化程度不高，到扶贫车间不会操作机器，就选择种旱藕。以前也想种，但技术上我一窍不通，不敢种，只能种玉米，每亩年收益最多几百元。现在有了'三扶'综合中心，有工作人员进行技术跟进，我就种植了 5 亩旱藕。只要勤于管理，每亩产量可在 2 吨左右，我将旱藕卖给合作社收入达 1 万元，比起以前种玉米，收益翻了两三倍。2019 年，我家已顺利脱贫。"

"三扶"综合中心创建之后，原本沉寂的龙岗村，忽然之间奇迹般地苏醒了。一部分贫困户选择在扶贫车间打工，早晚还能照顾到家中老小；另一部分贫困户则选择了养殖业。

目前，龙岗村生态肉牛日常存栏数达 100 头以上，每年给村集体经济带来 16 万元收入；通过提供鸡苗等方式，培育壮大弱劳动力贫困户进行特色土鸡养殖，户年均增收约 0.3 万元；大力发展养蚕业，户年均增收约 2 万元。

陆治江在全国首创的"三扶"综合中心构思新颖，功能强大，在脱贫攻坚战役中如同一把利剑，快速、有效地消灭了龙岗村的贫困。"三扶"综合中心"一站式"扶贫模式成功入选广西 2019 年脱贫攻坚工作亮点清单，获得中央级媒体报道。

在陆治江驻村的两年多时间里，龙岗村的贫困发生率从 2017 年的 27.44% 降至 2019 年的 0.69%，2019 年龙岗村实现了整村脱贫摘帽。

那一天，庆祝脱贫的鞭炮前后燃放了一个多小时，整个龙岗村沸腾了。

■ 异想天开，"飞地经济"上蓝天

大石山区自然环境恶劣，交通不便，村集体经济难以发展。每次遇到难题，陆治江总是登上龙岗村的山头，看一看起伏的群山，开阔一下思路。他觉得跳出固有思维，出奇制胜，是他的脱贫工作一步步取得胜利的法宝。

陆治江看到了邻村的几个乡村企业、合作社，这些乡村企业做得很活，我们为什么不能横向联合、联手发展呢？

到邻村投资入股合作社或加工企业，以达到发展村集体经济的目的这是一个大胆的想法。陆治江想了半天，他觉得用"飞地经济"来形容这个构想，非常生动形象。

龙岗村的实际情况是九分石头一分地，这一分地已经最大限度地种上了效益比较好的旱藕、桑树、黄豆、黑豆等品种，很难再进行其他开发。龙岗村要想发展，就得借邻村地盘，这个想法大胆而奇特，让人耳目一新。

经过几次到邻村考察，陆治江了解到，龙岗村东面有个邻村叫局仲村，是个非贫困村，与龙岗村同属加方乡。有个浙江老板正在与当地政府洽谈，准备在局仲村建一家农业科技公司。

得到这个消息后，陆治江立即与村委干部来到局仲村接触了浙江老板夏碧静。

陆治江开门见山地说："夏老板，不瞒你说，我们是隔壁龙岗村的干部，听说你准备在这里办企业，我们想入股。"

夏碧静大吃一惊，问："陆书记，你的胆子真大。你对我的情况一无所知，你怎么敢贸然入股呢？万一我是骗子怎么办？"

陆治江并没有立即回答他，而是反问道："我想知道，夏老板到这深山沟办厂，你就不怕失败吗？你到这里办企业的胆子又是从哪来的？"

夏碧静说："这里虽是深山，但周边原材料十分丰富，价格也合理，我们在这里进行深加工，制成产品直接发往全国各地。从原材料、劳动力、政策扶持等方面考虑，我们认为在这里办企业非常合适。更重要的是，我们有专业团队进行销售，这是我们的优势。"

陆治江放心了，因为他最担心的就是当地农产品的销售，既然他们有销售优势，他心里的疑虑也随之消除了。

陆治江说："你们这个股我们村入定了。欢迎你们随时到我们村考察。无论是旱藕、黄豆、黑豆还是金银花等绿色农产品，我们保证随时为你们供货。"

夏碧静疑惑地问："陆书记，我还是不明白，你为什么对我们公司这么放心？难道就没有一点顾虑吗？"

陆治江也不和他卖关子，说："夏老板，你只知道我是第一书记，但你不知道我还是一名警察，你的所有材料我都通过正规途径核实了，绝对安全可靠。"

原来如此，夏碧静不由暗暗佩服，当即与陆治江签订了合作协议。

陆治江大胆创新、大胆构想的这个"飞地经济"，一般干部是不会想到的，即使想到也未必会付诸行动。但陆治江行动了，他心里很清楚，为了让龙岗村脱贫摘帽，他愿意"摸着石头过河"。

在当地党委、政府的协调帮助下，龙岗村筹集村集体经济发展资金84万元，入股局仲村山山农业科技有限公司、月亮湖养殖专业合作社和琴让村的山琴旱藕粉加工厂，联手发展村集体经济。

"飞地经济"很快产生效益。第一年为龙岗村带来了6.72万元的收入。值得一提的是，山山农业科技有限公司加工出来的小青豆食品成功走出大山，成为南宁机场的航空食品，销量节节攀升，仅2019年销售总额就达到500多万元。

"飞地经济"取得了预期效果，村集体经济也得到蓬勃发展。龙岗村集体经济从无到有，2018年实现零的突破，2019年村集体经济收入达23万元，截至2020年5月，村集体经济收入累计达57.37万元。

谁也想不到，在陆治江的努力下，龙岗村的旱藕、黄豆、黑豆、金银花等土特产品，从小山村直接发往全国，甚至借邻村的"飞地"一飞冲天，飞上了广阔的蓝天，成为航空食品。

现在，从南宁吴圩机场出发的乘客都会得到空姐提供的空中小食品———一包青豆，龙岗村第一书记陆治江的头像就印在食品包装袋上。陆治江以第一书记的身份，向乘客们保证食品的绿色与美味。

如此"通天"的创新扶贫思维，可谓想象力超然，独具一格，堪称创新扶贫工作中的神来之笔，令人拍案叫绝。

■ 心系百姓，两袖清风新征程

在陆治江和龙岗村两委成员的共同努力下，采用独特的"创新扶贫"思维，迎难而上，精准施策，截至 2019 年底，龙岗村贫困发生率已降至 0.69%，顺利实现整村脱贫摘帽，剩余 4 户 12 人将于 2020 年 9 月实现脱贫。

2020 年 1 月，龙岗村有幸成为全国为数不多的脱贫摘帽贫困村代表，参与由中宣部、国务院扶贫办、中央广播电视总台联合制作的《决战脱贫在今朝》专题片的摄制，并由中央电视台在 5 月下旬全国"两会"期间播出。由于创新扶贫成效显著，陆治江的工作经验和感人事迹获得人民日报社、新华社、中央广播电视总台、"学习强国"平台和广西主流媒体等宣传报道 53 篇次。全国首创"扶贫车间、扶志超市、扶智课堂"的"三扶"综合中心"一站式"扶贫模式，入选广西 2019 年脱贫攻坚工作亮点清单，获得中央级媒体报道。

在扶贫工作期间，陆治江被评为广西脱贫攻坚优秀第一书记、南宁市打好精准脱贫攻坚战先进个人，荣立个人三等功；作为广西第一书记代表，分别参加"八桂楷模——黄文秀"新闻发布会、广西卫视春晚、第十四届广西运动会南宁站火炬手等活动，个人事迹入选广西《优秀第一书记》丛书，以"三扶"综合中心为创作背景的文章《予人希望的治贫方》荣获《中国扶贫》杂志社和《民生周刊》杂志社联合举办的"我的驻村故事"全国征文比赛优秀奖。

为打赢打好脱贫攻坚战，陆治江顾龙岗"大家"而忘自己"小家"。2017年以来，陆治江除了趁到市里开会、办事时匆匆回家与亲人团聚，其余时间几乎都奉献给了龙岗村。

2018年12月，陆治江的外婆已九十多岁高龄，由于体弱多病，医院下了病危通知书。陆治江在童年和少年时代由外婆抚养长大，弥留之际外婆希望见陆治江一面。当陆治江忙完年底核验准备工作后，于半夜匆匆赶到老家时，外婆已永远闭上了双眼。

2019年大年初一，陆治江还在村里组织村民开展游园活动，跟乡亲们一起过年；2019年12月，正值整村脱贫摘帽核验的关键阶段，陆治江的父亲、孩子分别做手术，因工作繁忙，他没有向组织请一天假。

时间过得很快，陆治江担任龙岗村第一书记两年任期就要结束了。两年来，他四处奔波，为龙岗村的基础设施建设和产业发展共筹得1500多万元的项目资金。

龙岗村的村民们被陆治江忘我工作、乐于奉献的精神所感动，有个叫阿荣的贫困户，在陆治江的帮助下顺利脱贫，感激之余，阿荣在网络平台上创作了一首诗《巨人》，感谢陆书记彻底改变了他家的贫困。

两年时间瞬息而过。龙岗村的村民们听说陆书记要离任，纷纷来到村委，要求陆书记继续留任。在村民们的心目中，陆书记是个会想办法的人，再大的困难他都能想办法解决。他成了龙岗村强大的精神支柱，是全村1700多名村民的主心骨，只要有他在，村民们心里就有底。他要离任了，村民们心里空落落的。

可是，陆治江离任那天还是到来了。村民们送来了当地的土鸡等特产，陆治江婉言谢绝。他承诺，只要有机会，一定回来看望乡亲们。他看到村民们眼中含着不舍的泪光，心想，没有这些纯朴的村民支持，脱贫工作也很难开展，他们才是脱贫攻坚战役中的主要力量。

陆治江挥挥手，依依不舍地离开了这个倾注了他两年心血的小山村。

龙岗村的村民们一直望着陆书记的汽车慢慢远去，久久不肯离去。汽车绕过一个山头，又一个山头，已经看不见了，他们也没有散去，而是聚集在村委办公室，热烈地谈论着陆书记。他们这时才记起，陆书记是警察，专门抓坏人。有个村民说，他曾看见陆书记在山里练功，单掌开石……

"哈哈，谁在说我呢？"大家朝大门看去。"咦，陆书记，你怎么回来了？"

陆治江重新回到了龙岗村。汽车没出发多久，陆治江就接到了组织部的通知，所有第一书记继续留任一年。村民们热烈的掌声震动山谷，响彻龙岗村。

寻找吴雅婷

——陆川县乌石镇坡子村第一书记肖莲花讲述

　　肖莲花，1986年生，汉族，陆川县公安局陆城派出所民警，中共党员，曾为陆川县良田镇文官村工作队队员，现任陆川县乌石镇坡子村第一书记。因工作出色，获"广西五一劳动奖章"、广西壮族自治区党委组织部"全区脱贫攻坚优秀第一书记"、玉林市"三八红旗手"、玉林市脱贫攻坚（乡村振兴）"百优驻村工作队员"、陆川县脱贫攻坚"最美第一书记"等荣誉称号。

【题记】

2020年8月下旬的一天，我和摄影师从南宁东站坐动车出发，两个多小时后抵达陆川。肖莲花早已在站外等候。我们见面，寒暄，像久违的朋友。此时已是下午1点。肖莲花带我们去吃了陆川最有名的白切鸡、白切猪脚等。然后，我们就去了肖莲花工作的地方——乌石镇坡子村。肖莲花是陆川县公安局派驻乌石镇坡子村第一书记。我看了广西卫视《第一书记》栏目，得知肖莲花的扶贫事迹，专程前来采访。

在坡子村村委办公室，肖莲花泡了一壶茶，她说："朱老师，这是我们当地产的橘红茶，您尝尝。"

我上一次来乌石镇，采访了硕士村干部梁丽娜，知道这两广交界地区盛产橘红。肖莲花说："我让贫困户种了200多亩橘红，但是产量下降，价格也下降，造成贫困户对发展产业没信心，我就主动找来农业指导员，指导贫困户改进技术，并带来企业与农户合作，把橘红加工成成品卖。"我轻轻品尝一口，橘红茶微甘，有清香。我知道，橘红是岭南地区著名的止咳化痰良药，以广东化州产的品质为最佳，化州与陆川接壤，故陆川境内也适宜橘红生长。

肖莲花从2014年开始从事扶贫工作，至今已经7年。一开始，她被派到良田镇文官村担任"美丽广西"乡村建设的扶贫工作队队员。肖莲花拿出一本工作日记，这里面记录了她在文官村的扶贫经历。她说："那时，我还不是第一书记，扶贫只是'美丽广西'乡村建设的一部分内容。尽管如此，为了打造生态乡村新面貌，在上级党委、政府的领导下，我们按照村屯绿化、饮水净化、道路硬化的'三化'要求，依托紧靠九洲江的生态优势，坚持政府引导、群众参与的原则，投工投劳，新修扶贫水泥硬化路 8 条共约 4 公里，新建门楼 2 个、凉亭 9 个、50 米文化长廊 1 个，美化、亮化沿路农户房屋、住宅共 48 户，安装太阳能路灯 60 盏。村屯道路硬化、美化、绿化，乡村风貌改造，生态庭园、生态小公园建设、文化广场建设顺利完成，整个村容村貌发生了巨大变化，极大地优化了村民的人居环境，让群众真正享受到了生态文明建设带来的实惠。"

我认真记录了肖莲花的"报告"。肖莲花有点拘谨地笑道："朱老师，这些内容全是数字，您会不会觉得有点枯燥无味？"

我说："这些数据是你在文官村的业绩，就像学生在学期结束时需要以考试分数说明情况。通过这些数字，也能想象扶贫工作过程之艰难。后来，你怎么又到了这里——乌石镇坡子村呢？"

肖莲花说："2018 年 3 月，由于我在文官村有四年的扶贫工作经验，组织部门选派我到乌石镇坡子村这个深度贫困村担任驻村第一书记。能得到组织的信任，我觉得光荣，加上自己又有一定的扶贫经验，我就毫不犹豫地答应了。驻村后，为迅速掌握村情民情，白天，我进村落、访农家；晚上，我顾不得一身疲惫，忙着整理汇总一天的调查结果。不到三个月时间，我便走遍了坡子村 38 个自然屯 227 户贫困户。摸准摸透全村实情后，我就制定了发展规划。"

肖莲花翻着工作日记，向我介绍了 2018 年至 2020 年坡子村的建设和产业发展状况：

　　向县里有关部门申请了 23 个扶贫项目，争取到财政全额拨款 70 万元，硬化双城屯至龙角屯 2 公里的道路。至此，38 个屯全部通了水泥路。

　　向县里有关部门争取到一个 40 万元的服务中心建设项目，项目包含篮球场、文化室、戏台、宣传栏。

　　帮助坡子村申报了自治区党委组织部发展村集体产业资金 50 万元，用于村民合作社发展百香果产业。

　　加强坡子村主要特色产业发展，如水稻种植、养鸡、养猪和养

入户宣传扶贫政策

入户走访

与贫困户商量发展养鸡产业

牛，特色产业覆盖贫困户比例达 97.91%。

2018 年底，坡子村顺利脱贫摘帽，贫困发生率下降到 2.41%。

肖莲花合上工作日记，羞涩地说："朱老师，以上这些都是我来到坡子村之后作为第一书记的日常工作。我知道，您采访过很多第一书记，其实，大家的工作内容基本上差不多，无非是利用政策，找资金，找项目。当然，也有遇到一些矛盾与纠纷，比如征地，常常得三顾茅庐，晓之以理，动之以情。对我来说，这些都是日常工作，有点困难很正常，不然组织要我来干什么。在我看来，这些都算不上什么大事。"

我听后很吃惊，继续问道："肖书记，如果以上这些都不算什么大事的话，那在你的工作中，什么样的事才是大事呢？"

肖莲花说："精准扶贫好多年了，国家已经颁布了各种扶贫政策，只要用心去做，把政策都用到位，说实话，想不脱贫都难。贫困户用心一点、勤快一点，第一书记责任心大一点，哪会有不脱贫的道理。您知道一个扶贫工作队由多少人员组成吗？扶贫工作队队长，第一书记，各级帮扶干部，'一对一'帮扶对象，等等。一户贫困户，有那么多人围着转，除非这户贫困户瘫痪在家，要不怎么可能不脱贫。所以，我不认为，我干了两年第一书记，让坡子村整村脱贫摘帽，是件多么大的事！"

肖莲花的这番话，让我很感动。可我还想知道，她心中扶贫的"大事"是什么？

肖莲花沉默了。良久，她说："朱老师，要不这样，我讲个故事，或许可以告诉您，我心中的'大事'是什么。"

以下内容，由肖莲花讲述——

■ 一

您知道，我是个警察。警察下乡扶贫，自然带着职业的特点，对于坡子村这样的贫困村，我首先想到的是，绝不允许在我的眼皮子底下出现治安问题。因此，最初来到坡子村，我入户走访时特别关注贫困户的人口状况，我要弄清楚贫困户家庭成员的收入状况、文化程度、经验特长等。这样，我好有的放矢，给每户贫困户制订脱贫方案。

我从文官村到坡子村，专门与贫困户打交道。我见过的贫困户，见过的各种贫困，五花八门，实在太多了。但是没想到，当我来到坡子村陆万排队贫困户吴亚玉家中时，还是被他家中的贫困状况彻底震惊了！经过调查，吴亚玉的家庭情况如下：

户主：吴亚玉，67 岁，早年因事故左手残疾；

妻子：曾桂兰，51 岁，精神残疾；

大儿子：吴久军，23 岁，精神残疾；

二儿子：吴文辉，15 岁，在读初中一年级；

大女儿：吴雅利，21 岁，已出嫁；

二女儿：吴雅婷，19 岁，外出务工。

吴亚玉不但自己身体残疾，家中还有两个精神残疾人员。据吴亚玉说，母子俩不发病时也和正常人一样，看不出来有精神疾病，但是一发作就让人伤透脑筋。

　　这是我第一次入户走访和户主吴亚玉聊天时得到的他家的实际情况。这样的贫困户就是我们扶贫干部通常说的那种"硬骨头"。面对这样的状况，得想出办法，而且是行之有效的办法，来帮助他们脱贫。让广大农民都过上幸福美满的好日子，一个都不能少，一户都不能落下，这是我们党对广大人民的庄严承诺！

　　我在和吴亚玉聊天中得知，吴家六口人当中，真正有劳动能力的只有老四吴雅婷。我问吴亚玉："你们家雅婷呢，怎么没见她？"

　　吴亚玉说："雅婷很多年前就外出，听说到广东打工去了。"

　　我想，能够打工也是好的，至少有点收入。我说："老吴，你把女儿打工的收入告诉我，我在表格上填一下。"

　　吴亚玉直摇头，说："没收入，哪里有什么收入。"

　　我就奇怪了，在外打工怎么会没有收入呢？我说："老吴，有人在外打工，我们需要了解具体收入，这样才能更好地进行帮扶。"

　　吴亚玉着急地说："真的没有收入。这么多年，我没见她寄过一分钱。我说了你不相信，我都三年半没有见过雅婷了。"

　　当时，面对这样的情况，我觉得吴亚玉或许是在耍小聪明。在扶贫工作中，有的农民不想脱贫，常常隐瞒收入，或直接不承认有收入。至于吴雅婷是不是三年半没回来，我觉得不过是吴亚玉的说辞。他这样说，无非是告诉我，他家特别穷，特别可怜，希望得到政府更多的帮扶和救助。

　　僵持了半天，吴亚玉始终不肯填写女儿的收入，一直强调她三年半没回来了。

　　我觉得这样争下去没什么意义，不填就不填，我该干的工作还得干。我决定，吴亚玉这一家由我来亲自帮扶。好在吴亚玉还算明事理，见我认真帮扶他，表示虽然只有一只手，但是一定全力配合，我说什么他都会认真执行。

首先，我为吴亚玉家申请了危房改造。原来的房子破得不像样，我得先把他家的房子改建好，至少先让这一家老小有个遮风挡雨的地方。吴亚玉家建房子的那段时间，我隔三岔五就去施工现场，监督施工质量，看看施工队是否正常施工。

吴亚玉的新房终于竣工了，一家人开开心心搬进新房。那天早上，我买了一串鞭炮在他家门前燃放，吴亚玉一家人满脸笑容。吴亚玉激动地说："肖书记，没有您，我不知道什么时候才能住上新房。您是我们家的大恩人，如果您不嫌弃，中午就在我们家吃顿午饭。"

看到吴亚玉诚恳的目光，我决定留下来吃午饭，因为我还有下一步的计划要与他协商。

见我答应留下来吃饭，吴亚玉很开心，他说："肖书记，您和其他的干部不一样，您一来就把我们家的房子改造好了，全村人都羡慕我们家呢。"

我说："老吴，别客气，危房改造是党和政府对我们基层百姓的关怀，我只是执行而已。来，我来帮忙做午饭。"

吴亚玉拒绝了我的帮助，他说："肖书记，您就坐着，我先给您倒杯茶，您要办公在我那张饭桌上就行，我已经擦干净了。"

吴亚玉的爱人、大儿子此时也像正常人一样，给我端茶倒水，我俨然成了他们家的贵客。

为避免出意外，吴亚玉严禁母子俩进入厨房，他一个人在厨房里忙活。我很难想象，一个独臂老人是怎么做午饭的。我来到厨房，想看看吴亚玉用一只手怎么做饭炒菜。说实话，眼前所见让我大吃一惊。吴亚玉虽只有一只手，但他用实际行动告诉我，他是个自强不息、不等不靠不要的人。原先的房子都破成那样了，他也没和村干部说一声，他知道，这个家全靠他这一只手撑着。同时，他向村里人证明，一只手也可以照顾全家人的生活，煮饭、洗菜、炒菜完全不在话下。我亲眼看见，他把一只整鸡砍成大小相当的鸡块。

吃午饭的时候，我说："老吴啊，这个家得有收入才行啊，你二儿子的学费我来解决。可这么多人吃饭，我们得想个办法，找个财路啊。"

"肖书记，我也是这么想的。可是，我这个样子，家里又是这样，我能做什么呢？"

"老吴，年轻的时候，你都做过哪些活呢？"

"肖书记，我年轻时养过牛。"

"那么，现在让您继续养牛，还行吗？"

"行，肯定行。养牛靠经验，我年轻的时候养过好几头牛。"

"这就好。您这一家，我们就决定养牛脱贫。"

"肖书记，我们没钱啊，我也想养牛，可现在，我连养一头牛的钱都没有。"

我安慰吴亚玉说："你只要会养牛，我就有办法让你们家脱贫。"为此，我找到本县的一个养牛专业户，买来6头小牛。同时，我为吴亚玉办理产业奖补，共获得 9000 元。另外，经我介绍，吴亚玉的大儿子吴久军去参加了工作。

这样，至 2018 年底，吴亚玉家人均收入已达 4000 多元，光荣脱贫。

看似不能脱贫的吴亚玉一家顺利脱贫，我也感到高兴。这样有特殊情况的家庭都能脱贫，其他贫困户还有什么理由不能脱贫呢？

年底的时候，有一天，吴亚玉打电话给我，带着哭腔说："肖书记，您快来帮我一下吧。麻烦大了！"

我不知道吴亚玉家出了什么事，也没来得及问，立即驱车火速前往。

■ 二

我到吴亚玉家的时候，他神情古怪，呆呆地坐着。

"老吴，家里出什么事了？"

"我老婆，她想女儿吴雅婷了。"

"雅婷不是在外地打工吗？"

"这几年不但没见她寄钱回来，还至今音信全无，她母亲思女心切，病一发作，就喝了农药。"

我听了，大吃一惊，问："人呢？"

"我刚把她从医院里拉回来，已经洗过胃了，现在躺在里屋的床上。"

我立即来到里屋，见吴亚玉的爱人曾桂兰躺在床上，目光痴呆，嘴里喃喃自语："雅婷，雅婷！"

这时，吴亚玉的二儿子吴文辉回来了。我立即向吴文辉了解吴雅婷的情况，他的回答与吴亚玉所说完全一致。之前我的判断是先入为主，我搞错了。吴雅婷确实没回来过，外出已经四年了，不但从没寄过一分钱回来，而且至今下落不明。

正说着话，吴亚玉号啕大哭，忽然往地上一躺，在地上打起滚来，哭喊："女儿啊，你在哪里啊？你不要我们了吗？我们一家人好想你啊！"

这突如其来的一幕，把我惊呆了，吴亚玉平常很木讷，不怎么说话。直至今日，吴亚玉在地上打滚的样子，还深深地印在我的脑海里。一个 67 岁的老人在地上打滚，可见他难受到什么程度了！吴亚玉不太会用言语表达自己的情绪，但他用肢体的方式来表达了自己心中长久的积怨与期盼。他和爱人都想知道四年来女儿去哪了，现在到底是死是活。

虽然已经有四年的时间没有吴雅婷的消息，但是我判断，这事还没有到绝望的地步。我听吴亚玉说，是吴雅婷的舅舅和舅妈不让她回来，不让她寄钱，也不让她打电话。

我想，舅舅怎么会控制外甥女呢？吴雅婷不是一直没和家里联系吗？吴亚玉是怎么知道这些的？

在我的追问下，吴亚玉终于说出事情的经过。舅舅在广东中山做不锈钢装修生意，2016 年 5 月，他说愿意帮助抚养三个孩子。当时，吴亚玉还觉得舅舅心真好，就把大女儿吴雅利、二女儿吴雅婷和大儿子吴久军都送到了他那里打工。没曾想，舅舅让他们打工，却管住他们的工钱，不让他们寄钱回家。

我有点不敢相信。于是，我立即找吴雅利和吴久军了解情况。

吴久军虽然有精神二级残疾，但是不发作的时候思维很清晰。他说，他和大姐在舅舅家打工时，舅舅不但不给工钱，还打他。他一生气，就不干了，舅舅给了300元让他坐车回家。大姐也是因为舅舅不给工钱，最后以跳楼相威胁，舅舅害怕了，这才给了大姐路费回家。而吴雅婷就留在了那里。

听到这里，我心里基本上明白了，他们家有一个又贪又狠的舅舅。但是，作为亲舅舅，我想应该不会把外甥女怎么样。这时刚好到了扶贫考核阶段，我就想先把这事放一放，等忙过这一阵，再想办法联系吴雅婷。在我心中，一直觉得这不是什么难事。

那天，我安慰了一下吴亚玉，告诉他，雅婷应该没事，我们先准备过年，等过完年我再去找她。

■ 三

坡子村整村脱贫摘帽后，还有许多后续工作要做，如还有一些未脱贫的贫困户等着我去设计脱贫方案。时间一天天过去。2019年6月5日，我再次接到吴亚玉的电话："肖书记，您到我家来一下吧，家里又出事了。"

我想，好久没到吴亚玉了，不知他家现在是什么情况，于是决定再次入户走访。

到了吴亚玉家，我才知道他爱人因为越来越想念女儿吴雅婷，已经二次发病，差点又喝农药，现在已经住进陆川精神病医院了。

这时我才明白，吴雅婷生死不明，这个问题如果不查清楚，这个家将永无宁日。目前他们家虽然已经脱贫，但是仍时刻面临因病返贫的危险。我觉得不能再等了，决心把吴雅婷找回来。

我问吴久军，他只告诉我舅舅叫曾某，住在广东省中山市，在那边做不锈钢装修生意，他还留有舅舅的手机号码。我对中山那边不太熟悉，吴久军也没法提供详细地址。

好在有手机号码，我通过搜索手机号码加了曾某的微信。我告诉他，我有一个工厂需要装修，朋友推荐了他的店，因为我的工厂比较大，需要的装修量大，所以我必须到店里考察看看产品的质量，再决定是否交给他来做。曾某也想要做成这宗大买卖，就把他的店在中山的地址告诉了我：中山市西区街道沙朗社区××路××号。

有了地址后，我先到我所在的乌石派出所报案。民警听了情况后，答复我说事实不清，情况不明，无法按照人口失踪进行立案处理。

没办法了，我决定自己到中山走一趟，弄清楚吴雅婷现在的状况，给这个家庭一个明确的交代。去中山之前，我多次到吴亚玉家了解情况，毕竟掌握更多的信息有助于后面的工作开展。

吴久军又说出了一个有用的信息，两年前住乌石街的小伯和长期在海南生活的叔叔吴永彬曾一起去中山找过一次吴雅婷，当时曾某不肯告知吴雅婷在哪儿，后来闹到派出所了。在当地派出所的干预下，曾某才不得不把吴雅婷叫出来，与小伯、叔叔见了一面。由

2019年4月，肖莲花获得广西五一劳动奖章

帮助贫困户采摘橘红

到丘景珍家入户调研

到朱其秀家慰问

于小伯、叔叔不是吴雅婷的直接监护人，派出所不同意他们把她带回坡子村。叔叔给吴亚玉打了电话，让他过来接吴雅婷回家。但吴亚玉匆忙赶到中山后，派出所又说，这是家庭内部的事，需自行调解。曾某坚持说，吴雅婷不肯见父亲。一行人没办法，只能回家了。

我听后，先去乌石街找了小伯。小伯年纪大了，很少外出，他反复陈述，曾某怎么都不让他们见吴雅婷，甚至不让他们进屋。

我打电话给在海南的吴永彬，他同意赶回来和我一起去中山找吴雅婷。

我把情况向驻村工作队组织部领导进行了汇报，大家开会讨论后，都很支持我。大家一致认为：一是一定要去一趟中山找到吴雅婷，吴亚玉家的这个问题不解决，他们家就有返贫的可能性；二是找到吴雅婷，消除吴亚玉家的返贫隐患，也是扶贫的一种方式，而第一书记的职责就是为民排忧解难。

组织部领导对这件事比较重视，因为这是第一书记工作中出现的新问题，遇到这种特殊情况，第一书记应该如何处理，是否还要继续帮扶。就我个人而言，我觉得无论遇到多大的困难，都要尽力帮助贫困户解决问题，毕竟脱贫是一个综合性的工程，不能把脱贫孤立起来看。

我把村里的工作交由组织部门协调好，定下了出发的时间，还告诉了吴亚玉，他激动地说："肖书记，拜托您了。我真怕这辈子雅婷都找不回来了。"

我说："老吴，你放心，我一定会把雅婷带回来的！"

　　我是一名警察，如果这点事都做不好，我觉得会愧对"警察"二字。尽管我知道此去困难重重、责任重大。

　　我的后援单位陆川县公安局对我这次前往中山的行动给予了高度重视，调派了一辆11座的商务车，并委派分管乌石派出所的副局长刘炎光、乌石派出所民警党书钧随同。局领导的重视和陪同让我心里更有底气，同时也倍感压力。因为出发前领导指示，如果当天找不到人，最迟第二天下午要赶回来，每个民警都有自己的工作，大家都很忙。另外，吴亚玉和吴永彬也一起去，由组织部派一名领导陪同。

　　2019年6月17日早上8点，我们准时集合，准点出发。

　　而此时，远在中山的曾某还在等着我这个"大老板"前去考察。我在微信里和他约好，大约下午2点到，让他在店里等我。

　　一切似乎都在顺利进行。但我还是有点提心吊胆，不知道见了面，发现我不是"大老板"时，曾某该是如何的暴跳如雷？我甚至能想象到曾某气急败坏的样子，那样子一定很可怕。

■ 四

　　我们一行人到达中山市西区街道沙朗社区时，已是下午2点。

　　为了不让曾某看出什么破绽，我一个人下车前往，先去确认曾某的身份。在不锈钢装修店门前，我和曾某见了面，并确认眼前之人就是吴雅婷的舅舅曾某。这时，我立即打电话，把其他人叫过来。我同时表明了自己的身份，告诉他我是坡子村第一书记肖莲花，今天来的目的是找吴雅婷。

曾某一看，从车上下来一帮人，还带着摄像机跟拍，心里就慌了。曾某的儿子见状，从店里冲出来就要抢我们的设备。父子俩暴跳如雷，甚至破口大骂。

我说："你们着急什么？如果没有做什么亏心事，干吗这么着急？我们这次来，不为别的，就是想找到吴雅婷。"

曾某说："不在。我已经两年多没见过她了，也不知道她去了哪里。"

我当然不相信。我一连串地质问他："2016年5月，是你说要照顾他们，他们兄妹仨来了，你是不是有照顾的责任？孩子交到你手上，连人都不见了，你是不是有帮找的义务？他们仨在你这帮工，或者你帮他们找工作，工资是否给过吴亚玉他们家？这些钱现在哪，是否都进了你的银行卡？吴亚玉是你姐夫，你姐因为思念吴雅婷差点喝农药丧命，现在他们只是想找到孩子。你们是有血缘关系的亲姐弟，难道就没有一丁点儿姐弟之情？"

曾某气急败坏，开始发疯似的表演，说他2017年底就向吴亚玉要了卡号，给了1万多元；2018年5月给了2万元，8月给了1万元；前两个月又给了2万元。他还举着手机说："你看看，这是吴亚玉发给我的卡号。"

我说："这只能证明他提供银行卡号给你，并不能证明你给他钱。你是什么时候给他转钱的？为什么他的银行卡上没有钱呢？你能提供一下转账凭据吗？或者你打一下你的银行流水给我看看也行。"

曾某说："怎么可能！我一个月的银行流水都几千万元，哪能给你看？"

曾某的儿子说："我们家这栋房子都值几千万元，我们要他们那点工资干什么？"

我继续追问："吴久军帮你干了两年活，原来说好3000元一个月，后来没给，是事实吗？"

曾某说："他很懒的，你知道吗？我得照顾他，给他吃，给他喝，给他买衣服。他装门时把门弄坏，养鸡鸡又死，我不让他赔就不错了。"

一时间吵闹不清，我觉得纠缠这些事没意义，便转入正题，问曾某，吴雅婷去哪儿了。

曾某还是说不知道。

我说："雅婷四年没有回家，你给她找的工作是在哪个地方？她最后是在哪失联的？"

曾某说："我什么都不知道。"

曾某不断地给他老婆王某打电话，让我们等着，说等他女人来了再说。

过了一会儿，曾某的老婆、也就是吴雅婷的舅妈王某骑着电动车过来了。她看到吴亚玉兄弟，开口就骂："就是你们这些白眼狼，不要再来我家！我对你们有多好，都不知道感恩。"

王某进店端出一大盆水，冲出来就想泼向吴亚玉兄弟，被我拦住了。王某还不罢休，她趁吴亚玉兄弟还没反应过来，拿起扫把冲过去对着吴永彬一顿扑打，把他的小腿打出来一道道血痕。

我一把拉住她，发出警告："住手！如果你再这么冲动，我就报警了！"

王某反手抓住我的衣服，说："你报警，我就怕你吗？告诉你，这里是我的地盘！"

我说："你放手！把警察引过来，恐怕就要查查你们的转账记录了。你们说转了钱给吴亚玉，那就看看到底转了没有。"

我这么一说，王某就软了下来，问道："你是吴家的什么人？"

我说："我是坡子村驻村第一书记，我姓肖，今天专程来，就是想找到吴雅婷，希望你能配合。"

王某随后回家，拿出一份保险给我，说："我也没有吴雅婷的联系方式，如果你找到她，帮我把保险给她，这是我上周给她买的保险。你不知道我对她有多好，上周还带她去医院看病，还细致地照顾她。她的家人呢，这么久了，有没有关心过她？"

我说："雅婷父母就是想她、关心她，所以找过来了。刚才曾某说过，有两年多没看见雅婷了，现在你又说上周给她买保险，带她去看病，这不是前后矛盾吗？"

被我拆穿谎言之后，王某又怒了："你们立刻从我家离开，我不欢迎你们！你们找到她，记得带她回去，永远不要再来了！"

我说："那你得先带我们去找到她。"

王某说："告诉你们，她就在前面的电子厂里，很近，你们自己去就可以了。"

我说："麻烦你带我们去找一下。我们找到她，就再也不来你这里了。"

没想到，王某突然扑通一声跪了下去，又喊又拜："我哪里找得到她！难不成是我错了？"来往的人都驻足看着。

我耐心跟她解释："你不用这样，我们就是想见见雅婷，哪怕她不肯回家，留个手机号码或加个微信，有空能和她妈聊聊天就好。"

王某拿手机出来翻看，让我记下吴雅婷的号码。我留了个心眼，在旁边偷偷看着她翻查电话簿，看到那个号码并不是吴雅婷的名字。我若无其事地让她先打过去。王某装模作样地真打了，电话通了，但一直没有人接。王某说："你看，我打给她，她从来不接的。我找不到她的。"

我不想再跟王某忽悠下去了。我说："走吧，我们去厂里找她。"

王某说："我不去。厂就在后面，几百米远而已，你们走路去就可以了。"

我说："我们不识路，还是你带我们去找吧。"

王某开始耍赖："我是不会去的，反正去了也找不着她。"

我想动之以情："你就可怜可怜她妈吧，她想念女儿，想念到精神病复发，差点都喝农药走了。"

王某居然说："怎么没死呢，最好全家死光光。"

我看到这个女人的不可理喻，换了强硬的语气："你如果不带我们去，我们找不到那个厂，肯定还会回来找你。"

王某想了想，终于决定给我们带路，便回家开了电动车出来。

王某开电动车在前面，我们开车在后面跟着，跟了3公里多才到那个工厂。一到工厂门口，王某就想开溜，吴永彬拦住她，说：

"人没找着，你不能走。"两人吵闹起来，甚至还想打起来，引来了很多人围观。

我把他们拉开了。王某说："我都说在这儿，你们找不到她可不关我的事。"说完，趁着人多，挤进人群溜走了。

我请工厂的保安帮忙进去找人。同时，我把手机上吴雅婷的照片给围观的人看，他们都说面熟，应该是在这上班的。

有个中年妇女看到照片，说她认识吴雅婷。她回忆说："我有个饭店，吴雅婷在那里干活，摘菜洗碗搞卫生。当初就是刚才那个女人领她来的。她提供的工资卡是她舅舅的银行卡，每个月的工资我都是转到她舅舅的卡里。我按时支付工资的，我那里有转账单，这两年的流水都有呢。有时我见她可怜，就给点现金她当零花钱，每年还给些奖金。过年过节，我有时还把她带回家一起过。她还小，我挺心疼她的，但是她话不多，问啥也不说。一个多月前，这边工厂招工，她就到这里了。"

保安回来了，兴奋地说找到了。经过信息比对，事实证明，我们很幸运，真的找到吴雅婷了。

但是，吴雅婷不肯见她父亲。我请保安转告她，不见父亲也可以，我是坡子村驻村第一书记，希望能跟她单独聊聊。

吴雅婷同意见我。我一个人进了工厂的大门。保安指着岗亭里的一个女孩说："她就是吴雅婷。你们只能聊一会儿，她那边还要上岗呢。"

我远远地望着她，那个瘦如竹竿的女孩，也正怯怯地望着我。

■ 五

我走近吴雅婷，她却低下了头，一句话也不说。我和她打招呼，她抬头看了我一眼，又低下头。

时间有限，我抓紧时间说："雅婷，这么久了，你就不想家吗？你就不想父母吗？你知道吗，你的家人日夜想着你，都快想疯了。你母亲因为日夜思念你发病了，现在还住在精神病院里，她两次喝农药，差点走了。"

说到这儿，不知为什么，我自己的眼泪先流了下来，我说："雅婷，我也是个女儿，还是个母亲，我能理解你母亲的行为，她想你，真的想疯了。"

沉默的吴雅婷，"哇"的一声，哭了起来。

我说："雅婷，我来这一趟，没有强迫你回去的意思。我向你承诺，你若不想回去，没有人能强迫你。但就算不想回去，也不能断了与家里的联系啊。你可以偶尔给父母打个电话，也可以微信视频。我下乡的时候，可以帮助你母亲，让她和你在视频里见面，聊聊天，好吗？"

吴雅婷哽咽地说："好。"

我们互留了联系方式，还加了微信。

这时，我看到王某的电话打过来，吴雅婷不想接，就挂了。可是，王某不死心，不停发视频连接过来。吴雅婷接通了。

王某问："刚才，有没有人找你？"

吴雅婷还在哭，直接把手机给了我。我问她："你找雅婷有什么事吗？"

王某看见我，又开骂了："求求你，把这个木头人死丫头带回去吧。她全家死光光，再也和我们没关系了。我感谢你，让我们全家解脱了！"

已经找到吴雅婷，听她再骂下去也没什么意义，我就直接挂了电话，她再发视频连接过来，我叫吴雅婷直接关机了。接着，我就把坡子村她家里的全部情况及今天下午在她舅舅家发生的一切，都告诉了吴雅婷。

雅婷表示不可思议，她说："怎么可能两年多没见过我？我一直都是住在舅舅家的。工资怎么可能没转给我父母？舅舅告诉我，我所有的工资都转给我爸了。我觉得，我在这里辛苦上班，就是对他们好，我不想回家，也不想见他们。"

我问："为什么？"

吴雅婷露出害怕的样子，似有难言之隐。

我安慰她说："雅婷，你别怕，我们来了一车人，上面有两个公安，都带有枪。我也是警察，所以你不要怕，有什么话你要如实告诉我。"

吴雅婷想了一下，下了决心，说："如果我回家的话，我舅舅说，我爸妈会把我卖掉，就像我姐姐一样。"

我听了这话，惊呆了，原来所有问题的症结在这里。

我说："雅婷，不是这样的。我来之前去过你家很多次，我帮你家重建了房子，还专门为你准备了一个房间，等你回去住。你姐姐生活得很好，你姐夫有收割机，现在刚好农忙，他在帮别人收割稻谷呢。你姐姐家里还买了一辆小汽车，她已经有了一个可爱的女儿。"

吴雅婷又哭了，说："不会的，舅妈说，我姐和我都有病，这辈子都生不了孩子，结婚也不会幸福。舅妈也给我介绍过男朋友，都是些离了婚的、很老的男人，说这样可以不用生孩子。我说他们太老了，不愿意和他们在一起，舅妈就骂我、打我！"

我无法想象，在当今社会里还有如此丑恶的事情发生，一个没什么文化、涉世不深的女孩，就这样被一个如此恶毒的女人控制着。吴雅婷瘦得皮包骨，神情忧郁，可想而知，她的身心受到了多么大的伤害。

我还有许多话想要和吴雅婷说，可是保安不停地催促着。我说服了吴雅婷，她终于同意和父亲、叔叔见上一面。然后，她去继续上班，我们也离开先去找酒店住下了。

开好房后，我给吴雅婷发信息，希望她晚上能过来和我一起住，我们再一起聊聊天。我主要是担心她那可怕的舅妈，因为我们找到了她，如果她一个人回去，肯定会被泼辣的舅妈谩骂和毒打。

晚上8点，吴雅婷下班后打电话给我，说不用接她了，她直接开电动车去她舅妈家，让我去舅妈家接她。我被吓了一跳，不禁想起王某那凶神恶煞的样子。幸好吴雅婷并没有惊动舅妈一家，连换洗衣服都没敢拿就跟我到了酒店。来到吴亚玉和吴永彬的房间，我让他们如实告诉吴雅婷姐姐的情况。我也向她保证，绝对不可能发生被卖掉的事情。我动员她请假，跟我们一起回家看看妈妈和姐姐。我跟吴雅婷的主管领导沟通后，为她请了两天假。

晚上 10 点多，王某不停地发视频连接给吴雅婷。吴雅婷把手机递给我，接通后，王某一看是我，又开启了骂人的节奏："你们都不是好人！雅婷，他们把你带回去，是想把你卖了，你要好好想想。"

我说："你住嘴！还有什么事？没事就挂了。"

王某说："你以为我想和你说话吗？她还有东西在我们家，你们想要的话，现在就来拿，过时不候。"

吴雅婷说不要了。

王某见实在没办法让吴雅婷回家，就直接吼起来："你们在哪，我现在送过去，你们等着。"

过了 20 分钟，王某和另一个女人真的把吴雅婷的东西给送过来了，也就是几套衣服和一套床上用品。另一个女人居然是吴雅婷的亲大姨。这两人停车后就直接把吴雅婷的东西扔在地上，一起指着我骂："你会害了这孩子一辈子！你会一辈子受到诅咒！这孩子有病，不医治就会死掉，像她这种贱人，这辈子注定不会幸福。……"她们骂的声音太大，把酒店的经理和保安都招来了，以为我们要打架。

我坚定地告诉她们："从此之后，不需要你们对雅婷负责了，她是不是会被卖掉，这个事情我会跟踪到底。"

王某说："你说你是第一书记，我知道，你不过是干两年就滚蛋，你离开她们村后，这个贱人还是会被卖掉的。"

我说："我保证对她这一辈子负责，绝对不会发生她被卖掉的事。我告诉你们，我不仅是他们村的第一书记，还是一名人民警察，打击拐卖妇女儿童犯罪行为属于我的职责范围。如果你还要在这里无理取闹，我不介意把我随行的其他同事叫下来。我相信，这里的警方也会配合我们的工作。你以为你以前打他们兄妹仨的证据就落实不了？"

大姨见状，立马说："我什么都不知道，是她让我陪着来的。她们之间发生过什么我不清楚。"说完就坐回到车里。王某见捞不到什么好处，也带不走孩子，只能悻悻离开，上车走人。

■ 六

那天晚上，我和吴雅婷一直聊到凌晨1点。吴雅婷把不愿意和她爸、她叔说的话，都和我说了。她讲起了她哥怎样被舅舅打，她们姐妹怎样被舅妈打到出血。还讲起这么久以来，每当她感冒发烧什么的，舅妈从不理她，都是同事借钱给她，陪她去看病。舅妈所说的不医治会死的病也没和她说过是什么病，就说她生不了孩子。平时，舅舅家的工人常欺负她，不是抱她、摸她，就是吓她。舅妈不但不让她声张，还警告她谁都不能说。

这些毕竟只是吴雅婷的单方面说辞，由于她胆子小，又不懂法，什么证据都没保留下来。我也没办法再去搜集证据，当务之急还是先把她带回家。

第二天，我们返程上路。路上七个小时，吴雅婷一直和我坐在一起，我们聊了很多。她说起了小时候和父母生活在一起，那是一段快乐的日子，还说到了她生活在深圳的外公和大舅，她说外公对她很好，可他现在患了老年痴呆症，已经记不起她了……吴雅婷告诉我，她小时候没好好读书，认字不多，也不懂拼音，以后和我聊微信只能用语音聊。

吴雅婷很信任我，把我当成亲人。虽然才认识一天，可我心里觉得，这真是一个苦命的孩子，我真的很心疼她。我告诉她，以后不管遇到什么事，拿不定主意时，就跟我说，我可以给她提供些意见；有什么需要帮忙的，也不用客气，直接和我说就可以了。

我说："雅婷，这辈子我就把你当妹妹。以后我不在坡子村任第一书记了，你还要常来找我，我永远都是你的莲花姐。"

吴雅婷开心地喊了一声"姐"，露出了笑容，这是我第一次见她笑。

我们直接去了陆川精神病医院，看望吴雅婷的母亲。平时精神病医院的病房不会给多人去看，怕影响患者的情绪，我找了沙坡派出所的同事说明情况，才得以陪着吴雅婷一起进去看望了她母亲。还好，她母亲这段时间恢复得挺好，情绪稳定。母亲认出了吴雅婷，问吴雅婷为什么都不回来看她，还说她的病好了，要出院回家陪女儿，家里还有鸡，回家做给女儿吃。

我想，天下母亲都一样吧，总希望把自己最好的都给孩子。当时，吴雅婷没哭，我却忍不住哭了，眼泪止不住地往下掉。

当天晚上，我送他们回到坡子村家里，已经很晚了。到家后，我帮吴雅婷收拾好房间才回了自己在村委的住处休息，我想尽可能让她感受家的温暖。

第二天早上，我来到雅婷家，她姐、姐夫和伯伯、叔叔都在，热闹得很。

姐姐又怀孕了，王某所说的不能生孩子、不会幸福的谎言不攻自破。姐姐和姐夫很爱笑，脸上的笑容感染了我们。我还是很认真地询问了他们结婚时的事，姐姐说，她结婚时确实年纪还比较小，家里人并不同意她嫁那么早，是她自己想嫁的，不存在被卖的问题，姐夫和他们家人对她都很好。

我看到吴雅婷脸上的忧郁少了很多，挂在脸上的笑容很真实。我就跟吴永彬商量，能不能给吴雅婷换个环境，不要再去中山了。

这时，那天在中山工厂大门前遇到的吴雅婷曾打工那个饭店的老板娘给我发来一条微信，说今天早上王某打电话给她，说以前吴雅婷还有一双拖鞋在她那里，要去她家取回来。老板娘说，王某太厉害了，建议吴雅婷不要再回中山那个地方上班了。

这更坚定了我要劝阻吴雅婷回中山打工的想法，我把我和老板娘的担心告诉她，老板娘发给我的信息也给她看了。

吴永彬说，吴雅婷和其他几个堂兄堂妹小时候经常在一起玩，感情不错。现在几个堂兄堂妹都在海南做生意，建议她跟自己到海南去。大家一起终于把吴雅婷说服了。

在吴雅婷去海南之前，我把她带到医院检查了一下。体检的结果不错，没什么大问题，只是有些贫血、炎症。

后来，吴雅婷跟着她叔叔吴永彬去了海南。她偶尔会在微信上跟我语音聊天，我就教她，胆子要大些，见到人要问好，要多和人沟通交流。

2019年6月，肖莲花把吴雅婷从广东带回家后，与其叔叔（左一）、姐夫（右一）、姐姐（右二）合影

失联四年的女儿回到家中，吴亚玉高兴地砍鸡为女儿接风

工作中的肖莲花

雅婷：希望你越来越开朗，笑容永远灿烂。从陆川乌石镇坡子村听到有关您的故事———在广东找到你，认识你，感觉心里有了你的位置，时常会牵挂你———今天在海南见到你，觉…

2019年8月12日，肖莲花和吴雅婷在海南见面后所发朋友圈截图

为留守儿童辅导功课

尽管吴雅婷一直说她在海南生活得很好，可我还是想实地去看看她。2019年8月我请了公休假，特意去了海南看吴雅婷。她的话语还是比较少，但笑容很灿烂，也长胖了些。她告诉我，她在叔叔这里很开心，还经常去海边玩。

【采访手记】

我在陆川县乌石镇坡子村村委听肖莲花讲述了这个令人唏嘘的故事。

大部分人都认为，第一书记扶贫无非就是找项目、修道路、发展产业，想方设法让贫困村、贫困户脱贫，是很难的一项工作。但是，肖莲花却认为，国家出台了大量的精准扶贫政策，只要用好用足这些政策，脱贫不是什么难事。事实上，肖莲花也确实做到了，她来坡子村时间不长，坡子村就已脱贫摘帽。连吴亚玉家这种有三个残疾人的特困户，在肖莲花的帮助下都脱贫了。

在我看来这有点不可思议，可在肖莲花眼里却显得轻描淡写。甚至，她认为在脱贫攻坚战役中，贫困村脱贫对她来说并不难，"精神扶贫"才是她心中的大事、难事。

精神扶贫是一个不容忽视的研究课题。精神贫困通常表现为等、靠、要，好逸恶劳，坐等政府救济，对过穷日子心甘情愿甚至心安理得等消极思想，还有一种更深层次的就是"亲情"的缺失。而亲情包括父母和孩子之间的感情及兄弟姐妹之间的感情等。

我在和许多第一书记聊天的时候发现一个奇怪的现象，大部分贫困户都有一个共同特点，那就是亲情缺失。有句俗话："穷在闹市无人问，富在深山有远亲。"很多贫困户不但受到旁人的歧视，连自己的亲戚有时也不待见。

这些贫困户除了经济上需要帮扶，他们心里也需要亲情的抚慰与温暖。就肖莲花说的这个事来说，贫困户吴亚玉是个很有志气的人，他一个人，用一只手，撑起了一个支离破碎的家庭。以前，夫妻俩没有能力找女儿，现在脱贫了，日子好过了，就想找到女儿，想知道她在哪里，过得好不好。找到女儿成了两口子茶饭不思的心愿。这块心病不除，这个家庭就会不时掀起风波，吴亚玉拙于言辞，满地打滚，老伴思女心切，两度喝农药。如此下去，吴亚玉家就会有返贫的危险。肖莲花看到了这个家庭背后的实质性问题，帮助他们找到了女儿，除掉了两口子的心病。肖莲花的中山之行，正如她自己所说，也是扶贫工作之一。

肖莲花来到坡子村担任第一书记时，她的女儿刚满五个月。这位年轻的母亲，为抓好脱贫攻坚工作，平时都是吃住在村里，十天半个月见不到孩子一面，她不得不忍痛让女儿早早断了母乳。肖莲花说，她感觉自己的孩子已经成了"留守儿童"，亏欠孩子实在太多。

小爱让路，成就了大爱。结合切身经历，肖莲花在工作中特别关注妇女和儿童群体。2018年，她带领村两委干部多方筹措资金，在坡子村建立了自治区级贫困村儿童之家。她先后七次组织医务人员到村里给留守儿童检查身体，并成功劝返三名辍学儿童回校上课。

在坡子村，肖莲花鼓励妇女们自立自强，她多次联系镇村企业为村里的留守妇女提供合适的工作岗位。肖莲花驱车400多公里，远赴广东省中山市，克服重重困难，帮助吴亚玉找到失联四年的女儿。她用真情温暖了百姓，感动了广大贫困户，让他们觉得，有第一书记在，就有了主心骨，一切就有了希望。

肖莲花扑下身子，扎根坡子村，抓党建，促脱贫，大力发展橘红种植、肉牛养殖等产业，2018年实现坡子村脱贫摘帽，2019年实现坡子村全部贫困户脱贫的重大目标。肖莲花的扶贫事迹展现了一位新时代共产党员不畏困难、踏实做事、开拓创新的为民情怀。

肖莲花说，身为一朵莲花，就要深深扎根在泥土中，才能绽放芳华。

铁汉柔情：驻村扶贫拔穷根

——记柳城县东泉镇雷塘村第一书记蒋作芳

　　蒋作芳，1976年生，汉族，中共党员，柳州市委政法委宣传科科长，柳城县东泉镇雷塘村第一书记。因工作出色，获广西壮族自治区党委组织部"全区脱贫攻坚优秀第一书记"，柳州市"最美第一书记"，柳城县"脱贫摘帽先进个人"、"五好四星"先进典型、"脱贫攻坚好队员"、"十佳扶贫人物"等荣誉称号。

■ 军警硬汉，主动请缨上"战场"

蒋作芳是条响当当的硬汉。

在进入柳州市委政法委之前，蒋作芳的履历表里已有十年的军旅生涯、十年的警察生涯等光荣记录。二十年的军警生涯铸就了蒋作芳做事踏实可靠、永不言输的刚强个性。他的一言一行，他的形象气质，都带着明显的军警特征，一看就知道，蒋作芳是个训练有素的汉子。

在部队的十年，蒋作芳做过参谋和指导员。转业后先分配到派出所，再调到柳州市第一看守所。

蒋作芳在抓捕一名被公安部门列为网上在逃人员的犯罪嫌疑人的行动中英勇搏斗，为成功抓捕逃犯做出很大贡献，被上级部门授予个人三等功。

2016年，由于工作需要，蒋作芳调至柳州市政法委担任宣传科科长。

2017年10月，柳州市政法委召开全体党员动员大会，选拔优秀党员到柳城县东泉镇雷塘村担任驻村第一书记。

蒋作芳想起了当年在军营、警队火热的日子，是那样刻骨铭心，但已经过去了，现在的驻村扶贫倒是个机会，可以重拾那激情澎湃的岁月。他想，驻村扶贫就是一个特殊的战场，脱贫攻坚战是一场硬仗，现在不冲上去更待何时。

蒋作芳在第一时间向组织汇报："我是一名老共产党员、老兵、老警察，曾经立过功。现在，我想在新时代的脱贫攻坚战场上，扎根基层，建功立业！"

这么大的事，还没与爱人小韦商量就自作主张定下了，蒋作芳觉得，小韦也是共产党员，肯定能理解他。

柳州市委政法委最终决定，同意蒋作芳前往雷塘村驻村扶贫，担任党组织第一书记。

蒋作芳听到这个消息，感到自己又年轻了许多，走路更有精神了，说话也中气十足，当年在军营和警队摸爬滚打的感觉又回来了。

事情正如蒋作芳所料，当他把要下乡担任驻村第一书记的事告诉小韦时，她沉思一下，便说："这是好事。乡间空气好，还有新鲜蔬菜，你放心去吧。周末我带两个孩子去村里看你。"

蒋作芳知道，这是爱人在安慰自己，其实她心里也知道贫困村是什么状况。

为了在雷塘村工作方便，蒋作芳和小韦商量，想买辆摩托车或电动车。小韦觉得不安全，建议说："不如买辆小车吧，哪怕二手的也行。"

蒋作芳想了想，说："一来乡间道路还没修好，二来在农村肯定要帮乡亲们拉点货什么的，还是买个皮卡实用，前面可以坐人，后面还可以装货。"

小韦也觉得好。两人翻箱倒柜，把几张银行卡凑了凑，除去家庭必要的开支，还有 5 万多元机动款。小韦说："这钱你拿着，去二手市场买辆双排座皮卡，到了村里正好派上用场。你去驻村扶贫是大事，那些贫困村民在等着你。既然去了，就要做出点名堂来。家里呢，老大虽然还不到 10 岁，但也渐渐懂事了，老二已经两岁多，最困难的日子已经过去了，我请母亲和婆婆过来，她俩可以轮流帮忙，你不用担心。"

蒋作芳心里暖暖的。

2018 年 3 月 12 日，蒋作芳开着从二手市场淘来的双排座皮卡，前往雷塘村接任驻村第一书记。他的目标很明确，雷塘村的"贫困村"帽子，必须摘掉！

■ 风雨无阻，心系乡亲送真情

"村民们，柳州市委政法委给我们派来了第一书记，各村小组派个代表来村委开会啦！"雷塘村的一条村广播把村民们召集来了，这是大家第一次见到蒋作芳——新来的驻村第一书记。

即将离任的第一书记周长春和村两委干部一起热烈欢迎蒋作芳。在交接仪式上，周长春向蒋作芳介绍了雷塘村的基本情况："雷塘村是柳城县最大的贫困村，人口众多，共有 17 个自然屯 36 个村民小组 1729 户 6254 人。2015 年我来雷塘村的时候，村里有超过三分之一的人口生活在贫困线以下，当时共有建档立卡贫困户 634 户 2248 人。经过两年的努力，现在建档立卡贫困户还有 505 户 1764 人。下面欢迎蒋作芳书记讲话。"

蒋作芳说："谢谢组织上对我的信任，把雷塘村的脱贫重担交到我的手上。经过两年的艰苦努力，周长春书记已为我做出了榜样。我长话短说，我驻村不是来打酱油的。时间是检验一个人靠不靠谱的标准，请大家监督我。"

蒋作芳说话不多，他就是来干事的。

和村两委干部、扶贫干部见面后，蒋作芳带着两名驻村工作队队员立即开始入户走访，对全村贫困户进行摸底调查。

在入户走访的过程中，蒋作芳了解到，雷塘村风景秀丽，资源丰富，村民大多是从外地迁来的客家人，固有的思维和传统的耕作方式，让这个美丽的村庄一直没有太大的发展。

蒋作芳对雷塘村村民的致贫原因进行了总结，主要有四个方面：因学、因残、因病、因缺劳动力。其中，因残致贫的情况占了大多数。

在贫困户邱运林家，蒋作芳看到，邱运林的妻子黄桂英坐在轮椅上。

邱运林家就三口人，儿子在柳州市雒容镇打工，每月工资有3000多元。原来一家人的生活还算过得去，种有10多亩甘蔗、1亩多花生和2亩水稻。没想到，黄桂英因类风湿引起股骨头坏死，造成无法行走，这场病把家里的积蓄全花光了。原来他们家已经脱贫了，现在又返贫了。

蒋作芳问道："你这病有多久了？"

黄桂英说："一年多了。"

"办残疾证了吗？"

"没有。到县城那么远，听说要本人去。我们家没有车，我行动又不方便，所以这事就一直拖着。再说了，办这个证，也不知有啥用处。"

"这是国家对残疾人的一种帮助，可以享受很多国家和地方政府的优惠政策和扶助措施，用处大着呢。"

"我们家这种情况，怎么去？即使去了，也不知道找哪个部门。蒋书记，不瞒您说，我好几年没去过县城了，现在县城变成啥样子都不知道。"

蒋作芳立即拨打县残联的电话，问明情况，确实需要本人到场才能办证。

蒋作芳说："你的情况我已经了解了。国家为残疾人制定的政策，我们要好好用起来。这样，过几天等我把村里的几户贫困户走访结束，我来想办法，把你的残疾证办下来。"

黄桂英很感动，说："蒋书记，您那么忙，还为我的事操心，太感谢您了！"

蒋作芳说："你们的困难就是我的事。你们先把办证的一些材料准备好，等我的电话。"

过了几天，蒋作芳开着皮卡，载着黄桂英夫妻俩前往县城。

他们先到柳城县政府，找到残联办公室，填好表格，然后到县中医院，经过医疗鉴定，最终认定黄桂英为重度二级残疾。拿到残疾认定证书，三人再返回残联，这才办妥了残疾证。

办好残疾证后，蒋作芳用皮卡载着黄桂英夫妻俩，在柳城县的大街小巷转悠，让他们看到，时代在发展，柳城县也在不断地变化着。

柳城县的巨大变化让黄桂英十分感慨，她说："蒋书记，看到县城里这么大的变化，我不能再这样一直坐下去了。要不您帮我找找手工活，我就是自学，也要学一门手艺。以前，我每天坐在轮椅上，望着门外的路发呆，感觉自己就是个没用的废物。可这次出来，我感觉不一样了。蒋书记，我们家也要脱贫。"

听了黄桂英的话，蒋作芳很高兴，觉得这一趟没白来，让贫困户认识到时代的变化，产生积极的主观能动性，脱贫就不再是难事。他说："你能这样想，我很支持。我回去后再找残联打听一下，看看有没有合适你的手工活。"

回到雷塘村，黄桂英不再郁闷，不再落寞，心情大好，有说有笑。邱运林握着蒋作芳的手说："蒋书记，谢谢！没有您，我老婆的残疾证不知什么时候才能办下来。我们家也想早日脱贫，您帮我们想想办法。"

蒋作芳说："我和村委的干部再商量一下，保证让你们在今年脱贫。"

蒋作芳一直相信，只要贫困户主动要求脱贫，思想问题解决了，这个家就有希望。

退伍军人罗志斌家也是贫困户。罗志斌已卧床 10 年，仅靠妻子努力劳作支撑着整个家庭。12 岁的儿子由于营养跟不上，个子像个七八岁的孩子。蒋作芳决定自己掏钱支付罗志斌儿子上学期间每天吃早餐的费用。同时，为增加家庭收入，蒋作芳动员罗志斌妻子在家中养鸡，腌制酸笋，晾晒笋干，周末由他拉回市里销售。一年下来，他帮忙卖土鸡、酸笋、笋干等农产品，为罗志斌家创收达 5000 余元。

■ 拔河归来，全家夜宿雷塘村

2018 年 4 月 18 日至 22 日，是广西壮族的三月三传统节日，全区连续放假 5 天，是个令人愉快的小长假。蒋作芳担任雷塘村第一书记已有一个多月，村里的事太多，一直忙碌，未能顾及爱人和孩子，心中有些愧疚。蒋作芳计划带上爱人和两个孩子到鹿寨县的中渡古镇游玩两天，一家人好好放松一下。

4 月 18 日一大早，蒋作芳一家人就出发了。小车还没开出多远，蒋作芳的手机响了，是东泉镇扶贫办宋主任打来的。

宋主任安排了一个紧急任务。每年柳城县"壮族三月三"文化活动都会在凤山镇对河村塘进屯的蚂拐洲举行。今年新增了拔河比赛项目，要求各村都要组织人参加。

蒋作芳立即打电话给雷塘村支书曹亚贵，让他立即组织 30 多人前往塘进屯参加拔河比赛。

蒋作芳内疚地对爱人和孩子们说："真是抱歉，中渡古镇去不成了。不过，我们改去一个好玩的地方，去看更好玩的三月三，好不好？"

小韦理解地笑了："没事，反正都是玩，那咱们就去看三月三。"

蒋作芳掉转车头，将近中午 11 点，终于到达塘进屯。此时，塘进屯人山人海，来自四面八方的客人纷纷涌向塘进屯，一年一度的"壮族三月三"文化活动已经开幕了。

曹亚贵来接蒋作芳："蒋书记，放心吧，我们的拔河队到了，来得及参加比赛。杨老板还赞助了我们比赛服装，他也是雷塘村人，在柳州做农机生意，是个热心人，常常赞助村里的各项活动。"

"得好好谢谢杨老板。回头我们以村委的名义，给他送块牌匾，表示感谢。我们村的拔河比赛，什么时候开始？"

"下午2点。"

"走，去看看大家。"

雷塘村拔河队队员们看到第一书记来了，大家热烈鼓掌。蒋作芳给队员们面授机宜："既然来了，就要用尽全力，劲往一处使。我以前在部队、在警队经常参加拔河比赛，所以有点经验，最关键的就是，不要怕摔倒。拔河时，全体队员尽量向后倾倒，重心向后压，集体往后仰。我再重复一遍，不要怕摔倒！"

得到蒋书记的真传，队员们个个摩拳擦掌，跃跃欲试。

终于轮到雷塘村代表队上场了。蒋作芳站在旁边指挥。人群中，山呼海啸般的加油声。拔河变成了拉锯战，双方你来我往，彼此胶着。

遗憾的是，雷塘村代表队第一场就被淘汰了。蒋作芳安慰大家，重在参与。

感受到村民们对拔河比赛的浓厚兴趣，蒋作芳心里产生了一个想法，他想在雷塘村举办一次农民运动会，多设一些项目，让村民都有参加的机会。他想，这对联络、了解基层群众，活跃他们的文化生活，增强贫困户脱贫的信心，一定会产生意想不到的作用，这也许是另一种创新扶贫呢。

活动结束后，蒋作芳对小韦说："今天既然出来了，也别这么

参加柳城县农民运动会，图为拔河现场　　　　　贫困户梁金勇送来了感谢信

组队参加柳城县农民运动会

快就回家。我带你们一起到雷塘村，去看看我工作的地方，行吗？"

小韦同意了，说："我还没去过雷塘村呢。咱们带娃去参观一下。"

蒋作芳一家人，一起回到了雷塘村。

蒋作芳住的地方是村委后面的一所破旧学校的两间空房，整个环境看起来十分荒凉。小韦惊讶地问："你就住这地方？吃饭做菜都在这里？"

蒋作芳说："这地方不错了，遮风挡雨，很多贫困户家的房子，比这差多了。我之所以带你们来，就是想让你们体验一回贫困村的生活。"

两个孩子从来没到过农村，无拘无束地四处奔跑，玩得很快乐。蒋作芳带着一家人在雷塘村度过了一个难忘的夜晚。

第二天，蒋作芳带着他们去走访贫困户，让他们看到真实的农村。蒋作芳对小韦说："可惜来晚了一个月。我们雷塘村的红花草可壮观了，远远望去是一片红色的花海，很多人专门开车来看呢。明年，我再带你们来看红花草。"

小韦说："好！我们明年一定来看红花草。"

■ 贫寒孤女，幸遇爱心渡难关

4月20日一大早，蒋作芳一家人又高高兴兴地踏上了去往中渡古镇的旅途。

突然，蒋作芳的手机又响了，还是宋主任打来的。

宋主任说："蒋书记，有个急事，雷塘村高家屯9队的村民胡继荣因病过世了，家里无钱安葬，这事得麻烦你去处理一下。"

蒋作芳说："胡继荣，我知道，那个特困户。请宋主任放心，这事我一定处理好。"

他挂了电话，看了一下位置，他们现在正路过太阳村，已经快到鹿寨县城，再往前走几公里，就是鹿寨北站了。中渡古镇这次又去不成了，眼下只能先让小韦和孩子们回家。

蒋作芳回到车上，小韦看他欲言又止的样子，就问他："是不是村里又有事了？"

蒋作芳说："是的，一户贫困户过世了，家里只有一个15岁的女儿还在上初中，后事根本没法处理。我得回村里处理一下。"

小韦忍不住抱怨了："你扶贫就扶贫，还管这事？村里不是有村支书和村主任吗？他们不管吗？"

蒋作芳说："他们也难。雷塘本来就是个贫困村，拿不出钱来。他们只好打电话到镇政府，镇政府再找到扶贫办宋主任，绕了一大圈，绕到我这儿来了。第一书记就是村里的大总管，既然找到我，我得把这个担子挑起来。"

小韦轻轻地说："这么说，我们去中渡的计划又泡汤了？"

蒋作芳说："嗯，以后还有机会，我们下次再去。前面不远就是鹿寨北站，我送你们坐高铁回柳州。"

可是，女儿不依了，哭着说："我不想回家，我想玩。都说过多少次了，总是去不了。我要去中渡。"

蒋作芳看到女儿委屈的样子，心里也难受。他拍拍女儿，却又不知说些什么。女儿嘟着小嘴，不理他。

小韦调整过来，开始安慰女儿，她说："孩子，村里有个小女孩，比你大不了多少，她没有爸爸了，她以后的生活该怎么办啊？让爸爸去帮助那个小女孩吧，她太可怜了。"

母亲这么一说，女儿就不哭了。蒋作芳对女儿说："孩子，你长大了。我送你们到鹿寨北站坐高铁回家。"

女儿点点头，仿佛一下子懂事了许多。

胡继荣家是特困户，他妻子有精神疾病，离家出走后不知下落。胡继荣生前就很困难，家里一贫如洗，现在过世了连安葬费都没有。胡继荣还有一个兄弟，但是做了外村的上门女婿，因感情不是很好，不想过问。

回到雷塘村蒋作芳先给镇民政办打电话，看能否给胡季荣免费安葬。镇民政办答复，胡继荣还有女儿和一个兄弟，按规定不符合免费安葬条件。

蒋作芳再打电话给主管财务的村委副主任钟玉梅，让她从第一书记办公经费中先把胡继荣的火化费划出来使用。钟玉梅说，第一书记办公经费的使用需要提供正规发票，胡季荣的安葬费用中很多没有正规发票，不符合要求。

蒋作芳说："那就从我的工资中扣吧，用多少扣多少，这钱我来出。"

钟玉梅说："蒋书记，这不合适，怎么能用您的钱呢？"

蒋作芳坚持说："用吧，不能让胡继荣一直搁在家里。"

钟玉梅激动地说："蒋书记，这钱不能由您一人出。这样，我和村两委干部说一下，大家都想办法出点钱，先把胡继荣安葬了再说。"

三月三假期结束后，蒋作芳去看望了胡继荣的女儿胡建花。母亲不知去了哪里，叔叔也对她置之不理，胡建花现在像个孤女。

蒋作芳诚恳地说："小胡，你不要担心，今后你的读书与生活费用，我会尽力帮助你。我先为你申请各种政策救助，包括低保。我有个朋友正想找个贫困学生来资助，我把你的情况和他说了，他愿意帮你。总之，你不要有任何顾虑，好好学习。不管我做不做第一书记，我都会帮助你，直到你能自食其力。"

听了蒋作芳的一番话，胡建花感激地说："谢谢蒋叔叔！"

蒋作芳后来联系社会爱心团体，为胡建花申请到助学金3000元，他自己从2018年10月开始，每月资助胡建花300元生活费。胡建花很争气，学习很用功，考上了柳州市第二高中。

在蒋作芳的帮助下，胡建花的基本生活有了保障，加上家里的土地出让金，所有收入加起来每个月约有4000元，达到了脱贫的要求。

胡建花的遭遇让蒋作芳十分感慨。他这才知道，乡村扶贫是个系统工程，不仅是找项目、做产业那么简单。贫困的乡村里，胡建花这样的情形不会是最后一个，还有许多像她这样的家庭。蒋作芳这才发现，他一个人的力量是多么渺小，如果再出现两个、三个胡建花，他又该怎么办？

蒋作芳很感慨，他在工作日记中写道："胡继荣由村两委干部集资先予安葬了。这件事说明了，村里党组织还在，村两委干部还在，我们都是有温度的人，对待贫困群众，我们不能麻木不仁、冷若冰霜。真心愿人间少一些这种揪心的事，好人一生平安！"

■ 四季产业，红红火火炼真金

蒋作芳意识到，一方面，要发展壮大村集体经济，因为村集体没有经济收入，村干部在村民面前就没有信心，说话就没有底气；另一方面，要加快雷塘村的产业发展，尽快让全村贫困户脱贫致富，这才是雷塘村发展的根本出路。蒋作芳决定，在雷塘村原有产业的基础上，加大投入，继续扩大产业规模，大力发展雷塘村的"四季产业"，即春花、夏菜、秋果、冬蔗。

【春花】利用冬季农闲土地，种上油菜花和红花草。油菜花大家都知道，大面积种植，除了可以收油菜籽，还可以成为一种景观。每年春天，遍地金黄的油菜花，吸引了许多游客前来，除了拍照，有的还需要餐饮与住宿。在此基础上，村里可以做几户民宿。

红花草一般在9月底10月初播种，来年春天便会争先恐后地萌发生长，变成绿油油的一片。随着气温逐渐升高，红花草慢慢开出一朵一朵略带紫色的小红花，用不了多久，田野上就成了一片火红的海洋。红花草是农村重要的有机绿肥作物，春耕之际，把红花草翻于土下就是极好的绿肥，这也是生态农业的重要内容。

无论是金黄的油菜花，还是绚丽的红花草，茎蔓伸展，繁花一片，把雷塘村的春天装扮得生机勃勃。前来春游的旅客络绎不绝，他们带来了一定的消费，也带来了现代文明生活的概念。这对传统的雷塘村具有深远的教育意义，特别是让贫困户们看到，这世上还有更好的生活形式，只要努力脱贫，这样的生活就会离他们越来越近。

【夏菜】雷塘村的土地面积有 25 平方公里，四面环山，土地都在山坳中。所种蔬菜有豆角、黄瓜、冬瓜等，其中种植面积最大的是豆角。豆角一年可种两季，是村民脱贫致富的重要项目。

为了让雷塘村的豆角能有更好的销售渠道，蒋作芳找到了绿宝蔬菜种植合作社负责人粟保光。

40 多岁的粟保光是地道的雷塘村农民。多年前，他小面积种植蔬菜，然后帮人代购代卖，渐渐结识了一些外地的蔬菜经销商和公司，最终把家乡的蔬菜销到了一些大型超市的货架上。他每年经营的各类农产品销售量很大，单豆角一个品种，年销售量就在 3000 吨以上，其中腌制酸豆角年销售量在 2000 吨左右，成为蔬菜种植和致富的带头人。

蒋作芳说："保光，我想在雷塘村扩大豆角种植规模，你这边的销售量能再扩大一些吗？"

粟保光说："蒋书记，我的合作社能够一步步发展，您帮了不少忙。您只管发动村民种豆角，销售的事包在我身上。只要是雷塘村的豆角，您送多少，我就销多少。"

听了粟保光的话，蒋作芳再去找贫困户。蒋作芳告诉村民，豆角可以种植两季，种下去约 50 天便可收获，收获季长达 60 天，期间豆角和苦瓜可以套种。冬季再种植一季荷兰豆。这样，土地上种不同品种的蔬菜，一来可以解土，二来不会让土地闲置，使得效益最大化。

有的贫困户问："蒋书记，我们扩大豆角的种植面积，万一价格低或者卖不掉怎么办？"

蒋作芳说："价格低了我们就不卖，留着自己加工酸豆角，不容易坏，同样能卖好价钱。"

蒋作芳联系县农业局等部门，对雷塘村的豆角产业进行科学种植。每亩投资约 1800 元，亩产量可达 2500 公斤左右，按 2.6 元 / 公斤的价格算，每亩纯收入有 4700 元。一年种植两季，亩收入可达 9400 元，可谓"豆角虽小，收入不少"。

合作社通过种植豆角、辣椒等蔬菜，远销广东、重庆、四川等地，并与柳州市"螺霸王"等知名螺蛳粉企业签订合作协议，定期为其提供酸豆角，让成员们获得稳定的收入。合作社成员 65 户，其中贫困户 45 户，通过种植豆角脱贫，罗志娟就是其中之一。

罗志娟在合作社打工，负责豆角的腌制工作，每月有 3000 多元工资。她丈夫也把家里的几十亩地全部改种了豆角，种出来的豆角都由合作社收购。夫妻俩一年能有五六万元的收入，收入有了保障，生活也越来越好。在蒋作芳的帮助下，她家的危房变成了新楼，用了好多年的十几寸黑白电视也换成了大彩电，家里还添置了冰箱、洗衣机等家用电器。

罗志娟说："以前没有能力，也没有门路，只能种甘蔗，现在蒋书记在我们后面撑腰，我越做越有信心，生活也越来越有希望了。"

为了帮助合作社扩大豆角的销售渠道，2019 年蒋作芳与粟保光多次拜访柳州螺蛳粉生产企业，请求企业支持贫困村产业发展，解决雷塘村豆角的销路问题，最终获得了6家螺蛳粉生产企业的订单，签订1400吨酸豆角销售合同，总金额达666.4万元。从此，雷塘村的酸豆角装进了螺蛳粉的包装袋里，通过电商卖到了全国各地，更卖到了海外。

2020年初，突如其来的新型冠状病毒肺炎疫情促使线上消费猛增，柳州螺蛳粉企业的订单大幅增加，线上线下一度脱销。螺蛳粉产业做大做强，对原材料的需求量也不断增加。

蒋作芳扩大豆角种植规模的想法很快取得了成效。种植面积扩大了，合作社的厂房也要扩建，计划增加厂房4800平方米，增产加工产品1.25万吨，吸引了更多村民加入豆角产业中。这项举措不仅助力脱贫攻坚，实现产业增收，而且为产业扶贫长效稳定提供了坚强的后盾。

蒋作芳在雷塘村扩大豆角种植规模，带动贫困户脱贫致富的事迹，引起了柳州市委书记郑俊康、市长吴炜和市政协主席陈鸿宁等各级领导的关注，他们纷纷前来调研指导，并给予了高度评价。

【秋果】雷塘村的许多村屯有种植柑橘的传统习惯。前几年，由于柑橘市场行情好，很多农户种了蜜橘、沙糖橘、沃柑等品种。近年来柑橘价格有所回落，很多果农遭受损失。虽说柑橘也能卖出去，但价格上不去，一年下来收入只能回本。如果改种其他作物，这些柑橘树刚刚开始丰产，砍了又可惜。果农们为此很发愁。果农们将这个难题告诉了蒋作芳，向他求助。

为了慎重起见，蒋作芳到县城、到市里向专家进行咨询。专家给出意见，只要果品质量过硬，加强销售流通，终会有人识货的。目前价格回落，一是果品质量下降，二是销售渠道不畅。

根据专家的意见，蒋作芳答复果农们，会专门请专家来鉴定，如果果品质量下降，即口感变了，那就直接砍树；如果果品质量优良，则予以保留，寻找销售渠道。

蒋作芳的这个建议让果农们心服口服。

【冬蔗】蒋作芳调研时发现，柳城县是广西重要的甘蔗主产地，种植甘蔗收入是雷塘村村民的主要经济来源。

对雷塘村村民来说，种甘蔗的最大好处是，一旦种下就可以外出打工，蔗地若需要管理，打个电话请个村民帮料理一下即可，不需要亲自回来。就是说，种甘蔗不需要精细管理，而且糖厂有专车上门来收购。

尽管种甘蔗的村民们外出打工便一走了之，但蒋作芳还是不放心，他常常请专家前来帮忙检查，防止病虫害。

当蔗农们卖完甘蔗满脸笑容数钱的幸福时刻，他们不知道，蒋作芳在幕后还做了大量的工作。蒋作芳说，最怕的就是病虫害，如果那样，村民这一年就白忙活了。

■ 心系民生，永不止步为梦想

2018年10月，为了给雷塘村群众一个平安和谐的生产生活环境，蒋作芳结合后援单位的工作特点，决定以打造"平安雷塘"为切入点，全面升级雷塘村平安管理基础设施。蒋作芳每次回后援单位汇报工作时，都向相关领导汇报雷塘村需要加强建设的紧迫性和重要性，得到了领导的支持。后援单位决定投入资金 25 万多元，在雷塘村建设综合治理中心，安装 11 个高清摄像头、8 个广播，对雷塘村进出路口和重要路段进行全覆盖监控，极大地提高了村民的安全感和满意度。

雷塘村的一个蔬菜种植基地因与土地承包方发生纠纷，于 2019年 2 月终止合同后，拖欠 9 名村民 2 个月的务工工资共计 8472 元未付。蒋作芳数次就承包费和拖欠工资与老板沟通，动之以情，晓之以理，并通过东泉镇司法所进行司法调解。6 月 26 日，村民如愿拿到了拖欠近半年的工资。

雷塘小学是柳城县一到五年级在校学生人数最多的一个教学点，在校就读学生 230 多人。这个学校的教室大都是 20 世纪 80 年代建成的瓦房，每逢刮风下雨，就会让人担心可能会坍塌。为防止意外发生，蒋作芳先申请了 4.8 万元用于重建即将崩塌的围墙。后来，蒋作芳邀请相关领导到雷塘村实地考察，又为雷塘村小学争取到学校设施和场地改造重建资金共计 200 多万元。目前项目已竣工，2020 年底孩子们就能到新建的教学楼上课了。

为方便群众来村委办事，提高村级党建工作效率，蒋作芳将雷塘村村委建设所面临的种种困难向县委组织部进行了汇报，获得资金 48 万多元，对雷塘村党群服务中心进行全面改造，建成了一个集服务群众、党员学习和会议培训等于一体的党群服务中心。蒋作芳再向后援单位申请资金 8 万多元，将雷塘村党群服务中心加盖三层钢架大棚，使中心更加安全、实用。

帮贫困户罗志斌家卖酸笋

给雷塘村小学送捐赠物资

将市委政法委同事捐赠的冬衣送到贫困
户林运新和邱文强母子手中

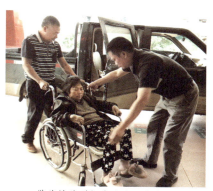

带黄桂英到柳城县办理残疾证

在洪水中到群众家中查看受灾情况

给雷塘村小学的孩子上国画课

2019 年底，通过产业升级，规模化开展豆角种植，开展豆角深加工等，雷塘村仅剩 6 户 12 人未脱贫，贫困发生率由 28% 降至 0.19%，顺利实现整村脱贫摘帽。2020 年脱贫摘帽"双认定"中，雷塘村余下未脱贫 6 户 11 人（1 人已死亡）的"八有一超"脱贫指标全部达标，实现了习近平总书记提出的"小康路上一个都不能掉队"的目标。

【采访手记】

蒋作芳一米七六的个子，寸头，国字脸，笑起来时眼睛眯成一条缝。

在采访蒋作芳时，我无意中问起："我在扬州生活时，居住的小区附近也有个叫雷塘的村子。咱们这个雷塘村，有什么来历吗？"

蒋作芳说："我还真的问过村里的老辈人，他们说，雷塘村这地方原来有个大水塘，早年地下有神龙潜居于此，能兴雷降雨滋润万物，带来吉祥如意。"

我好奇地问："这故事好啊，那个水塘还在吗？"

蒋作芳说："后来填了。老辈人说，有年大旱，田里禾苗焦枯，全村人来到水塘边求雨，求了三天三夜，不见一滴雨。村里人一怒，就把水塘给填了。村里虽没有了水塘，但雷塘这地名却保留下来了。"

我有点遗憾："可惜了，如果水塘还在，种上荷花，绝对是村里的一景。"

蒋书记笑了："其实后来雷塘还真的找到了。在雷塘小学那里，因为建一个水塔需要打井，找来找去就找到了原来雷塘被填的地方，在那里打了口井。柳城县水利局和柳州市水利局共同投资 15 万元在那里建了一个圆柱形的大型饮水塔，直径 6.1 米，高 22.5 米，蓄水量达 50 立方米。那水很清澈很甜呢。"

蒋作芳还说："地还是那块地，人还是那些人，可原来是贫困村，现在脱贫摘帽了。由此我受到启发，我们常说扶贫工作要创新，要搞创新扶贫，这个方向是对的。我理解的创新就是去发现新思想、新做法，要发现就得去找。就像那个雷塘水塔，甘泉就在地下，找到了，挖出来了，就是源源不断的甘泉。"

我说："这个观点我赞同。您到雷塘村来扶贫，给贫困村、贫困户带来了新思想、新做法，然后带动全村有了新变化。"

蒋作芳说："第一书记没有这些新思想、新做法，就很难为所在的贫困村脱贫。毕竟你所掌握、了解的思路，人家村支书、村主任哪个不比你了解得多？大家都知道的属于老一套，根本不管用。比如种豆角，我们是否想到过套种？我们是否想到过扩大种植规模？我们是否想到过进行大棚种植？等等。所以，创新思维、创新扶贫是打赢脱贫攻坚战的重要法宝。"

和蒋作芳聊天，让我感受最深的是，二十年的军警生涯在他身上的烙印很深，他有军人的气质，兼有警察的干练，我对他的评价就两个字："靠谱！"

驻村两年半，蒋作芳通过实际行动，以多种方式为群众排忧解难，赢得了群众的信任和支持，架起了党群、干群之间的"连心桥"，获得了良好的口碑。

　　如今的雷塘村，很多贫困户都建起了小洋房。村里落实了饮水提质工程，村民们都用上了清洁的自来水。此外，雷塘村的道路已经硬化，并安装了路灯，修建了挡雨棚。接下来，蒋作芳还要带着雷塘村的村民，撸起袖子加油干，共同建设美丽新农村，朝着致富奔小康的大道迈进。

静水深流，润物无声

——记上林县澄泰乡新联村第一书记朱泓静

朱泓静，1974 年生，汉族，中共党员，南宁市自然资源局国土空间规划修复科科长，上林县澄泰乡新联村第一书记。因工作出色，获广西壮族自治区党委组织部"全区脱贫攻坚优秀第一书记"、上林县三星级党支部先进典型等荣誉称号，记三等功一次。2017 年至 2019 年连续三年考核为"优秀"等次。

2017年11月的一天，南宁市国土资源局国土空间规划修复科科长朱泓静接到南宁市委组织部打来的电话，说要从后备干部队伍里挑选几个优秀党员干部，前往上林县的几个贫困村担任驻村第一书记两年，开展脱贫攻坚工作，现在征求朱泓静个人的意见。

朱泓静接到电话，感觉有点懵。"第一书记"这个词报纸、电视上经常出现，她知道是组织部门派到贫困村去扶贫的党员干部。可驻村扶贫对她而言，是个完全陌生的领域。按照一般人的理解，能够担任第一书记的人至少要有一定的农村经验，或者是懂农业、从事农村经济的人。朱泓静心里有些纳闷："请问你们是不是找错了人？"

"没找错人。朱科长，我们是经过深思熟虑和综合考察才选定了你。"

"可我从未在农村生活过，对于农业、农活几乎一无所知。"

"这个我们考虑过。目前脱贫攻坚工作已经到了关键阶段，我们需要把一部分没有相关经验的同志派到基层，探索创新扶贫方式。也就是说，在政策允许的范围内，你们可以放开手脚干，出奇制胜，找到该地区贫困的原因及解决办法。"

"谢谢组织上对我的信任！虽然感觉困难重重，但是我愿意试一试。"

"你不用担心，扶贫部门会对你进行短期培训，还有几个月的实习过程。总之，你不是一个人在战斗，在你身边有扶贫工作队队长、扶贫干部、村两委干部帮助你，还有广大群众的支持，这场脱贫攻坚战我们一定能赢！"

"请问，我是去哪个地方担任第一书记？"

"目前有三个县急需第一书记，你可以选择，隆安县、上林县和马山县。"

"那我选择上林县吧。什么时候出发？"

"我们先发函到你们单位，你做好工作交接，何时出发请等通知，我们派司机送你到上林县。"

朱泓静去过几次上林县，但都是走马观花，未曾深入考察。夜里，朱泓静翻来覆去睡不着，好不容易睡着了，又梦见自己到了上林，什么也不懂，面对贫困乡亲焦头烂额，怎么都说不出话来，一急，就醒了。

她忽然想起一件事，儿子还有一年时间就要高考。这么关键的事，怎么给忘了呢？

按原计划，朱泓静准备在儿子读书的广西大学附属中学附近租个合适的房子陪读，好让儿子一日三餐在营养上有保障，让他集中精力复习。可现在要去驻村扶贫，对儿子那边应该怎么解释？

周末，儿子回家吃过晚饭后，朱泓静把驻村扶贫的事告诉儿子，让他提前做好思想准备。

儿子一听急了："妈，不能说变就变吧，我都跟班主任和班上同学说了，我不再吃学校食堂，在家吃小灶。"

"儿子，你听我说，你已经长大了，有很多事你得学会适应。上级部门要我到贫困村去驻村扶贫，对你来说只是少了在家吃小灶的机会。可是，大部分学生不是都在学校吃食堂吗？农村里有许多孩子，别说上学，家里连吃饭都很困难，不得不辍学到外地去打工。我有责任去把他们找回来，让他们有饭吃，然后送他们去学校。"

"妈，你这么关心别人，那我呢？你就不关心了吗？"

朱泓静注视着儿子："妈妈驻村扶贫最少得两年时间，所以有两年时间我无法照顾你，你得学会独立，学会独自一人面对高考，面对生活。"

儿子默默地走进了自己的房间，那一刻，朱泓静无法知道，他心里想的是什么。

周一早上，儿子上学去了，给朱泓静留了一封信，上面写着："妈，我想通了，您驻村扶贫是大事，我已经18岁，是成年人了，生活的路，我要学会自己走。放心吧，我不会让您失望的！"

看了信，朱泓静觉得儿子长大了，让儿子学会独立生活是正确的选择，她可以放心去驻村扶贫了。（一年后，儿子很争气，考上了江苏大学，这让朱泓静无比欣慰。）

2018年2月，朱泓静出发前往上林县任驻村第一书记。

在上林县，朱泓静受到了县委副书记、县长蓝宗耿的热情接见。上林县澄泰乡党委何书记、新联村村委覃支书来到上林县将朱泓静接到村里。

即将离任的吕书记见了朱泓静，他说："朱书记，我就把新联村交到您手里了，相信在您的带领下，新联村一定能脱贫摘帽。"

朱泓静说："吕书记放心，您是新联村的拓荒者、是开路先锋，我会踏着扶贫路继续努力前行。"

村里的住宿条件比较差，朱泓静被安排在村卫生室隔壁的一间空房里。这里原是堆放药品与卫生材料的仓库，庆幸的是，药品和卫生材料没多少，收拾一下就成了一间宿舍，有小门与隔壁卫生室相连。

朱泓静带着行李进入宿舍，立即闻到了浓烈的药水味，瞬间产生了想呕吐的感觉。

千万不能在村干部面前失态，朱泓静告诫自己。她强忍着浓烈的药水味，深呼吸几下，让自己尽量平静下来。

房间清理后还算干净，床、椅、办公桌都已备齐，更重要的是，有个独立的洗手间，还可以洗热水澡。

朱泓静来不及休息，立即打开电脑，翻阅吕书记留下的各种材料，她要先把新联村的具体情况了解清楚。

■ 迷人风景与深度贫困

第二天，朱泓静率领兼任村支书、村委主任的覃振光和扶贫干部一起下乡，走访贫困户。

覃振光说："朱书记，您刚来新联村，我先带您去看看我们新联村的母亲河——清水河。"

从新联村委到清水河只有几百米。很快，朱泓静就看到了雄壮的位于来马、马平高速与清水河交界处的清水河大桥。

覃振光指着大桥说："朱书记，您看这高速路多漂亮，清水河的水多清，我们新联村怎么就一直贫穷呢？"

朱泓静问："清水河流到哪里去了？"

覃振光说："清水河发源于大明山，由西南流向东北，经过我们澄泰乡的洋渡村，最后流入红水河。"

朱泓静问："洋渡村？和三里镇毗邻的地方？"

覃振光说："对，三里洋渡可是著名的风景区。"

朱泓静是知道三里洋渡的，这个景区与明代著名地理学家、旅行家徐霞客有关。

朱泓静问："从清水河大桥到三里洋渡有多远？"

覃振光说："很近，就2.5公里。"

朱泓静眼前一亮："这么近，太好了。我有个想法，我们可以与三里洋渡景区合作，在新联村建旅游码头，游客从洋渡坐船到新联村上岸，我们做一些农家乐、卖些土特产，这是个不错的商机。"

覃振光说："吕书记也曾有这个想法。"

朱泓静说："我们找个机会再研究一下。我们村和三里洋渡这么近，乡村旅游计划一定要搞起来。不过在做计划之前，我得先把新联村目前的贫困情况有个精准掌握，然后才能有的放矢，综合安排。"

接下来的两个月，朱泓静翻山越岭，深入田间地头，把新联村的贫困户都走访了一遍。

澄泰乡新联村位于上林县东部，距离县城仅15公里，耕地面积1362亩，人均耕地面积仅为0.83亩。全村9个自然庄10个村民小组，共有贫困户217户967人，贫困发生率高达39.3%，2017年被列为南宁市56个深度贫困村之一。每年下半年，村里极易发生洪涝灾害，届时全村近半区域被淹没，农业生产遭受巨大损失。

村民主要收入为外出务工收入，村里主要种植水稻、饲料玉米等传统农作物，由于缺乏水利灌溉设施，水稻种植面积较小，甚至有土地荒芜的情形。新联村易旱易涝，种植产业传统单一，养殖产业规模不大，经济发展相对滞后，群众科学种养水平低，增收渠道不多，生活困难。

村民在农业生产中基本保持着传统农耕状态，完全是凭着祖辈积累的经验，靠天吃饭。他们除使用现代农机具外，很少应用现代农业科技，种子、化肥、农药选购随大流，种植项目基本跟风。村民基本上不研究市场供需关系，唯一的参考就是粮价的变化，这直接导致农民在生产过程中缺乏抵御自然风险的能力，在销售过程中也没有抵御市场风险的能力。

朱泓静在调研中发现，为了发家致富，新联村的一些村民也做过大胆尝试，但由于脱离实际都没有成功：有毫无养殖经验的村民投入几十万，用最高的价格买来母黑山羊，结果因不会管理，近几十只羊病死，损失十几万；看别人种景观树木挣钱，有村民把自家几十亩地全都种上景观树木，因缺乏科学管理，树木非常细小，市场行情还不好，根本卖不出去，前后五年颗粒无收；有村民发展大棚经济，却不学习先进的栽培管理技术，一家四口人从早到晚忙碌，但亩产效益仍极其低下。

面对村民承受巨大经济压力而陷入的困局，为了让村民的损失减少到最低限度，朱泓静利用自己的人脉关系，积极发动社会各方面力量，来帮助村民们卖树、卖羊。

有一天傍晚，朱泓静吃过饭后在村里散步。走着走着，她不觉间来到了村民覃敏华老人家，这里阴暗潮湿，房屋很小，四面透风。

进屋之后，所见情景让朱泓静惊呆了，她还从没见过这么恶劣的居住环境。两间房，一间算卧室，一间算厨房。厨房里堆着柴火，一口土灶，桌子上摆着几副碗筷，再无其他。卧室仅有一张床，可能因为经常漏雨，一块黑乎乎的破烂塑料薄膜从屋面瓦上斜拉下来吊在床头，床上的床单和被褥已看不清颜色。

朱泓静眼睛湿润了，她这才深切明白，什么叫深度贫困村。

朱泓静想跟覃敏华老人交流，结果发现老人不懂普通话，而朱泓静又不懂当地方言，两人没法交流。

朱泓静心里生出一连串问题，如此贫穷的人家，村干为什么没有发现？难道工作有疏漏？为什么没有进行危房改造？她有低保吗？她的生活如何解决？

朱泓静想，如果是我们工作不到位，那就是我们的责任，需要立即查漏补缺。

后来，朱泓静询问村干才知道覃敏华家的情况。覃敏华现年73岁，育有一子一女，女儿外嫁广东，儿子覃革在本村。覃敏华与儿媳长期不合，并未与儿子一家居住，现与外孙女李红单独立户。李红已成年，去外地打工了，村干部反映极少见其回来居住，覃敏华实际上是独居在破房里。

了解情况后，朱泓静既欣慰又感慨。欣慰的是，覃敏华老人有儿有女，不至于老来无靠；感慨的是，覃敏华老人有儿有女，却在生活上得不到妥善照顾，说明我们的教育与宣传工作还不够细致。

覃敏华老人的事一直像块石头，压在朱泓静的心里，她决定专程去覃革家里了解情况。覃革家也是贫困户，夫妻俩有两个孩子，一个孩子外出打工，另一个孩子还在读书。覃革老实木讷，关于母亲的情况他只说母亲和他们一家相处不来，大家生活习惯不同，再无话。

最终，朱泓静在庄里召集乡亲们开了庄级评议会，一致通过将覃敏华老人并入覃革户，同时对覃革夫妇进行教育，让他们善待老人。至此，覃敏华老人的事总算有了一个妥善的结局。

村干部告诉朱泓静："书记，您不知道，这里的男人娶个媳妇实在不易。所以，覃革在他媳妇面前根本抬不起头来。"

朱泓静问："你倒说说，娶媳妇怎么个不易？"

这一问不打紧，朱泓静发现了新联村一个现象：因婚致贫。

在新联村，娶媳妇彩礼最低几万元，还要有房，条件好的还得在县城买房、买车。为了给儿子娶媳妇，几乎没有家庭不借钱的，很多家庭是一夜赤贫、负债累累。婚后，公公婆婆还得哄着儿媳妇，生怕儿媳妇一不高兴就离婚了，那样就再也无力为儿子娶亲了，因为再婚的彩礼最少也得 10 万元。新联村因婚致贫的农户比比皆是。

■ 扶智治愚引入互联网

新联村的贫困户都已经过精准识别，但是朱泓静还不放心，她通知各个包片村干部再次摸排各村庄，对照"八有一超"不达标的非贫困户名单，确保不因大病、意外等情形返贫，做到扶贫路上应纳尽纳，真正做到精准。

村干部们经过全面摸排，整理出 7 户材料报送给朱泓静。朱泓静决定抽时间去走访一下。

第二天上午，朱泓静正在忙碌，村委副主任覃武军带一个村民过来找她，说有事反馈。

朱泓静一抬头，看见那个村民面色暗黑，一副病蔫蔫的模样。

朱泓静问："这位老乡，你有什么事？"

"朱书记，我是岜墓庄人，叫黄生强，患有肾病，现在特别困难，希望政府能对我有所救济。"

朱泓静查看昨天的名单，黄生强就是其中之一。

朱泓静立即起身，叫上覃武军一起到黄生强家去看看。

黄生强家的房子挺宽敞，家里摆设与村里其他家庭并无二致，但家里只有黄生强一人。黄生强说，他们家五口人，儿子、儿媳带着孙子在南宁打工，老伴最近几天也去帮忙带孙子了。他因肾病住院刚出来。

朱泓静看了他的疾病诊断书，发现他已是尿毒症晚期，再询问医疗报销情况，说只能报销约50%。

朱泓静立即打电话咨询有什么办法可以资助此种情况的村民，得到答复说可以找乡民政办申请临时救助。

朱泓静陪黄生强到乡民政办弄清楚需要准备的材料和办理的程序后，再确定他第二天可以自行办理，才放心回到办公室。

朱泓静查了材料，2018年的动态调整已过，若要将黄生强纳入返贫户，要等到2019年8月的动态调整。但是，新联村已计划明年脱贫摘帽，而且无法确定黄生强的病能扛多久。看目前的情况，只有临时救助这一途径。

第二天早上，朱泓静召集全体扶贫工作队队员、村两委干部，讨论对黄生强捐助的事。朱泓静建议从社会捐助资金中拿出3000元救助黄生强。大部分人都同意，个别人有意见，提出黄生强并不是贫困户。

朱泓静说："黄生强不是贫困户，他是得了绝症却未能纳入贫困户保障，建议这种情况我们以后均按此标准来扶助。"

听了朱泓静的话，大家均同意捐助。

捐助仪式在村委办公室举行，朱泓静告诉黄生强，村两委集体决策捐助他3000元，要他好好治病。黄生强含着泪水接过了捐助款。

朱泓静的这一举动让很多村民感动。虽然3000元对患大病的家庭无异于杯水车薪，但是一个党员干部对群众的疾苦不袖手旁观，主动给予帮助，对于患病的村民而言就是温暖。

经过几个月的入户走访，新联村陈旧的思想观念、落后的生产生活方式让朱泓静感到震惊。她越来越意识到，这一切必须彻底改变，要想做到精准扶贫，带领村民致富，就必须做好扶智治愚的工作。

为了消除乡村传统的糟粕，以及村民骨子里的落后思想观念，朱泓静召集全村党员干部举行了一场扶智治愚动员大会。她说："我们必须帮助村民启智，用先进的文化、知识改变村民的思想，用先进的农业科技来武装村民的头脑，用现代农业的格局改变村民的视野，用'互联网＋农业'的平台给村民创造前所未有的契机。"

为了打造一个村民可以随时学习前沿科技的平台，建立一种常规学习机制，朱泓静向后援单位反馈，捐助新联村10台电脑，建立了"互联网＋乡村电子阅览室"，为村民提供电脑和网络，彻底

与贫困户在田边聊天

向村民宣传扶贫政策

向贫困户覃翠兰了解年收成

与村民们聊天

入户走访

解决村民上网"最后一公里"的问题。从此，"互联网+"对村民来说不再是看不见、摸不着的概念，而是实实在在的就在他们身边的服务平台、渠道和工具。

朱泓静以敏锐的眼光，利用最新的互联网系统，对村民进行关于现代与科学的启蒙。她独创的"互联网+乡村电子阅览室"，让"互联网+"真正走进乡村，让村民的农业生产真正融入了"互联网+"时代。"互联网+乡村电子阅览室"已成为新联村村民走出旧我、融入现代、融入世界的窗口。

■ 乡村致富先修路

【新联村环村路】2018年12月26日一大早，村干部韦凤急冲冲地来找朱泓静："朱书记，不好了！不好了！"

"别着急，有什么事你慢慢说。"

"朱书记，我们村的环村路正在内安庄地段施工，被人拦住了。"

朱泓静听完韦凤断断续续的讲述，明白了事情的原委。要脱贫，先修路。脱贫攻坚中修路是基础工作，能方便群众出行、货物流通。一旦修路，有时不可避免地需要使用群众的一部分土地，那就需要与群众进行协商、沟通，既要让道路修通，也要照顾到群众的利益。

新联村的环村路只剩下内安庄一段了，眼看工程即将竣工，却遭到了原村干部黄某的阻拦，工程因此暂停。黄某说，问题不解决，就不让施工。

朱泓静立即来到现场，远远看见钩机前面，黄某拦住不让施工。

朱泓静说："老黄，你有什么要求，我们一起到村委去聊聊如何？"

黄某说："我不去村委，要聊就在这里聊。"

"那好，你有什么意见，和我说说。"

"朱书记，这块地是我承包的，我不同意你们动用我的土地。"

"老黄，修这条路是全村人的意愿，路修好了，大家出行、运送物资都比较方便。这条路并非国家征用，权属性质不改变，属于村里所有。现在，这条路修得差不多了，只差这最后一段，如果因此耽搁时间，大家都有怨言。再说，修路前各个村庄都开过会，各庄村民都签过字。我查了一下，你也签过字的。"

黄某说："那个签字不管用，当时没想到会动我的地，反正现在我不同意。"

朱泓静问："你说这块地是你的，能不能提供证据，如果能，我会充分考虑你的意见。"

黄某说："我当然有证据。"

朱泓静说："行，你回家去拿，我等你。"

在黄某回家拿证据时，很多村民聚集起来，大家七嘴八舌，认为黄某有点不讲道理，毕竟大家当初都签过字的。而且，大家都有让地，有的甚至让出了部分农田。黄某是人大代表，又是党员，他原来当村干部的时候，大家都积极配合他的工作，现在轮到用他的地，却变成这样子。很多村民都说："朱书记，干吧，我们都支持你，不用理他。"

过了一会儿，黄某回来了，手里拿了一本土地承包经营权证。朱泓静打开一看，证上显示是 0.4 亩地。

朱泓静估算了一下，修完路剩下的地应该还有 0.2 亩。朱泓静说："老黄，你看，把路修好了对我们每个村民都有好处。你是党员，原来还是村干部，能不能多为群众想想，早日把路修通，我们这个贫困村才可以有更快的发展。如果因为修路让你有什么损失的话，你到村委来，我们一起讨论，研究解决方案。但眼前，我们还是让施工队正常工作。这钩机都是租用的，每停一分钟，都是损失！"

朱泓静一挥手，钩机启动马达，继续工作。

黄某叫嚣说："不行，快给我停了，否则我让你好看！朱书记，出了事你要负责！"

朱泓静说："出什么事我负责。我是第一书记，如果怕负责，我就不会来新联村扶贫！但是，如果你再阻挠施工，所有损失我会找你算账！我还要强调一点，你是党员，最起码的觉悟你要有！"

这时，村民刘文成站出来说话："朱书记，我有个办法，马路对面是我的地，可以把路往我那边移一点，就不占用黄某的地了。"

朱泓静问："老刘，你是党员吗？"

刘文成说："还不是。不管是不是党员，我只希望你们早点把路修好，我就方便了。你们就用我的地，从我那边走。"

朱泓静很惊讶，新联村有这样明白事理的群众，一分钱都不要就让出自己的土地来修路。朱泓静说："老刘，你放心，用了你多少地，我们村委商量一下，该赔你多少就赔你多少。"

这突如其来的一幕让朱泓静很是感慨，通过这件事，让她明白一个道理：要做成一件事，完全一团和气是办不了的，这次能把这件事情处理好，还是依靠群众来解决矛盾。她深切感受到，不论做什么事，除了心怀坦荡，还要取得绝大多数群众的信任和支持。

【巷道与"水泥路"】每逢下雨天，朱泓静都会站在村委办公室的窗前，看看雨中的新联村。这时，她才发现烟雨蒙蒙中的新联村是多么美，山水相间，宛如一幅水墨山水画。

但是，对新联村的村民来说，下雨天却是令人厌恶的。

一个阴雨天的早上，朱泓静刚吃完早餐，坐到办公桌前。这时进来一个人，是外安庄一个叫何桂友的村民，他拿出一封信交给朱泓静。朱泓静展信一看，原来是一封请愿信。

这是外安庄16个村民联名写给朱泓静的一封信，主要内容是，强烈要求修整外安庄的一段巷道。所谓巷道，并没有巷，只是当地人对村内道路的一种称谓。

既然村民联名写信，这事就得重视。于是，朱泓静去外安庄实地察看。

走进这段巷道，实际情况果然如信中所言，路况非常糟糕。正值雨天，巷道到处是泥泞，湿滑难行，尤其是老人和小孩，行走更不方便。朱泓静搀扶着村里一位老人缓缓走过一截，发现这真是典型的"水泥路"，只要在这样的巷道里行走，人人都会变成"泥腿子"。

朱泓静想，这条小路我原来也走过好多次，却没发现这种情况，可能都是晴天路过，这次正好雨天来才发现。一时间，朱泓静心里觉得有些愧疚，说明自己工作还不够细致。

　　朱泓静立即向澄泰乡政府了解情况。原来，巷道修建属于一事一议项目，此类项目的资金由财政部门承担约90%，群众自筹约10%。

　　朱泓静想，其他庄可能也存在类似的问题，便安排村干部去排查。经过统计，巷道建设需求共计1575米，其中外安庄624米，内安庄556米，塘峨庄75米，弄块庄80米，弄律庄240米。

　　朱泓静再咨询乡镇财政所，巷道建设资金每公里约29万元，村民承担的部分可由包村干部在各庄组织召开庄级会议，如同意自筹部分资金，就可以申请一事一议巷道建设。

　　在朱泓静的努力下，需要修整的新联村巷道很快进入施工阶段，新联村的村民终于告别了苦不堪言的"水泥路"。

　　【**弄律庄征地**】柳南高速公路建设提上议事日程后进展很快，已进行到新联村开展征地工作。柳南高速公路建成后，据推算只要40分钟即可从南宁市到达新联村，这让偏远的新联村距大都市又近了一步。

　　征地是好事，新联村的村民都是举双手赞成的。但涉及征地补偿问题，矛盾来了，问题也来了。

　　新联村总面积6.47平方公里，其中石山占据了大部分，余下的土地村民是能耕则耕，能种则种。尤其是河边、山脚处，勤劳的村民会垦荒种植庄稼，当地有不成文的规定，谁开荒谁种植，土地就归谁，一直以来未曾有过任何异议。

　　征地补偿时，地上附着物的补偿是没有异议的，不同的声音在于，一部分人认为应该补偿给村集体，另一部分人认为应该补偿给垦荒的个人，导致征地工作停滞。

考察地形为村民筹划修路

为新联村建了水轮泵

村民们找到朱泓静："朱书记，这事你得给我们做主，荒地是我们开垦的，粮食是我们种下去的，国家要修路我们没意见，但补偿款你要替我们要回来。"

事关村民利益，朱泓静决定把大家的意见上报给乡镇政府的领导。

乡镇政府的领导也为村民着想，找到柳南高速公路拆迁指挥部反映村民意见。

经过不断协商，2019年1月9日，由澄泰乡政府领导、朱泓静驻村工作队、柳南高速公路拆迁指挥部共同组成的协调小组，在弄律庄召开了村民小组会议。

会上，朱泓静作为驻村第一书记表示，村民的事情应由村民自己做主。弄律庄41户，到会30户，符合三分之二以上户代表决议的原则。经到会户投票表决，28户同意开荒地补偿给开荒者个人，2户同意补偿给庄集体。会议决定按大多数户意见执行，当时所有代表未有异议。

让朱泓静没想到的是，还不到一周时间，1月15日一大早，弄律庄的村民10多人就来找她。

村民说，9日那天在弄律庄召开的村民小组会议决议无效。

朱泓静问为什么，村民们七嘴八舌，各说各话。说了半天，朱泓静才总算是听明白了。原来村民们对决议并无意见，但是有的地补偿多，有的地补偿少，他们觉得不公平。

朱泓静说："要推翻原来的小组决议是不可能的，因为当时讨论的意见大家都表示认可。如果再召开会议讨论，得出的结果仍旧可能被推翻，如此反复，最后就无法形成任何决议。"

"朱书记，那怎么办呢？"

"请乡亲们放心，我向你们保证，请相信我，不管是哪块地，无论大小、水田旱地，补偿款的标准必将一视同仁执行。"

"朱书记，我们相信您。这事就拜托您了！"

村民们得到了满意答复，便一起回村了。朱泓静望着离去的村民，想着这事涉及个人利益，必有很多争端，但是村民们对她无比信任，无论什么事，只要她公正公平处理就好了，村民们会看得见的。

垦荒土地的补偿款解决了，可有的土地却没这么简单。

有一天，澄泰乡政府副乡长黄春梅突然打电话给朱泓静，说："朱书记，江波庄村民正在阻挠高速公路施工，我正在开会，你赶快到现场处理一下。"

朱泓静二话没说，立即赶往江波段高速公路施工现场。

到了现场，众多江波庄村民和柳南高速公路施工方正在剑拔弩张地对峙着。

施工方经理李蓝新见到朱泓静就像见到亲人似的："朱书记，您可来了。再不来，这里就要打起来了。各位乡亲，你们的第一书记来了，你们有要求跟朱书记说。"

原来，江波庄的村民多年来一直在河道内的滩涂区养牛，他们认为这里是他们的养牛场。土地和自然资源是朱泓静的老本行，她就是资深的土地专家。朱泓静自己都没想到，那些关于土地资源的专业知识在这里派上了大用场。

很明显，江波庄村民提请征地补偿的地块属于国家。但是，要让村民们理解相关条款，还得耐心做他们的思想工作。

"各位乡亲，我是新联村的第一书记，叫朱泓静。很多人并不知道，我来新联村之前就是专门研究土地资源的。土地管理的法律法规我都很熟，因为我在大学里学的就是这些内容，我的工作就是分析和管理土地，这是我的老本行。所以，我会从法律角度和大家说说这事。总之，我是你们的第一书记，只要是你们应得的权益，我一定会为你们争取，请相信我。"

现场鸦雀无声，所有人的目光都聚焦在朱泓静身上。

"各位乡亲，如果国家建设需要征用土地，建设单位应该支付土地补偿费、青苗费、附着物补偿费、安置补助费。我们来一一对照一下，首先，土地属于国家所有，因此就没有土地补偿费。其次，如果你们说的那块地上目前还有牛棚、牧草，或者种有庄稼，那么这些附着物会得到一定的补偿。但大家看到，目前滩涂上什么也没有，所以也得不到补偿。"

朱泓静的这一番解说浅显易懂，村民们也消了怒气。朱泓静接着说："各位乡亲，以后无论遇到什么情况，有什么诉求，一定要采取合理合法的方式，不得阻挠施工，更不得聚众械斗，如果触犯了法律，那就得不偿失了。"

一场土地纠纷就这么平息了，村民渐渐散去。李蓝新对朱泓静充满感激："朱书记，您真厉害，四两拨千金，谢谢！"

朱泓静说："其实，这些村民都是很纯朴的。道理讲明白，他们心里的结也就解开了。"

■ 岜墓庄的小龙虾

朱泓静一到新联村就着手发展新的产业，在找路子方面有过许多迂回，最终找到适合当地发展的产业相当不易。

在前期经过多方考察、反复论证后，朱泓静将目光聚焦在小龙虾养殖项目上。

小龙虾是广受欢迎的大众食材，近些年已成为网红水产品，价格连续多年上涨，市场需求量大。在朱泓静的老家湖北有"龙虾之乡"潜江市，龙虾产值已接近 500 亿元。

朱泓静已进行过调查，上林县小龙虾市场同样庞大，这里水质好，养殖出来的小龙虾特别紧俏，光是上林县本土就能消化完。有时候，还得找熟人才能买到小龙虾，优惠价都得 25 元一公斤。

更重要的是，小龙虾养殖相比其他养殖业，较为粗放，投资小，周期短，见效快。朱泓静和村干部们一合计，都说，就养它。

养小龙虾的第一步，就是找块地，然后挖塘。村民兵营长覃俊科家住岜墓庄，他说，村里有一块荒地长满灌木丛，可以挖作虾塘。

朱泓静前往考察，确认该地块不是基本农田，也非耕地。作为一名国土资源管理干部，她特别希望能利用废弃的土地，给村民带来收益。

刚找到地，又有结队帮扶企业南宁万科捐款 30 万元。地有了，钱有了，朱泓静再三鼓励村干部创业，覃俊科自告奋勇成立了合作社，担任岜墓庄虾塘的负责人。

覃俊科到上林县请来了小龙虾养殖专家晏志新，对小龙虾的养殖要求与注意事项进行指导。

一切准备就绪，择日开工挖塘。朱泓静和村干部们已确定了养殖收益方式，村集体经济、养殖合作社、岜墓庄村民将以5∶4∶1的比例进行收益分配。

找虾苗也费了一番周折。大家先在上林县乃至整个广西到处联系虾苗，怎么都找不着。最后在湖南找到了虾苗，连夜运至新联村。

经过几个月的筹备，挖虾塘，买虾苗，给虾塘灌水，小龙虾终于落户岜墓庄。

落户的第二天清晨，朱泓静来到池塘边观看，小龙虾怡然自得地在水里游。覃俊科介绍，这一次放苗900多公斤，投资共3万多元。朱泓静心里充满喜悦，从项目的论证、筹集资金、听取群众意愿，到选定致富带头人、成立合作社，再到动员群众参与、引进技术，每个环节都渗透了她的心血。当然，现在只是迈出最重要的第一步，后面还有养殖、销售等重要环节。

朱泓静只要有空，就会来到岜墓屯虾塘查看小龙虾的生长情况。

有天一大早，朱泓静走访贫困户回来，刚好路过小龙虾养殖基地。停车一看，眼前的一切不由让她大吃一惊，虾塘里的水竟然差不多干了。

朱泓静连忙找覃俊科了解情况，他说，前些天都好好的，就最近两天虾塘的水一直在下降，他不停地向虾塘内抽水也无济于事。

朱泓静连忙召集村干部召开紧急会议，商量对策。

　　会上，朱泓静批评了覃俊科等人。按照原来商定并已出台的小龙虾养殖实施方案，日常会有三人负责龙虾基地巡查、公司账目核查及销售监管工作，可虾塘缺水如此重大的事件，竟无人及时汇报。

　　朱泓静要求尽快搞清楚小龙虾养殖基地干塘原因，拿出解决方案，并做出部署：一是按暨定的《上林县新联村小龙虾产业发展实施方案》，各就各位，各司其责；二是由村副主任覃武军牵头，调查小龙虾养殖基地干塘原因及虾塘小龙虾目前存活情况；三是由朱泓静联系专家晏志新入村，进行技术诊断；四是在以上问题查清楚的状况下，迅速商议对策，解决出现的问题；五是要规范合作社的运行，财务要加强账目核查，每一笔出账均要两个以上村级监管人员签字；六是由何广峰牵头，落实基地周围摄像头安装问题。

　　经过几天的调查摸底，先排除了人为干塘或偷盗小龙虾行为，那么可能是自然条件所致。上林县连续两个月没下过一滴雨，造成地下水位下降，原来临近虾塘的泉眼已断流，加上每天日晒，虾塘里的水分持续蒸发，干塘在所难免。

　　夜晚，小龙虾出来觅食，大家发现小龙虾都躲在泥巴里。晏志新看过之后，认为现在正是小龙虾繁殖期，问题不大，最主要的还是尽快引水过来。

　　可是，养殖基地离河道太远，用水泵从河道抽水行不通，成本太大。晏志新建议打井。

　　打井很顺利，打了几米深就开始冒水了，打井师傅说每小时能抽 20 立方米的水。虾塘得救了。

为了保证合作社正常运作，朱泓静建议合作社与晏志新签订合作协议，向他支付一定费用，他定期提供技术指导，确保科学养殖。

至此，岜墓屯龙虾养殖合作社开始走上正轨。小龙虾渐渐长大，终于可以上市销售。

朱泓静找到后援单位，他们组织了干部职工进行团购，第一批几百斤的小龙虾，一下就销售一空。

■ 修水渠建泵站

新联村深度贫困除了思想与观念上的原因，特殊的自然地理环境也是一个重要原因。朱泓静来到新联村后发现，这里每年不是水灾就是旱灾。环村流淌的清水河被誉为新联村的母亲河，但在朱泓静看来，清水河也是新联村的致贫河，新联村每年因水涨而涝，因水退而旱。且新联村地势低洼，只要一场暴雨便会河水高涨，导致新联村严重受淹。但春耕或秋耕时却又缺水浇灌。

村民大多靠种植水稻维持生计。一年之计在于春，春耕之要在于水。因此，旱涝之灾世代困扰着新联村，禁锢着新联村的发展。

村民覃大作，78岁，一直未能脱贫。他与老伴秦蓝中为抚养两个小孙女，在自家的5亩水田里日复一日劳作。眼看种植的水稻快要长成，可持续的洪涝灾害又将已灌浆的水稻全部淹没。这样的情景年复一年，被淹的稻谷大部分很快就会发芽，一年收成就全部被毁。

覃大作的遭遇，新联村其他村民都曾经历过。雨一来，水田全被淹，老百姓种地就好像与老天打赌一样，只能看天吃饭。

村民的遭遇让朱泓静暗暗下定决心，一定要将新联村从困境中解救出来。朱泓静给自己定下两个目标，就是尽快解决新联村的水灾和旱灾两大难题。

朱泓静请来县水利专家实地察看，分析新联村水涝的原因。专家得出的意见是，修一条贯通全村农田的排洪沟，就可基本消除水灾隐患。

有了专家的建议，朱泓静说干就干，一刻也不耽搁。朱泓静依托后援单位的力量，争取到上级扶贫资金150万元后，便正式开工。朱泓静与全体村干部、村民一起，前后历时6个月，终于在田间地头砌起一条2公里长的排洪沟，可泄洪1.6万立方米，并赶在超强台风"山竹"来袭之前投入使用。

新修的排洪沟在"山竹"来临之际经受了考验，发挥了重要的排洪作用。长期困扰新联村的水灾问题终于得到圆满解决，从此新联村再也没有受过水灾。

朱泓静的两个目标中已实现了其中一个。她决定一鼓作气，赶在旱季到来前实现第二个目标，解决农田旱灾和灌溉难题。

新联村属喀斯特地貌，地质条件特殊，农田常因留不住水而干旱，导致农作物枯死。旱灾一般发生在下半年。发生旱灾时，村民应对的唯一办法就是拉一条几百米长的电线，用水泵到池塘、河边抽水灌溉。电线有的放地上，有的挂树上，密密麻麻的，成为极大的安全隐患，万一漏电就会造成危险。

朱泓静看着田间的电线越拉越密集，一边是饱受旱灾的农作物，另一边是安全生产问题，她心急如焚，立即召集村民代表开会。根据村民意见，她又找了水利专家入村，实地察看进行方案论证，最终确定在河道边建一个水轮泵，解决新联村的灌溉难题。这种水轮泵不需要用电，只要有激流就可以自动抽水，甚至无需有人值守。

2019 年，朱泓静利用社会捐赠的 30 万元爱心款，在地势落差较大的清水河岸边，建成了新联村水轮泵提水工程。

现在，新联村每逢旱季，只需打开水轮泵灌溉设施的水闸，不耗油不费电，就有源源不断的河水喷涌而出，通过渡槽水渠，流到村民的农田里，让全村 1600 多亩耕地得到高效灌溉。从此，新联村告别了祖祖辈辈被旱涝困扰的历史。

经过一年多的时间，朱泓静成功实现了她的两个目标。她想，完善了水利设施，下一步，新联村的产业就可以进入大发展阶段了。

产业发展是脱贫攻坚的精髓，只有产业发展，才能真正带动村民脱贫致富。对新联村的产业发展，朱泓静早有打算。

紫米种植是一个优势产业，生长周期短，技术门槛低，回报稳定，可以作为新联村发展的一个致富引擎。

村民对紫米不太了解，很多人不敢种，不愿种。朱泓静给他们算了一笔账：按照紫米目前 3 元/公斤的价格，每亩地可产 350—400 公斤，一年收两造，村民每亩地可增收 2000 元。这比种植玉米、水稻等传统作物经济效益要好得多。

从 2019 年 3 月至今，经过朱泓静和村干部的大力推广，新联村已经有 100 多人加入紫米种植的队伍中。

贫困户覃大作之前犹豫不决，看着村民们通过紫米种植产业有的增收，有的脱贫，他也动起来了。他说："以前我们累死累活也赚不了几个钱，现在朱书记来了，她还把紫米种子亲自送到我们手上，赚的钱比以前多了。今年我一定能脱贫，我很有信心。"

还有一些村民对紫米产业仍在观望。他们认为，紫米虽然比白米收益高，但成功售出才能产生收益。种出来了，如果卖不出去，等于白种。销路问题成了村民最大的顾虑。

朱泓静说："只要大家把紫米种出来，销售的事情我来做。我有专门的销售渠道，可以用高于市场的价格来进行收购。大家可以专注种植，不用担心。"

除了有专业销售渠道，朱泓静决定打响新联村的紫米品牌，成立了上林县聚鑫农民专业合作社，主要对紫米进行来料加工，服务好紫米种植户。过秤—筛选—除尘—真空包装，简单的四个步骤，让新联村的紫米摇身一变，成了农产品市场上的抢手货。此项产业每年为全村增收3万多元。

■ 新联村的另类奇遇

【南方的蛇】自从踏入新联村担任驻村第一书记，朱泓静就全身心投入新联村的扶贫工作中，吃住都在村里。

朱泓静对新联村的评价是，这是一个美丽的原生态的小山村，虽然是深度贫困村，但只是因为还未大规模开发。这样的村庄最明显的特征就是空气好、生态好。

新联村一入夏季，蛙鸣声声，如同深谷乐队。村民在地里劳动，或在山间行走，常与蛇不期而遇。朱泓静驻村后，遇蛇无数次，时有惊险，如在村委厨房边、花生地里、马路上，与花蛇频频相遇。夏日夜里若出行，朱泓静常常一手拿电筒，一手持木棍，非常谨慎。

2018年11月的一天，朱泓静去高顶村，过了新联桥头进入江波地段，在路上压到一条大蛇，目测有2米多长，头小身粗尾细，背部为乌青色。水泥路有3米多宽，路两旁是稻田，这蛇几乎横踞整个路面。当时朱泓静的车速在30—40公里，发现蛇时距离很近，她下意识踩刹车，还是压到了蛇尾。那条蛇较大，朱泓静没敢下车，从后镜中看见蛇翻滚后爬进田里。

朱泓静吓出一身冷汗。回到村委，告诉村干部们这事，他们笑称她应该辗爆蛇头，然后捡回来打牙祭。

朱泓静心有余悸，此次好在是白天，且开着车。她想起一个村干部的讲述：某天，天刚蒙蒙亮，某村民起来煮粥，手伸进米缸里，摸到一堆冰凉的东西，吓得一把扔掉。想象这情景，朱泓静不由得头皮一阵发麻。

后来，朱泓静还是去买了一些雄黄粉撒在宿舍门口，以免那些意外的"朋友"造访。

自己的住所安全了，可那些夜行的村民呢？新联村除了主干道有路灯，各庄巷道的晚上还是一片黑暗，村民们晚上出行相当不便，且有很大的安全隐患。财政资金已不能再做亮化工程，但亮化工程还是要做。朱泓静找到后援单位，拉来红星美凯龙公司捐赠社会赞助资金 50 万元。朱泓静征求过红星美凯龙公司的意见，该公司反馈，此笔资金只要用于扶贫事业就行。朱泓静立即召集全体村民代表开会讨论这笔捐赠款的用途，决定为各村庄的巷道装上路灯。

【恼人的马蜂】南方的雨，有时断断续续，有时又连绵不停。洗了的衣服老也不干，即使干了，还总有一股味道。

朱泓静的驻村宿舍是村卫生室一楼一个约 5 平方米的小房间，到了雨天或回南天，一楼太潮湿，换洗的衣服难干，浴巾没几天就发霉。所以只要有点太阳，朱泓静都要把衣物拿出去晒一晒。

有天晚上，朱泓静工作结束，回到宿舍洗澡后，顺手拿起刚刚晾晒过的裤子准备穿上。刚把裤子拉到脚踝处，朱泓静猛然觉得脚踝处传来一阵尖锐的刺痛，忙褪下裤子看，并没发现什么，摸了摸脚踝疼痛处，也没发现什么。正纳闷，突然从提着的裤子里掉出一只大马蜂，吓得朱泓静发出一声尖叫。稍缓过神，才想起踩死那只马蜂。再看脚踝，被马蜂叮咬处凹进去一个小孔，周边都肿起来了，伤口处剧痛，整条腿开始麻木。

朱泓静有点慌，第一个念头是，被传说中的食人蜂叮了？要"壮烈牺牲"了？一紧张，感觉心口剧烈跳动，呼吸也困难。

朱泓静迅速平复了自己的心情，立即打开手机搜索被马蜂蜇后的处理办法。然后先在卫生间用肥皂水对伤口处使劲冲洗，再进入卫生室，翻出一瓶消毒水，用棉签在伤口处消毒。折腾完毕躺在床上，她感觉腿部继续麻木，伤口持续疼痛，心想，小小马蜂，还真够毒的。

此后每次穿衣服前，朱泓静都会拿起衣服抖一抖。

【无处不在的蟑螂】2019 年 5 月，新联村建成新村委楼。朱泓静从原来的村卫生室宿舍，搬到了新村委楼二楼居住。

新宿舍的条件比原来阴暗潮湿的卫生室好多了。自从搬到新宿舍，朱泓静每天早上站在窗边，拉开窗帘就可看到村委楼前一片绿油油的田野，赏心悦目。

一天晚上，朱泓静推开房门，忽见一只大蟑螂正趴在她的穿衣镜前。朱泓静迅速抄起一本书拍打，嗖的一下，蟑螂竟窜到床底。朱泓静低头一看，那儿竟然有两只蟑螂，折腾好久，才踩死一只，另一只怎么都找不着。

与蟑螂同房共室，又没挂蚊帐，它可能会爬到床上，朱泓静怎么都睡不着，索性起床仔细翻找。

房间里各种杂物很多，朱泓静找到晚上 12 点仍没找着，最后灵机一动，把所有杂物暂时丢到门外，这样房间里让蟑螂没了藏身之处，终于可以关门睡觉。

原来住的卫生室宿舍都没见过蟑螂，搬到了新居却开始与蟑螂"同居"，朱泓静想想倒乐了，这才慢慢入睡。

■ 难舍难分新联村

一天，朱泓静和往常一样在村委办公室忙碌。这时来了几个人，其中有两位是黄宝荣夫妇，是朱泓静的帮扶对象。前一段时间，黄宝荣的妻子生了一场大病，到南宁住院，看样子是刚出院回来。

把不动产权证书交到贫困户手中

黄宝荣一家送来了锦旗和感谢信

黄宝荣说："朱书记，我们来看您。"

朱泓静说："老黄，看你高兴的样子，爱人刚出院吧？"

正说话间，同来的一位女士走过来，紧紧握着朱泓静的手，说："太感谢您了，朱书记！"

她是黄宝荣的妹妹，他们全家五个人特地一起来给朱泓静送锦旗和感谢信。

黄宝荣眼中满含感激的泪水，说："朱书记，这封感谢信我写了好久，因文化水平有限，今天刚刚写完。但我知道，这无法表达我们一家对您的感激之情。"

黄宝荣一家五口人，除黄宝荣夫妇外，还有年过八旬的老母亲和两个孩子，女儿已工作，儿子尚在读书。本来，黄宝荣一家有三个劳动力，均在外地打工，老母亲身体健康，尚能在家操持家务，一家人的生活过得红红火火的，不料天降横祸，黄宝荣妻子突发大病。得此消息后，朱泓静专门到南宁市第二医院探望过他们，后来还帮他们申请了大病医疗救助。

朱泓静说："老黄，谢谢！我是第一书记，只是做了我应该做的。看到你们的生活又重回正轨，我很高兴。"

朱泓静很感慨，帮助群众是自己的分内之事，可村民会感恩地将点滴记在心中。这是驻村两年多得到的最大的礼物，也是对她扶贫工作最大的鼓励。一时间，朱泓静的眼睛不禁湿润起来。

平时，朱泓静只要走到村里，村民们都喜欢和她聊天，说说家常话。她把和群众聊天当成是驻村工作的一部分，深入村民中间，倾听群众诉求，密切联系群众、依靠群众，扶贫工作才能向前推进。朱泓静的许多决策和产业项目，就是广听群众意见，从聊天中得来的。

2018年4月的一天清晨，朱泓静在村里巡视，走到了岜墓庄。此时正是农闲时期，将早稻、玉米、花生种植后，村民也没太多的农活，大家都聚在一起聊天。朱泓静说："大家聚在一起不容易，我也想和大家聊聊。"

聊着聊着，有个大姐向朱泓静反映问题说："朱书记，我们村去年种的玉米被一个老板收走了，到现在还没给我们钱，朱书记能不能帮我们想想办法？"

朱泓静了解到是塘红乡的一个老板一年前来到新联村发动村民种玉米，当时并没有告知村委。老板当初承诺，每公斤收购价3元，收成后只给每公斤0.5元，且余款至今还没支付，涉及新联村多户村民，金额高达几十万元。

朱泓静勃然大怒，她对村民们说："我们村是深度贫困村，大部分村民生活还不富裕，欠一年庄稼收成款直接影响到村民的日常生活，我决不能袖手旁观，请各位乡亲放心，这事我管定了！"

朱泓静布置村干部收集全村相关情况及证据材料，然后找到老板的电话与他进行沟通，要求与他见面。

老板答应见面，朱泓静松了口气，心想，见面就好，还不是逃遁、失踪等最坏情形。

接着，这个老板却玩起了躲猫猫的把戏，先说他在塘红乡，又说他在三里镇卫生院，再说他去了宾阳。但朱泓静去到他说的地方根本见不到他人影。

朱泓静火了，正告他："我是新联村的第一书记，我告诉你，有事谈事，你想跑，跑得了吗？不管你跑到哪儿，我今天必须见到你！"

老板有点心虚，终于约定晚上在大丰其住处附近见面。

晚上9点，朱泓静带领澄泰乡扶贫工作队队长石俊峰、澄泰乡其他三位第一书记和覃武军，还有一名内安庄群众代表，一行七人赶到大丰，如约见到了该老板。

在朱泓静的追问和紧逼之下，老板自知理亏，对玉米欠款一事不持异议，并承诺6月底先支付部分欠款，余下款项年底前支付完毕，并当场写下承诺书并按了手印。

朱泓静拿着承诺书，说："都是本乡本土的村民，我们选择信任你。但我可以告诉你，后续的款项我将一追到底！我还要告诉你，欠什么也不能欠我们深度贫困村村民的血汗钱！"

村民们终于拿到了玉米欠款，所有人心里对朱泓静表示敬意。对朱泓静来说，也许只是带几个干部跑了几趟路的小事，可对贫困村的村民们来说，这就是他们心中久悬未决的大事。

朱书记追讨玉米欠款的事自此被群众作为一个传奇，在各个村庄流传。

朱泓静驻新联村开展工作后，累计争取到扶贫资金727.82万元，用于完善村基础设施、创建产业示范园等；争取到社会帮扶资金118万元，解决群众的各种问题；带领驻村工作队、村两委干部、帮扶干部，对建档立卡贫困户实施精准施策、精准帮扶，扶持农业生产152户，解决就业发展820人，医疗救助扶持165人，低保政策兜底 36 户 103 人，易地扶贫搬迁 23 户 91 人，危旧房改造 57 户 193 人，教育扶贫资助 218 人 21.3 万元，产业奖补奖补 153 户 63.483 万元。目前，新联村已实现贫困人口清零，村集体经济从无到有，收入已增加到 35.6 万元。

2020 年 3 月 25 日，南宁市扶贫开发领导小组发布公告：按照自治区制定的《贫困村脱贫摘帽标准》，经南宁市扶贫开发领导小组逐项审核，上林县澄泰乡新联村主要指标均达到脱贫摘帽标准。

长期以来，被贫困压得喘不过气来的新联村村民，在驻村第一书记朱泓静的带领下，齐心协力，勇克难关，彻底甩掉了贫困村的"穷"帽子，从此走上了乡村振兴、致富奔小康的幸福之路。

又是一个雨夜，劳累了一天的朱泓静，并没有马上休息。她听着窗外狂风敲打着玻璃窗的雨声，每一声都像在叩击着她的心弦。她想起驻村两年多的扶贫经历，想起为之付出汗水、付出情感的小山村，一时间百感交集。组织上交给她的第一书记的任务已经圆满完成，她将奔赴新的工作岗位。但是无论去往何处，这个叫新联村的小山村，是永远印刻在她的脑海深处了。她在扶贫日记中这样写道：

一路走来，有努力，有付出，有希望，有喜悦，还有困难、挫折和无奈，但更多的是收获、回报。驻村两年半将情系一生，这里是我奋斗和努力过的地方，这里有我的村民和朋友，这里有我始终割舍不掉的情怀。我会倍加珍惜、倍加努力，用自己的辛勤劳动，用一个共产党人的坚强党性，为新联村的新农村建设略尽自己的绵薄之力，做一个无愧于党、无愧于人民的第一书记。

一腔挚爱出碧海，两度扶贫入深山

——记马山县加方乡龙开村第一书记毛鑫

　　毛鑫，1982年生，瑶族，广西恭城瑶族自治县人，中共党员，南宁市五象新区规划建设管理委员会（中国广西自白贸易试验区南宁片区）协调指导局副局长，连续五年奋战在脱贫攻坚一线，先后到南宁市兴宁区三塘镇那笔村和马山县加方乡龙开村担任第一书记。2018年，获广西壮族自治区组织部"2016—2017年度全区优秀贫困村党组织第一书记"荣誉称号。2019年，获南宁市直机关工委"优秀共产党员"荣誉称号。2020年，获广西壮族自治区"优秀贫困村党组织第一书记"、第四届广西壮族自治区"人民满意的公务员"荣誉称号。

■ 桂林妹子离乡井，人生抉择到南宁

毛鑫的老家在桂林恭城，那是全国闻名的油茶之乡、月柿之乡。恭城人每天早餐都要打油茶，有的人家甚至三餐离不开油茶。油茶是恭城人每日不可或缺的必需品，是恭城人生活中的润滑剂。而月柿，形如满月，肉红无籽，凝霜后白里透红、皮脆柔软、清甜芳香。整个恭城有 20 万亩月柿，每年 9 月成熟，漫山遍野的枝头挂满红彤彤的小灯笼，何等壮观。毛鑫从小就喜欢打油茶，酷爱月柿。

毛鑫不但会打油茶，甚至掌握很多制作油茶的秘诀，她的"私房油茶"，以老叶红茶为主料，用油炒至微焦且散出香气，放入食盐，加水、生姜煮沸，其味浓郁，涩中带辣。

很多年后，毛鑫驻守在桂中的大石山里，想念最多的就是老家恭城的油茶和月柿。

毛鑫每每说到故乡，心里漾起的，满是甜蜜。从出生到上学，一直到高中毕业，她都没想过有一天会离开美丽的恭城，离开每日必饮的油茶，更不用说，还有每年热闹无比的月柿节；也没有想过，有一天会离开恭城，奔赴他乡，没有了油茶和月柿，那心里该有多寡淡与失落。

人生路上，需要进行各种各样的抉择。很快，第一次人生抉择就摆在了毛鑫的面前。

高考之后，毛鑫面临填报志愿的选择。若不想离开桂林，那么桂林也有不少大学可以填报，以自己的分数，可以说十拿九稳，没

有任何顾虑。那样就可以继续在桂林生活，周末回恭城，也就100多公里路程。如果填报其他学校，则意味着要离开温暖的家，离开恭城。

毛鑫决定和父母商量一下填报志愿的事。父母都是地方公职人员，很重视女儿这个人生第一次重大决定。父亲说："我和你母亲商量了一下，我们也舍不得你离开桂林。但是你长大了，我们还是希望你能离开桂林，去见识一下外面的世界。你现在还没什么社会经验，我们就采取一个折中的办法，你填报南宁的大学吧。这样，你如果想家，想喝油茶，当天就能回到恭城。"

毛鑫觉得这个主意好。说远不远，还在广西区内；说近不近，那时从桂林到南宁430公里，坐普快火车也得七八小时。

2001年，毛鑫被广西民族大学法学院录取，开始了按部就班的人生旅程。

毛鑫大学毕业后，进入南宁市相思湖新区管委会上班，结婚，生孩子，考公务员……2012年，毛鑫进入南宁市法制办工作。

工作后，毛鑫时常与大学同学聚会，同学们都羡慕她："毛鑫啊，上帝真是太眷顾你了。我们还在找工作，找老公，可你一切顺风顺水，堪称完美人生。"毛鑫笑着说："我可不信上帝。我是共产党员。"

毛鑫也觉得，自己的人生旅程可谓一帆风顺，没有太多波折，就像大多数女人那样，毕业，工作，结婚，生孩子，如今夫妻二人工作稳定，吃穿不愁。

桂林自古山温水软，空气清新，属于山林之城，好山好水是大自然赐予桂林人的最好礼物。一方山水养一方人，桂林自古出美女，毛鑫从小受桂林山水滋养，出落得肤白貌美。

然而有一天，这一切都变了。毛鑫一直引以为豪并爱惜的润白肌肤，只是经过了五年时间，因长期受到烈日的炙烤，变得又红又黑。毛鑫说得很轻松，那是白里透红，属于健康肤色。

毛鑫说："其实我是个小资女人，爱漂亮，爱打扮，喜欢旅行，喜欢去北方辽阔的草原，喜欢去西部大漠看长河落日。我还有点虚荣，喜欢晒点吃喝玩乐，不时会耍点小性子等。我甚至想，如果我在单位工作不愉快，或者受了什么委屈，以我的性子，一气之下可能就不干了，辞职回家做个全职太太，煮饭带娃，这些都有可能。"

心里虽这样想过，但毛鑫却时刻记得，自己是一名共产党员，不可能这样任性。从 2005 年到 2015 年，整整十年时间，毛鑫兢兢业业上班，踏踏实实工作。毛鑫说，认真做好每一件事，这是她的行事风格。那十年，工作与生活风平浪静。

然而，这风平浪静的生活却在 2015 年被彻底打破了。从这一年开始，毛鑫的人生和命运发生了意想不到的转折，生活也随之发生了巨大的变化。

那天，南宁市法制办的领导召集全体党员开会。一开始，大家以为是像往常那样组织学习，或是宣布新的培训计划等。可这次会议的主题完全出乎大家意料，是传达上级文件，动员大家踊跃报名，到南宁的一些贫困乡村担任第一书记。

突如其来的动员会，让所有与会人员一时有些蒙。大家平常的工作主要是与规划、会务、档案等打交道，连贫困村是什么样子都不知道；"第一书记"这个词是听得有点多，但具体做什么大家一无所知。顿时会上众说纷纭：要我们这些外行人去做第一书记，是不是找错了人？不是不肯报名，关键是我们对贫困村完全不了解，啥也不会啊！

就这样，第一次动员大会变成了法制办领导为广大党员普及什么是"第一书记"的培训班：这个岗位既不是走形式，也不是为履历镀金，而是深入农村、深入贫困户家中了解他们的疾苦，和他们同吃、同劳动，想方设法让他们早日摆脱贫困。工作干得好不好最后得考评，如所在贫困村的集体经济有没有增长，老百姓的腰包有没有鼓起来，群众满不满意，等等。

毛鑫平常喜欢看报纸，"第一书记"的概念对她来说早已了然于心。现在，动员会开了，要不要报名？这事非同小可。这是人生的又一个岔路口，该往哪个方向，毛鑫觉得，还是先听听爱人的意见。

■ 美好年华显担当，第一书记上"战场"

动员会后，毛鑫的内心就一直有些躁动不安。她仔细回想，从工作到现在，整整十年科员生涯，虽说自己的生活是许多人梦寐以求的一帆风顺，可自己的内心却如一潭不起一丝涟漪的水。毛鑫忽然想到，我才30多岁，难道就一点激情都没有了吗？自己的内心，说得好听些是静如秋水，说得难听些，那就是一潭死水，寂如枯木，心头一片茫然。

　　毛鑫做了一个大胆的决定：平静如水的生活不是我想要的，我还年轻，不想人生如此平庸下去，我的生活里应该有拼搏、有阳光、有风雨，有能让我咀嚼和回味的酸甜苦辣。

　　爱人廖志高在消防救援队工作，暂时回不来，但是，毛鑫已经等不及了，她拨通了爱人的电话。

　　"志高，今天我们单位开了动员大会传达上级文件精神，希望党员积极申报驻村扶贫的第一书记。我想来想去，十年的工作虽说无过，却也觉得平庸。我想换个环境，换种活法，到农村去，前后大概两年时间，我要找回我的青春与激情。所以，我想听听你的想法。"

　　"鑫鑫，我没记错的话，你工作已经十年了吧？每次探亲回家，我都看到你每天上班下班，表面上看起来轻轻松松，但我明显感觉到你对平庸生活的无奈与叹息。我们都还年轻，我在消防队，每天高强度训练，所有的情绪都转化为汗水，得到一身的轻松。而你，我不时会发现你在感叹，叹韶华易逝，叹一事无成。我是共产党员，我支持你去报名参加第一书记的选拔。毛主席说过，农村是个广阔的天地，可以大有作为。我希望你能到那些贫困的乡村，释放你的青春，施展你的才华，我相信你能行。如果你被选为第一书记，家里的各种琐事我会安排妥当。"

　　听了爱人的一席话，毛鑫特别兴奋。当晚，毛鑫奋笔疾书，写下一份热情澎湃的申请担任驻村第一书记的报告。第二天一上班，毛鑫就把申请报告送到了法制办领导手中。法制办领导经过综合考量，同意了毛鑫的申请。

2015年10月，经过南宁市委组织部、南宁市扶贫办、南宁市法制办层层考核，最终同意毛鑫担任驻村第一书记，具体地点在南宁市兴宁区三塘镇那笔村。

临走前的那一天，毛鑫收拾好行李。经过这些日子的忙碌，单位的工作已交接清楚。家里呢，爱人在消防救援队工作，自己即将驻村，10岁的女儿只能托付给自己的母亲，请老人家帮忙照料。

现在，还有一件事让毛鑫不忍割舍。毛鑫站在镜子前，仔细打量着自己。这几日不停地奔波，那个青春活泼的毛鑫又回来了。长发飘飘，面色红润，就像即将去赴一个春天的盛大约会。毛鑫拿着一把檀香木梳不停地轻轻地梳理头发。这一头乌黑浓密柔顺的披肩长发曾让单位里多少女同事羡慕不已。毛鑫从来不染发，因此，她这头瀑布般柔顺的黑发无论走到哪儿，都会如黑缎飘扬，闪亮旁人的眼睛。

但是，即将赴任的地方是偏僻农村，是脱贫攻坚的主战场，需要冲锋陷阵，这一头长发已不适应形势的需要，再留着已无意义。想到这儿，毛鑫拿出剪刀，对准心爱的长发，咔嚓一声，她心里感到一阵痛楚。

除了剪断长发，毛鑫特地去附近的杂货店买了两顶草帽、两双雨鞋、两把雨伞、几盒蚊香等。她虽然没有去过那笔村，但是在大学期间进行过农村社会调查，带队老师们很有经验，下乡之前总会吩咐同学们准备好一些必备的防护用品。事实上，这些不值钱的防护用品，也只有到了农村之后才显得珍贵。比如行走在乡间，遭蚊叮虫咬，奇痒难忍，这时清凉油就能派上用场，通常情况下一抹就见效。后来，在毛鑫的手包里，曾经心爱的化妆品不见了，却多了许多风油精、清凉油等防护用品。

2015 年 10 月 9 日，在组织部门工作人员的陪同下，毛鑫来到了南宁市兴宁区三塘镇那笔村，村两委班子举行了一个简单的欢迎仪式。村支书闭其宏向毛鑫介绍了那笔村的基本情况。毛鑫也表了态："我还年轻，经验不足，但我有村两委的支持，我向大家保证，既然来了，就要沉得下、待得住、融得入，踏踏实实为老百姓干几件实事。"

就这样，毛鑫正式入驻那笔村担任驻村第一书记。

那笔村位于三塘镇北面，距昆仑大道 6 公里，面积 18 平方公里，下辖 8 个自然屯 22 个村民小组，共有 900 户 3200 人，建档立卡贫困户 115 户 436 人。

让毛鑫没有想到的是，眼前的一切与自己想象中的乡村落差太大。

首先，主要劳动力外出打工，村子里没什么活力。村中劳动力约 2000 人，常年外出打工人口约 480 人。也就是说，那笔村中最具活力的那部分村民都在外地务工。之前各级扶贫干部该使的劲基本上都使过了，剩下来的这 115 户贫困户都是啃不动的"硬骨头"，要想让他们脱贫，还得出奇制胜，想出扶贫绝招才行。

其次，村容村貌落后，村里的村道未曾硬化，且脏、乱、差，也不知有多久没有进行清洁卫生了。

最后，村里没有什么支柱产业，老百姓守着土地，不知道种什么、养什么合适。

与留守老人和儿童交流（蒙森摄）

在龙合屯蒙文思家与老人孩子交流（陆丽红摄）

到合作社了解牛场开工情况（苏猛摄）

带着女儿到合作社了解小牛喂养情况

　　那笔村的种种情况让毛鑫感到面前困难重重。她在给爱人的电话中说："那笔村的贫穷你无法想象。很多土地荒着，有的村民偶尔种点蔬菜。村容村貌更是让我头痛。扶贫工作困难重重，我不知从哪里入手。这个村庄与我想象中的完全不一样啊。我甚至怀疑，我主动申请担任驻村第一书记这个决定是不是错了？"

　　爱人在电话中安慰毛鑫："你没有错。我们都是共产党员，帮助贫困村民是我们应尽的责任。责任与担当重于一切。否则，要第一书记做什么。"

　　爱人的安慰与鼓励让毛鑫心里好过多了，尤其想到爱人说的"责任与担当"，这一定不能光停留在嘴边。现在，看我的！

■ 半亩地里种蔬菜，无花果园进乡村

　　兴宁区有三大彼此相邻的名镇：三塘镇、五塘镇、昆仑镇。在整个三塘镇，那笔村是最贫穷的一个村，也是唯一的贫困村。这让毛鑫看到了各级党委、政府对她的信赖，同时也是对她的一次考验：这唯一的贫困村就交给你了，你得做出好成绩。

　　毛鑫还感受到了前所未有的压力，千头万绪，从何做起呢？

　　摆在毛鑫面前最迫切的任务就是要尽快为那笔村找到一个项目，把这些贫困户组织起来一起脱贫。但在此之前，还得先把那笔村的基本情况调查清楚，村民们到底在想什么，有什么需求，地里能种些什么？

　　"你们家的果蔬通过什么渠道销售？""你家地里种的是什么？有

多大规模？""你们觉得种什么既好管理又能见效快？"

由于长期在城里生活，从未接触过农村，毛鑫曾在村里闹出了点笑话。在村民眼中，没下过地、不懂种田的毛鑫完全是个外行。

一次，毛鑫入户调查，看到有位农妇在田里劳作，便过去与对方聊天："大姐，这个豆角开的花好漂亮啊！"

结果，一路同行的村干部小声提醒她："毛书记，这个不是豆角，是凉薯。"

这事让毛鑫有些尴尬。

怎样才能融入村民的生活，走到他们中间？毛鑫决定，改变自己五谷不分的窘状，从学习种地开始。于是，毛鑫在村里租了半亩地，开始当一个农妇。

然后，毛鑫去农具店买来了锄头，除草和翻地用；镰刀，割庄稼和杂草用；铁锹，翻地、挖沟排水等用；耙子，归拢平整土地用。

每当休息之余，毛鑫就戴上草帽，拿把锄头，搭上毛巾，开始认真打理自己的半亩地。毛鑫决定，这半亩地以种瓜果蔬菜为主。在种菜之前得先把地翻一遍，于是，在秋阳下，一个戴着草帽的"农妇"挥汗如雨，一锹一锹挖着泥土。毛鑫也不着急，每天中午休息的时候就来挖一会儿。

一个美丽女子在秋天日头下大汗淋漓挥锹翻土的样子却并不美，更不用说，她的动作很笨拙，常常不得要领，有时一锹挖下去，土块撬不出来，只得重新再挖。

头戴草帽、脚踩黄泥的毛书记挖土种菜的消息很快传遍全村。男男女女都过来围观，有村民吃吃地笑。毛鑫也不介意，一边挖土一边和村民打招呼，说："这块地我想种点菜，你们哪家有种子给我一把呗，省得买了（笑）。以后菜长成了，你们有空就来摘，没事的。"

翻土是个技术活，毛鑫还没挖几锹，已经气喘吁吁了。毛鑫心想，不急，快上班了，明天再来。

让毛鑫十分意外的是，第二天，当她再次来到地里准备挖土时，却意外发现，地早就被人翻了一遍，不但如此，地里已经播了菜种，而且浇了水。

一开始，毛鑫以为走错了地方，这是我的地吗？不像啊。毛鑫前后左右看了又看，越看越迷惑。后来，她终于明白了，是那笔村的村民帮她把地整好了，看样子，还不是一个人完成的，一定是好心的村民们都来帮忙了。毛鑫站在半亩地旁边，热泪盈眶。

后来，这片菜地长出了蔬菜，毛鑫只要有空，就会来到地里锄草。性格开朗的毛鑫主动向村民们讨教经验。那些渐渐长大的菜苗，毛鑫主动询问品种，然后一一记录，观察其生长过程。不久，她已经能分辨出这地里有辣椒苗、豆角苗、茄子苗、南瓜苗等，而且越长越好。村里的农妇们与毛鑫之间的话题也越来越多。毛鑫没想到的是，这半亩地能把她和那笔村的村民联系到一起。

毛鑫很快获得了村民和干部们的信任与支持，她制定了详细的"那笔村精准扶贫工作队工作制度"，但凡工作中出现具体问题，通过"周周开例会"的模式及时解决，确保精准扶贫工作井然有序。

这就是毛鑫在那笔村工作时让她留下深刻记忆的"半亩地"故事，直至现在，这个故事还在那笔村广泛流传。

在上任之初的一段时间里，毛鑫和闭其宏等村干部挨家挨户上门，察看村民的住房、家电、农机等生产生活设施。短短十几天里，毛鑫走访了村里 22 个村民小组组长和部分农户，基本上摸清了那笔村的生产状况。

当时的那笔村，村民靠种植蔬菜、水果谋生，多数年轻人外出务工。因为缺乏科学的种植技术，又不谙市场规律，村里没有什么像样的上规模的产业。如贫困户张家南家，只有几亩地，全种了青椒。青椒上市时，为保证新鲜度，采摘时间为晚上 10 点至次日凌晨 3 点。有一年，青椒的地头价（菜贩子到田间地头收购的价格）每公斤只能卖到 4 分钱。

虽然地头价很便宜，也不至于跌到 4 分钱吧？张家南感到绝望，最后直接让青椒烂在地里。

还有一些水果如桃子、李子之类的淘汰品种，这里还在种植。于是，改变传统的种植方式，以优势产业打开脱贫局面，成为毛鑫进驻那笔村扶贫工作的突破口。

经过数次向农业、水果行业的技术专家咨询，毛鑫认为，那笔村靠近南宁，不算太偏僻，产品销售方向应该以南宁市场为主。眼前最缺少的是专业种植项目，这需要龙头企业来带动贫困村产业结构转型升级。为此，毛鑫一边在网上向各大农业网站求助，一边动用自己的人脉资源寻找项目。

机会终于来了。2016 年 3 月，兴宁区三塘镇农业办举办了一个扶贫项目培训班，提供沃柑、无花果、养鸡等种养技术。毛鑫也去参加了培训。当她看到无花果的项目时眼前一亮，对于无花果，毛鑫太熟悉了。在桂林恭城老家，自家的院子里就种有一棵无花果树，那棵树该有几十年了吧，现在已长成参天大树，有屋脊那么高。那棵无花果树伴随着毛鑫成长，至今还在挂果。

　　毛鑫知道无花果的优势，一年四季，气温只要在 20 摄氏度以上，就可以一直结果。毛鑫记得，每年从清明节一直到中秋节，家里的无花果树就没有停止过结果。童年时代，家里物资匮乏，毛鑫却一直有无花果吃。

　　她常常仰着脖子望树上的果子，青色的就是还没熟，呈红色时就熟了，必须及时打下来。如果不打下来，无花果就会自己掉落，而且变软腐烂，不好吃。看到树上有了红色的无花果，毛鑫就拿根竹竿，上面系个口袋，用竹竿捅无花果，让其落入口袋中。毛鑫对无花果的印象，就是特别甜蜜清香。

　　长大后，她才知道，成熟的无花果含糖量高达 20%，是橘子和草莓的两倍。无花果还可以做成蜜饯，口感十分甜美。

■ 土地流转起风波，石山结出无花果

　　毛鑫曾到过土耳其旅行，见过土耳其无花果的畅销场面。

　　为慎重起见，毛鑫还咨询了广西水果产业的专家，专家的建议是，无花果产业大有可为。无花果当年种当年收，南宁的气候非常适宜无花果生长，果期长达半年以上，可以持续摘果、售果，天天有收益。鲜果如果滞销了，就做成干果。无花果衍生品多达十几种，包括无花果醋、肥皂、蜜饯、茶、酒等，市场前景广阔。总

之，无花果栽培是一种经济价值高、见效快的项目，完全可以成为脱贫致富的主导产业。

毛鑫找到培育无花果的广西信忠农业有限公司总经理陈凤环，说："别人不懂无花果，我懂，我从小就是吃无花果长大的。我们那笔村想做这个项目。"

陈凤环被毛鑫的工作热情所感动，觉得她是个实干家，一心想着为贫困村民服务。陈凤环决定，立即派出技术员到那笔村进行环境测评。检测结果表明，那笔村的日照、阳光、降水、土壤等各项技术数据，均符合无花果的生长要求。

投资那笔村种植无花果切实可行。最初，毛鑫与陈凤环达成的意向是：由信忠公司提供无花果的栽培技术，那笔村提供 10 户贫困户的土地进行无花果栽培。

但是，当毛鑫和陈凤环进入农户家中商谈合作的时候，遭到了村民的反对。

有个村民问："我们可以栽种无花果，但是，我们产的果子由谁来收购呢？"

陈凤环说："我们可以签订合同，由我们公司全部收购。"

另一个村民说："我们种的无花果，你们全部收购，怎么可能，现在哪有这等好事？"

村民们纷纷表示不相信，导致"10 户人家种果"的方案无法实施。

那笔村的自然环境非常适宜无花果生长，陈凤环不想放弃这个机会。于是她又找到毛鑫，提出一个新方案："流转土地扩大规模，

200亩、300亩都行，采用村民以自家土地入股合作社的形式，由我们公司运营，贫困户除了拿租金还可以到我们公司打工挣工资。只是目前土地很零散，需要平整和流转。"

毛鑫说："这个方案太好了，就这么办，我去跟村民谈。"

毛鑫与陈凤环根据当地行情，商定先租100亩地，租金为每亩1200元，每年上涨100元，签订15年的合同。毛鑫与村委干部一起深入贫困户家中，进行土地流转的动员工作。

毛鑫与贫困户交谈很顺利。终于干成了一件大事，毛鑫感到心花怒放，立即把这个好消息告诉陈凤环。

陈凤环听了也很高兴。为了鼓励村民，她决定，事不宜迟，当天晚上就带了10万元现金来到那笔村，先把第一年的土地租金付给贫困户，让他们安心。

可是，陈凤环来到村里，却遭遇了几个刚从城里回来的年轻人的强烈反对。"毛书记，我们不同意土地流转。"

毛鑫的一腔热情被浇了一盆冷水，她说："我们都谈好了啊，第一年的租金陈总都带来了。"

"我们不在家，家里都是老弱病残，他们没文化，说话不算数。"

毛鑫说："陈总来投资，还带来一套成熟的无花果栽培技术，对我们村的贫困户脱贫有很大的帮助。"

"毛书记，无花果是什么东西我们并不知道，觉得不靠谱。"

毛鑫说："是的，我们那笔村的村民大部分都不知道无花果是什么东西，南宁市场上也很少销售。但是市场上买不到，大家都感到陌生，这就是个商机。无花果这类市场上少见的水果，年轻人特别喜欢吃。我想在那笔村开发无花果项目，也是经过市场调研后得出的结论。"

这几个年轻人依然不同意。他们认为，流转土地就是小块变大块，平整之后自家的地就没有了，今后的生活没有保障。

毛鑫一遍又一遍地解释，什么是无花果，什么是土地流转，什么是现代农业。

"把我家的土地和别人家的土地混合起来？那各家各户的土地面积、具体位置谁能分得清呢，岂不成了一笔糊涂账？"

"把我家的土地流转了，我们吃什么？"

村民有顾虑是正常的，主要原因是长期封闭在小山村，思想守旧，对新生事物不理解。

毛鑫耐心解释，认真回答村民的每一个问题。比如，村民家的土地原来都是东一块西一块且不规整，但是国家已经通过卫星扫描，详细标注了土地位置的经纬度，在土地确权证上记录得清清楚楚。

毛鑫讲得口干舌燥，依然没能说服这几个年轻人。

陈凤环见那笔村的土地流转并不理想，觉得这个地方村民思想落后，如此好的产业项目，坐在家里拿工资都想不明白，将来还不知会发生什么情况。陈凤环决定，放弃那笔村，到其他地方重新寻找土地。

好不容易拉来的投资项目要放弃投资，毛鑫的心揪了起来，她急得直掉眼泪。若此时撂挑子，就等于前功尽弃，毛鑫决定，会同镇、村干部一起到陈凤环办公室拜访，讲明村里的特殊情况。

在仲团屯山里与村民一起采摘金银花（蓝劲笔摄）

与贫困户韦小青一起喂猪（陆丽红摄）

与村民一起采摘桑叶（陆丽红摄）

与合作社的大姐一起喂养小蚕（陆丽红摄）

查看桑苗长势（蒙照良摄）

　　毛鑫说："陈总，您的心情我们能理解。我们村是个贫困村，村民思想一时转不过弯来也属正常。同时说明我们的宣传与引导工作没有做好，责任在我们扶贫干部身上。请您再给我们一段时间，土地流转一定能成功。"

　　毛鑫的一番话打动了陈凤环，她说："毛书记，我们是企业，讲究时机，错过这个时节就没法开工了。这样，我再给你一周的时间。"

　　毛鑫立即回到村里，继续做村民的思想工作。她告诉村民们，土地流转之后，还可以到公司来上班，每个月都有工资拿。

　　开展农村工作难，做好农民的思想工作更难，特别是农民对新政策不了解，需要反反复复做工作。在土地流转问题上，毛鑫和村干部多次上门答疑解惑，解除农民的顾虑。毛鑫的执着与努力，群众看在眼里，热在心里。群众不是不讲道理，一旦把事情讲明白，那就好办多了。

　　那笔村那笔坡二队老队长、74岁的老党员张文泽主动站出来，帮助毛鑫宣传土地流转的好处。

　　让毛鑫感动的是，20多位因"半亩地"与她结下情谊的农妇，现在成了第一批签字同意流转土地的村民。

　　功夫不负有心人，2016年7月25日，经过四个多月的准备与协调，总投资650万元的那笔村无花果基地顺利开工，原计划流转土地58亩，最后增至100亩。毛鑫笑着说，原来天天有人打电话反对土地流转，后来变成想要再多流转点土地，再后来，村民更是迫切希望能到无花果基地打工。

无花果基地的建设不仅让那笔村村民得到了土地租金收入，而且让村民不出村即就业——无花果专业合作社优先聘请那笔村村民，特别是贫困户参与基地基础设施建设、摘果除草等劳动，让村民在自家门口打工赚钱。2018年，合作社共提供40个就业岗位，村民每月收入增加约1500元，进一步促进那笔村迈上脱贫致富的道路。

除了无花果基地，那笔村还发展了种植鲜切叶（花）、沃柑和金花茶等产业，并成立了南宁市花果飘香沃柑种植农民专业合作社等4个合作社，下一步还将建设无花果冷链仓库和食品加工厂，发展农业观光旅游。村民们对转变传统的农业种植方式、发展特色产业不再有抵触情绪，而是积极参与。

在基地打工的村民农宏坚每天可以领到120元工资，再也不用担心收成不好、农作物不好销。她还在毛鑫的鼓励下，加入了村里新成立的舞蹈队，现在的生活过得有滋有味。

如今，那笔村无花果种植基地被评为兴宁区贫困村无花果种植示范园。那笔村两委、无花果基地联合制定了《贫困户参与种植无花果方案》，鼓励贫困户加入无花果合作社，由政府出资为38户建档立卡贫困户购买无花果苗，无花果基地为贫困户提供技术支持和销售渠道，辐射带动38户贫困户，实现了特色产业全覆盖。

在毛鑫的带领下，那笔村2016年底实现贫困人口脱贫达29户74人，2017年底实现贫困人口脱贫8户38人，2018年底实现贫困人口脱贫2户5人，成功摘掉了贫困村的帽子，也让村民们在乡村文明的转型中看到了希望。

毛鑫用加倍的努力，在那笔村挥洒汗水，出色地完成了党组织赋予她在三塘镇那笔村担任驻村第一书记的光荣任务，并获广西壮族自治区组织部"2016—2017年度全区优秀贫困村党组织第一书记"荣誉称号。

■ 任务紧迫连轴转，无缝对接到龙开

时间过得飞快，毛鑫在三塘镇那笔村担任驻村第一书记的两年任期结束了。家人、亲戚、朋友都以为她准备离开乡村，返回城里。2017年9月的一天，南宁市委组织部和南宁市扶贫办的两个干部来到那笔村找到毛鑫，进行了一次交谈。一开始，毛鑫以为是第一书记任期结束，组织部门过来进行手续交接。随着谈话的深入，毛鑫才知道，又一个重要的人生抉择再次摆在了她的面前。

"毛鑫同志，祝贺你出色地完成了那笔村驻村扶贫工作！第一书记的两年任期已经结束，你有什么想法？"

"两年时间很快，就要离开那笔村，心里有些难舍。这里有我的汗水，有我对这片土地付出的真情，还有我的半亩菜地。感谢那笔村，让我从一个不谙农事的女子，变成了一个关心农业、懂得乡村经济的土专家。说实话，有了情感再离开，还真的有点不舍。"

"在你的带领下，那笔村成功脱贫摘帽，这与你独特的工作方法、坚持不懈的努力分不开。你在那笔村取得的各项成绩我们有目共睹。现在，我们有个想法想和你交流一下，也听听你的意见。"

"那笔村能够成功脱贫摘帽不是我一个人的功劳，广大贫困村

民和村两委干部也给予了大力支持，也感谢他们。"

"当前，我们南宁市的脱贫攻坚已到了决战决胜、全面收官的关键阶段。根据自治区党委和南宁市委的部署和要求，我们要采取有效措施，巩固拓展脱贫攻坚成果，确保高质量打赢脱贫攻坚战。"

"两位领导专程前来，是不是又有新的任务？"

"你猜对了。眼下我们南宁市还有 56 个深度贫困村尚未脱贫摘帽。脱贫攻坚任务能否完成，关键在人。我们想在全市范围内组织一批精兵强将，拿出攻坚决战的勇气、过硬的作风、不妥协的姿态，向最后的贫困堡垒发起总攻。经过综合能力考察，我们选中了你，准备再次派你进驻深度贫困村，想听听你的想法。"

"我本人没意见，我是共产党员，一切听从组织安排。但是，我想回去和爱人商量一下，因为家里的许多事也要做出相应的调整和安排。"

"同意。时间紧，任务重，计划下个月底出发，我们把你安排在马山县加方乡龙开村，继续担任驻村第一书记。如此高强度的连轴转，是对你的体力和意志力的重大考验。当然，如果你有什么特殊情况，暂时去不了，也可以提出来，我们再选派其他同志去。"

"请组织放心，我愿意再次接受挑战！"

毛鑫回到家中，把南宁市委组织部委派她去马山县加方乡龙开村的最新任务告诉了爱人廖志高。

廖志高的工作单位是马山县消防大队，当他听到"加方乡"三个字时，眉头一皱，并没有说话。

"志高，你告诉我，加方乡那边生活是不是很艰苦啊？"

廖志高说："那边是大石山区，生活条件肯定比城里要差很多，贫困户大多集中在山区。"

"这我知道啊，深度贫困村谁都能想象。那你说说，生活条件到底差到什么程度？"

廖志高只轻轻地说了一句："龙开村在深山里，我还没去过。不过，你也不用担心，最起码在大山深处没有任何污染，空气是新鲜的，阳光是明媚的。"

其实，廖志高在马山县工作了八年，县里的哪个地方没去过？他没有说实话，他去过加方乡。但他不想把加方乡的情况告诉爱人，怕现在就影响她的工作情绪。廖志高知道那里的生活条件相当艰苦，严重缺水，水贵如油。那里是南方喀斯特山区，干旱缺水，下的雨很快都渗入地下河。廖志高之所以去过加方乡，就是因为那里的村民已经找不到水了，只得由消防队为他们送水。廖志高记得，当消防车进入加方乡的一些村寨时村民们欢天喜地的样子，家家户户倾巢出动，带着塑料桶前来接水。

廖志高沉默了一会儿，只说："听说那地方有点冷，你记得多带点衣服。"

毛鑫仿佛没有听到爱人的这句话，她还沉浸在对龙开村的美好想象中，那个遥远的山村，该是多么的诗情画意？远方的山野，清新的空气，烟雨蒙蒙，雾霭缭绕，宁静的夜晚，一弯月儿挂在山头……

然而，就在前往龙开村的第一天，毛鑫发现，很多情况与自己想象的完全不一样。

首先就是路途遥远。那笔村离家很近，开车一小时左右就能到家，和龙开村相比，那笔村简直就是在家门口。而从南宁到龙开村，整整三小时车程，期间汽车有一半时间是在"之"字形的悬崖边的山路上爬行。

除了山道急弯，更让毛鑫受不了的是，越往山里，气温越低。当天，毛鑫只穿了件 T 恤，在车上冷得直打哆嗦。她这才想起爱人说过的话，要她多带点衣服，原来他早就知道啊。幸好她行李箱里带了秋冬衣服，不然第一次到龙开村就真的成了"美丽冻人"。

毛鑫来到龙开村是相当自信的，组织部找她谈话时她可是当场就答应了。这份自信来自那笔村的工作经验，毛鑫想，我把那笔村的产业项目复制到龙开村不就行了吗？

毛鑫想错了。她没想到，龙开村石漠化山区的生活与那笔村的情况完全是两回事，以前所有的扶贫经验加起来，都不够她在龙开村使用。龙开村严酷而奇特的自然环境，让毛鑫感到困难重重，一切无从下手。

毛鑫来到龙开村遇到的第一件尴尬事，就是去了趟洗手间居然找不到水冲，就连洗手的水也找不到，最后到小卖部买了瓶装水才洗了手。

毛鑫这才明白，什么叫深度贫困村。而她已经意识到，相比之下，在那笔村的两年简直就是幸福时光，最起码水是不用发愁的。

■ 半湾明月照山野，一泓清泉入农家

2017 年 10 月 31 日，毛鑫正式就任加方乡龙开村驻村第一书记。她的卧室分配在龙开村委会三楼的一个 15 平方米的房间，一床一桌一凳一柜，没有卫生间、洗漱间。山里的气温低，到了深夜更加寒冷，盖了被子还不行，总感觉冷飕飕的。夜里要起夜怎么办？得出房门，在走廊上经过几个房间，到楼梯口那边。整个村委大楼没有院子，白天所有人随便出入，夜里就像夜幕下的孤影，令人心慌。

为了减少起夜的次数，毛鑫只能在晚上不喝水，因为太冷了，起夜要在床上纠结半天。尤其到了十一二月，寒风刺骨，更不敢夜里出门。

夜里，整个龙开村没有路灯，漆黑一团。扶贫工作组的其他成员都住在一楼，整个三楼就毛鑫一人住。白天，看周围的群山，仿佛十分的静谧。一到夜间，群山就不安静了，常常有知名或不知名的鸟鸣、动物的叫声，还有各种奇奇怪怪的声音，再加上山野悠长的回声，一阵一阵袭来。有时，甚至会突然传来一阵凄厉的啸叫，划破漆黑的夜空。

初来的几天，毛鑫无法入眠。她有点害怕，那些古怪的、凄惨的、长啸的、低吟的声音令人毛骨悚然。黑暗令人恐惧，但只要天上有一弯月牙，或有微弱的点点星光，毛鑫心里就会踏实很多。

很多次，毛鑫在凌晨三四点的时候就醒了，是被冻醒的。没有

开直播销售农产品

在展销会上推荐龙开村土特产品

办法，她只能托人到镇上买了一床厚被子，这才暖和许多。一个女性住在这样的荒村，需要多大的胆量啊。

毛鑫后来了解到，缺水是龙开村长期贫困的主要原因之一。

马山县 14 个深度贫困村，无一条地表河，村民饮水全靠地头水柜。20 世纪 70 年代，这里的人们就开始战"水荒"，"找水"一直是世代居住于此的人们绕不开的话题。

毛鑫心里很清楚，龙开村的缺水问题不解决，就没法谈什么招商引资，还有什么脱贫攻坚。到龙开村一周，毛鑫居然没洗过一次澡。这对女人来说，简直是要崩溃的事。毛鑫甚至想过，开车到城里，痛痛快快开个房洗个澡。

但是，毛鑫没有。她想了一个简单的办法，没有水，就买来桶装水，晚上用水壶烧一桶水，尽管简陋，却也能勉强洗澡了。

毛鑫想，自己可以买水使用，那整个龙开村的群众怎么办？他们到哪儿去洗澡？

以前，龙开村的水，除了天下雨家家用水柜储存一点，还有就是从山上引下来的泉水。如果山上有泉眼，村民就会用毛竹一段一段接水回村里，注入一个大水池，这是全村各个村屯群众的日常用水来源。

龙开村 27 个自然屯中有 17 个没有贮存雨水的水柜。有水柜的，有些是村民用石头加水泥简单砌成，时间一长就开裂漏水；有些没有加盖，水柜里落有许多枯枝烂叶。即便如此，赶上旱灾时，这样的水也会成为村民的救命水。

12 月是枯水季节，下雨少，山上的泉眼也随之枯竭，村里的大水池就断了水源。没有水，村民吃饭都困难。

这片土地缺水，不仅是一个村屯的事，而是整个加方乡都是这样的情况。

水贵如油，村民们想出了许多水尽其用的办法。半盆水，一家人轮流用来洗脸，再轮流洗脚，最后拿去喂牛羊或冲厕所。要杀鸡，先将一大碗水烧开，利用水蒸气拔毛，再用剩下的开水清洗内脏。

饮水难的问题，是整个马山县深度贫困村脱贫攻坚的困中之困、难中之难。

为了让贫困乡村干旱缺水的情况引起人们的关注和重视，毛鑫拍了很多龙开村干旱缺水的图片和视频发到朋友圈。顿时，朋友圈沸腾了。朋友们纷纷惊讶地留言：

"不会吧，什么年代了，还有这事？"

"再不行，架根水管，几十里哪怕上百里，总能找到水源吧。一级一级泵水上来，这比修路要便宜很多啊。"

"水利部门应该出动，地上河没有，那就找地下河啊，从地下河抽水最划算。"

"毛书记，您请水利部门估算一下，从最近的水源到你们村，架根管子需要多少钱，我们大家众筹。"

……

毛鑫没想到，几张干旱缺水的图片和视频会引起这么大的反响。

朋友圈中有个叫清风的人说话了："毛书记，不对劲啊，以前你那个村没这么穷，难道你换村了？你工作的地方怎么越来越穷了？"

2015 年，毛鑫还在南宁市法制办上班。有一次，单位在中央党校做了一期法治培训班，当时给培训班授课的是国务院法制办的一位名叫清风的老师。两人加了微信之后，毛鑫进驻那笔村，清风老师一直有关注她，知道那个村虽是贫困村，但完全不缺水。现在才知道，毛鑫已换了一个缺水的深度贫困村担任驻村第一书记。

清风老师被毛鑫越是艰难越向前的精神感动了，他决定帮她一把。清风老师立即与熟悉的企业联系，看看能不能给毛鑫的贫困村拉些赞助。

很快，北京集佳知识产权代理有限公司总经理看到了毛鑫拍的视频，也被毛鑫的奋斗精神感动，同时为龙开村的干旱缺水感到痛心。该公司决定，向龙开村捐款 40 万元专门用于修建蓄水池。

得到这个消息，毛鑫感动得热泪盈眶。很快，北京爱心公司的 40 万元专款于 2018 年 2 月汇到了龙开村的账户上。有了这笔爱心捐款，加上政府的专项扶贫资金，截至 2020 年 6 月底，龙开村共修建了 18 个水柜，解决了龙开村 27 个村屯世世代代饮水难的问题。

■ 山道崎岖车难行，爱心大路助脱贫

有了水，整个龙开村变得不一样了，有了生机，有了水灵灵的清秀。

俗话说，吃水不忘挖井人。北京的爱心公司与龙开村的人并不相识，他们仅凭几张图片、几个视频就慷慨解囊，一下子拿出 40 万元捐给一个远隔千山万水素未谋面的小山村，这样的大爱精神一直让毛鑫铭记在心。现在水柜建好了，村民也喝上了清洁的水，怎么着也得感恩，把水柜建成后的情况向人家汇报一下。

2019 年 5 月 11 日，由龙开村第一书记毛鑫带队，加上村党支书、一名村干部和一名群众代表组成的龙开村四人代表队，带着马山县加方乡的一些土特产，从南宁出发飞向北京。队伍中，有人是第一次坐飞机，有人是第一次去北京，大家都很兴奋。

到了北京，找到了爱心公司。毛鑫拿着一面锦旗，其余三人手里都提着从马山带来的土特产，进入了会议室。公司董事长于先生亲自接见了毛鑫一行。

毛鑫代表龙开村的乡亲们向于董事长表示感谢，并送上锦旗。毛鑫还播放了一部纪录片，介绍了龙开村水柜建设、验收、使用的全过程。于董事长饶有兴致地看完了纪录片，不时微笑点头，并询问一些情况，对龙开村专款专用、精打细算的工作态度表示赞赏。

于董事长说："向龙开村的乡亲们致敬！你们生活在条件艰苦的大石山区，仍然在坚持，从未放弃对生活的梦想，我很感动。我要把你们这种对生活的态度、对工作的认真，告诉我的员工们，让他们知道，什么叫坚持。你们对这 40 万元的使用我很放心，也很满意。我从小生活在农村，我知道农村是一个什么样的情形。因此，我代表董事会决定，再向龙开村捐赠 35 万元用于乡村道路的改造或修建。"

　　毛鑫几乎不敢相信自己的耳朵，她激动地说："请董事长放心！我以龙开村第一书记的身份向您保证，我们一定会妥善用好这笔爱心捐款。"

　　于董事长笑着说："毛书记，你办事，我完全放心。"

　　2019 年 7 月，于董事长承诺的 35 万元到账。

　　如果从空中航拍龙开村，可以看到一座座巍峨连绵的山峰，云缠雾绕，一条蜿蜒曲折的乡道像飘带，串起青山环抱中的小小村落，这样的美景是很多人心目中向往的人间仙境、世外桃源。但是，对于生活在其间的龙开村内满屯村民来说，被重重大山包围则意味着交通不便、信息闭塞与生活条件落后，这也是制约当地脱贫致富的最大瓶颈。

　　龙开村内满屯过去只有简单的砂石路，急弯多、路窄、坡陡、坑洼不平，人难走、车难行，一旦碰上大雨或山洪暴发，就会给村民出行和日常生活造成严重影响。

　　这条十几年前修筑的砂石路经历了风风雨雨，早已破烂不堪，仅适合摩托车等小型车辆通行，汽车多次在这条路上发生事故，屯里的农产品无法顺畅地运输出去，严重地阻碍了当地的经济发展。

　　有了这 35 万元，毛鑫决定先给内满屯修路。这个屯实在是太困难了，目前的八户人家根本拿不出一分钱来修路。

　　毛鑫觉得，有些事情要在修路前讲清楚。于是，她召开了龙开村内满屯村民大会。

　　毛鑫说："这 35 万元是北京的一家爱心公司捐赠的。人家给我们这个素不相识的小山村送来了关怀，我们是受益者，难道我们就要心安理得收下吗？不是，我们要向这样的爱心公司学习。我们要会感恩，没有这笔钱修路，我们就永远困在大山里面。人家献了爱心，我们的思想也不能落后。我们没有钱，但我们可以出工出力，参加修路的义务劳动。"

经过毛鑫的宣传引导，内满屯的村民都愿意出力劳动。

2019年9月，内满屯路正式动工。没想到的是，动工以后碰上雨天，为保证工程质量，只能暂时停止施工，直到雨天结束方恢复施工。这条将近2公里的水泥路，一直到2019年底才竣工。

毛鑫在驻村日记中写道："当时，最让我感动的是什么呢？是团结的力量。通过内满屯修路的故事，我才发现，所有的事情、所有的工作，不能只靠第一书记一个人去解决，也不能只靠村干部，最主要的还是要团结广大群众。必须跟他们讲，要做成一件事情，大家必须先团结起来，统一思想。如果不统一思想，一件事情是永远做不成的。这次修路与上次修水柜不一样，这次的爱心捐赠资金全给了内满屯。内满屯的村民们虽然没有钱，但是他们还是有所贡献，配合出工出力。老百姓还写了保证书、联名信。他们在保证书上说，我们愿意，我们要会感恩，我们要团结。到了这个地步，接下来的工作就很好开展了。通过这件事，我感觉自己在处理基层问题的工作方式方法上又有了一个质的飞跃。如果不在基层摸爬滚打，是找不到这种思路和方法的。"

随着南宁市大力推动贫困村屯级道路建设工作，龙开村的交通环境也有了大的改变。在各级财政投入资金的支持下，2019年底，龙开村的27个屯全部通了硬化路，村民从每个屯到村委的时间缩短了一大半。一条条崭新的村道连接起屯与屯、屯与村、村与村，道路通了，农产品流通就搞活了，彻底转变了农村产业结构，贫困地区人们固有的传统思想也在悄然改变。

■ 因地制宜找产业扶贫，以村为家携家人进山

在龙开村修建水柜、道路等基本设施的同时，毛鑫的工作重点仍放在寻找适合龙开村发展的扶贫产业上。

2017年，毛鑫来到龙开村时，建档立卡贫困户179户595人。这么多贫困户要在两年内脱贫谈何容易，必须尽快找到适合他们脱贫致富的产业。但是，在整个马山县，土地一直是稀缺资源。

龙开村位于马山县加方乡东北部，与来宾市忻城县接壤，全村区域面积为12453亩，耕地面积仅为1384亩，人均耕地面积0.8亩，山多地少，是典型的大石山区。当地流传着这样一句话："九分石头一分地。"由于自然条件的桎梏，村民长期靠天吃饭，制约了龙开村的产业发展，也阻断了村民的脱贫致富路。

刚到龙开村的第一天，毛鑫就被村民艰苦的生产生活状态所震撼。看到村民沿着陡峭的石头山坡开垦出一小块玉米地，毛鑫感到很好奇，这么小的地，村民怎么浇水，又怎么施肥呢？面对毛鑫的疑问，当地村干部无可奈何地告诉她，这里就是看天吃饭。要是干旱或连续暴雨，基本上就是颗粒无收。

这样的产业状况，怎么可能增收，更别说脱贫了。必须找到病症节点，找到合适的产业，彻底改变龙开村的面貌。毛鑫不服输的

个性被激活了。

一开始，毛鑫也尝试过种植一些见效快、易销售的经济作物，但都没成功。比如种辣椒。辣椒因种植周期短，见效快，销量大，一直是扶贫产业里的明星项目。毛鑫引导了几户贫困户种辣椒，随着辣椒一天天成熟，毛鑫也联系好了收购商，谈好了价格，本以为贫困户可以稳赚一笔，没想到，最后的一个环节出了问题：辣椒成熟了，劳动力跟不上，没人来摘。贫困户家庭中，有点能力的都到外面去打工了，剩下的劳动力当中，有的不能劳动，老人不能弯腰、不能摘，有的妇女要带小孩，结果，那么好的辣椒，大部分没摘下来。

痛定思痛，经过一个多月的摸排梳理，毛鑫提出了发展养殖业、进行肉品深加工的扶贫道路，并和村干部反复论证，确定了"3+1"的村级特色产业："3"是肉牛、黑山羊、种桑养蚕，"1"是里当鸡。

随后，毛鑫与村干部动员村里的经济能人覃粟粟，成立了加方乡骉骉种养专业合作社和巨龙生态种养专业合作社，一个发展肉牛养殖和种桑养蚕，一个发展黑山羊养殖。2017年底，龙开村集体经济收入实现了零的突破，达到2.4万元。2018年10月，村集体经济收入6万元。

2019年5月16日，小蚕共育基地内培育的约40万只三龄小蚕，成功出售给龙开村的35户农户，其中贫困户17户。基地投入使用后，有效降低了龙开村农户养蚕的风险和成本，为贫困家庭实现增收带来了新的途径。

村民樊安梅是龙开村第一个从技术人员手中接过小蚕的贫困户，当天她购买了 2500 只小蚕。她说，以前大家想养蚕都要到很远的地方去买小蚕，由于来回折腾，小蚕随时都有死亡的风险。现在，基地就在村里，樊安梅很高兴，从此以后，她再也不用跑很远的路，到别的乡镇去购买小蚕了。

在合作社的养牛基地，贫困户蓝天宇除了做工，还自学了养殖技术。"我们买牛回家养，合作社提供技术，出栏后合作社统一收购，解决了后顾之忧。"蓝天宇说，从基地购买的小牛今年就可以出栏，预计每头小牛能增加收入 3500 元。

对于一些无力购买小牛的贫困户，毛鑫采取了一种特殊方式：

一般情况下，如果贫困户直接买小牛回家养，一头小牛的价格达 1 万元，购牛成本较高。为此，毛鑫与养牛合作社达成了一个协议，即一条专门针对贫困户的优惠措施：合作社向贫困户提供有孕的母牛，价格是 6000 元或 8000 元，但可以赊账，就是先把母牛牵回去养几个月，小牛生下来直至断奶后，再把母牛还回合作社。这样，相当于贫困户购买一头小牛可以少花两三千元的成本。

这种养牛方式深受贫困户欢迎。家中有了小牛的贫困户，饲养成本并不高，只要在山坡上种植牧草，花点人工与时间，有时再用黄豆发酵来喂小牛，小牛长得很快，有时一天就能长几斤肉。经过一年零两三个月，小牛就变成了大牛，可以出栏了。一般可以卖到 1.6 万至 1.8 万元。

这样算下来，养一头牛只要一年多的时间，除去小牛的成本后可以赚 8000 多元。如果同时养两三头小牛，那么一户贫困户就完

到贫困户韦鹏飞家中查看危房改造情况

与贫困户蓝丽萍在电商扶贫车间内挑选从村里收购的黄豆（陆丽红摄）

在古秀屯记录村民反映的情况（苏猛摄）

全可以脱贫了。

由于"赊牛养牛"（也称"贷牛养牛"）的办法具有很强的灵活性，养牛的贫困户越来越多，最多的贫困户赊了10头牛，一年下来赚个七八万元没有任何悬念。以养牛为主的骉骉种养专业合作社的养殖规模，由1个牛栏40多头牛发展到了6个牛栏200多头牛。

特色产业扶贫示范园成为龙开村经济发展的支柱产业，有力地推动龙开村的扶贫工作，为带动贫困群众实现稳定脱贫打下了坚实的基础。贫困户看到了希望，生活也更有奔头了。

龙开村特色产业已覆盖带动贫困户93户286人，2019年底实现贫困户全覆盖。自此，龙开村逐渐走上规模化、多样化、合作化发展的道路。

在毛鑫的带领下，2017年11月至今，龙开村已经有142户504人实现脱贫，目前还有4户15人未脱贫。

2018年底，龙开村完成全村道路硬化建设，解决了全部村屯群众出行难的问题，全村电网覆盖率达到100%，新修了图书室、村委戏台、健身场所等各类基础设施。同时，毛鑫联系后援单位南宁市司法局，定期到村里开展结对帮扶活动，通过捐赠法律书籍、发放法治宣传资料、解答法律咨询、进村入户走访等方式，向群众宣讲法律法规及扶贫政策，鼓励群众积极举报涉黑涉恶违法犯罪线索，为贫困村民提供法律服务和法律保障。

毛鑫干脱贫工作风风火火，但在她心里，却一直装着对家人的愧疚。特别是女儿，别的同学天天都有家长辅导作业，可女儿由于父母都在外地工作，做作业时遇到难题都不知问谁。

2020 年初，新型冠状病毒肺炎疫情暴发，毛鑫要留在村里组织村民防控疫情，还要开展扶贫工作。由于爱人工作也很忙，为方便照顾家人，2020 年 5 月 6 日，毛鑫把 68 岁的母亲、10 岁的女儿和 1 岁多的儿子从南宁接到龙开村，让本来在南宁市区上小学四年级的女儿转学到边远的加方乡中心小学读书。

这样，毛鑫就算是全家搬到了龙开村。平时，母亲帮着做饭、照顾孩子。周末，毛鑫有时会带着女儿下屯开展扶贫工作，让她接触社会，了解大石山区独特的喀斯特景观。毛鑫带着家人一起驻村扶贫的故事，很快成为中国脱贫攻坚战场上的一段佳话。

毛鑫的努力付出得到了上级组织和群众的认可与赞许，获得了"全区优秀贫困村党组织第一书记""马山县脱贫攻坚先进个人"等荣誉称号。2020 年 7 月，毛鑫的工作单位有了变动，她从南宁市司法局调到了五象新区规划建设管理委员会。7 月 3 日，她到新单位报到后，又转身奔赴龙开村去了。

"目前，龙开村还有 4 户 15 人未脱贫，脱贫攻坚不获全胜决不收兵。"望着莽莽的喀斯特群山，毛鑫目光坚毅，语气铿锵有力。

【采访手记】

2020 年 6 月 26 日下午，我采访了毛鑫书记。

眼前的毛鑫，一身干净利落的穿着，一头清爽的短发，一口浓浓的"南普"口音。毛鑫担任驻村第一书记已进入第五个年头。无论是扶贫的时间，还是脱贫的成果，毛鑫可谓扶贫战线上成效显著的"老书记"了。

我对毛鑫印象最深的是她对农村工作的熟悉，她说起贫困村的时候，就像站在自家的果园里与人拉家常。驻村扶贫五年，她已变成了农村经济的行家里手。她讲话滔滔不绝，说事鞭辟入里。她对无花果产业了如指掌，对养牛、养蚕、种植等，什么赚钱、什么不赚钱，哪些能种、哪些不能种，她心里已经形成了一套缜密的逻辑。也就是说，通过两届第一书记的磨炼，毛鑫对农村经济已有了极其敏锐的洞察力。

毛鑫说："在乡村待久了，我身上都是泥土气息。很多人并不了解，这也许就是地气。就是这股泥土气息，让我感到踏实和亲切。"几易寒暑，风雨兼程，从五谷不分的城里姑娘到走村串户的农村大姐，毛鑫觉得越走人生越宽广，她相信"农村是一个广阔的天地，在那里是可以大有作为"的著名论断。

这五年时间，毛鑫一直扎根基层，甚至连家都很少回。可是，毛鑫也有家人需要她去照顾。在"小家"与"大家"之间必须做出选择时，毛鑫义无反顾地选择了"大家"。"小家"怎么办？毛鑫想出了带着家人去扶贫的主意，这样既能照顾家人，又不影响扶贫工作。

我问毛鑫："你把女儿从繁华的城市带到偏远的贫困村，会不会影响孩子的学习成绩？"

毛鑫说："我从不这样认为。孩子才上小学四年级，我并不想给她过多的应试压力，我想让她多接触大自然，接触美丽的山野风光，接触纯朴和善良的村民。实际上，大石山区只是生活贫困，但谁能想到，那里的空气是多么清新呢？当地有很多长寿老人，我一直认为与负氧离子含量丰富有关。因此，只要乡村条件改善了，住在大石山里就是一种奢侈的生活。"

知民情思作为，需要驻村干部做实做好扶贫工作。毛鑫的做法是，先要和群众打成一片，多与群众拉家常，缩短与群众之间的距离。她说，想方设法帮助群众解决生产生活中遇到的问题和困难，做到"常怀为民之心"，面对各种"硬骨头"难题，只要时刻牢记自己的职责，尽己所能，主动担当，主动作为，就能够排除一切干扰，向党和群众交出一份满意的答卷。

三千里扶贫江竹村，一世情难忘苗乡人
——记融水苗族自治县安太乡江竹村第一书记史建强

　　史建强，1979年生，汉族，陕西人，中共党员，西北工业大学管理干部，2017年中央和国家机关第二批挂职干部。2017年1月，由西北工业大学选派赴融水苗族自治县安太乡江竹村任第一书记。2018年底，江竹村实现整村脱贫摘帽，荣获融水苗族自治县"脱贫攻坚先进集体"称号。驻村以来，史建强先后获得柳州市"最美第一书记"、柳州市"优秀贫困村党组织第一书记"等荣誉称号。

■ 重任在肩，跋山涉水赴苗寨

2017 年 1 月 18 日，融水苗族自治县县委组织部会议室来了几位风尘仆仆的客人，他们从中国西北地区赶来。宾主一番寒暄，县委组织部副部长韦岳发表讲话，他首先宣读一份任命文件："经中央组织部同意，史建强同志担任融水苗族自治县安太乡江竹村第一书记，接替挂职到期的秋卫平同志。大家欢迎！"

任命书虽简短，但分量却不小。也就是说，这位即将走马上任的第一书记史建强颇有来头，是由中央派来的第一书记。史建强何许人也，为何由中央委派，这还要从广西正在进行的脱贫攻坚战役说起。

融水苗族自治县位于广西北部，是国家扶贫开发工作重点县和滇黔桂石漠化片区县，是广西 20 个深度贫困县之一。全县有 115 个贫困村，其中深度贫困村 73 个，安太乡的江竹村是其中之一。

2015 年，党中央做出了打赢脱贫攻坚战的决定。根据中央安排，由西北工业大学对口帮扶广西壮族自治区柳州市融水苗族自治县。就这样，广西大山深处的江竹村与几千里外的著名学府西北工业大学，结下了不解之缘。

西北工业大学位于陕西省西安市，是我国唯一以发展航空、航天、航海工程教育和科学研究为特色的研究型、多科性、开放式的科学技术大学，是工业和信息化部直属的全国重点大学。

2015 年 12 月，由西北工业大学党委推荐、中央组织部选派的西北工业大学航海学院秋卫平同志，奔赴千里苗寨出任融水苗族自治县安太乡江竹村首任第一书记。秋卫平书记自 2015 年底到任以来，以极大的热情和高度的责任感，深入苗家山寨，积极开展江竹村的扶贫工作。2017 年初，秋卫平完成一年挂职扶贫任务，准备返回学校，西北工业大学党委又推荐年富力强、风华正茂的管理干部史建强，前往融水苗族自治县接替秋卫平的工作。

韦岳副部长宣读了任命文件后，江竹村新任第一书记史建强表态发言，他表示，坚决服从组织决定，感谢组织信任，今后一定会加强学习，接过秋卫平老师传递过来的扶贫接力棒，与江竹村的群众打成一片，为江竹村的脱贫攻坚贡献自己的力量。

交接手续结束后的第二天，秋卫平与史建强前往江竹村，交接扶贫工作账册。

2017 年 1 月 19 日上午，秋卫平带领史建强参观融水县城。

秋卫平在江竹村工作一年，常常来城里办事，对这个美丽的小城比较熟悉，便临时当起了导游。他向史建强介绍融水："融水县境为云贵高原的一部分，广西著名的九万大山蜿蜒其间，山体庞大，地势高峻，海拔多在 1000 米至 1500 米。"

史建强问："九万大山？以前看过一部电影，是广西剿匪的故事，发生在一个叫十万大山的地方。广西真有那么多大山吗？"

秋卫平笑道："我和你一样，刚来广西时和当地干部聊天，说起过九万大山、十万大山，还有个六万大山。其实我们都误会了，这些大山的前缀六万、九万、十万等，不具有数字含义，而是壮语的汉译。比如，六万大山就是'甜水谷大山'的意思，九万大山意为'牛头山'。十万大山，'十万'壮音为'适伐'，'适'为地，'伐'为天，意思是，这是一座顶天立地的大山。"

史建强暗暗佩服秋卫平，一年时间就学到了这么多闻所未闻的知识。

秋卫平问："你刚到融水，走在这里，有没有什么感觉?"

史建强说："有啊，感觉这里的空气很清新，比我们西北的空气明显好很多。"

秋卫平说："融水以经营林业为主，森林覆盖率达 39.1%，为广西木材主要产地，以优质高产杉木著称全国。"

史建强说："难怪空气这么好，就像进入氧吧一样。"

此前，史建强来广西，只到过桂林。现在，面对位于崇山峻岭中的融水小城，他感到十分的新奇。这里依山傍水，山水相依，站在桥上看风景，恍若有身临桂林的感觉。县城的公交候车站是廊桥状的木构建筑，既能遮风挡雨，又有地方特色。县城街道比较狭窄，马路两侧的栏杆也全是木制的，显得古拙淳朴，与这座小城的整体风格十分吻合。

秋卫平带史建强去认识当地一个有名的电商石秋香，她的公司在融水算是做得比较成功的，主要经营野生竹荪、野生灵芝。在石秋香的门店，史建强详细了解电商的经营方式及对农副产品的需求。石秋香说，融水的野生灵芝卖得不错，但是灵芝菌棒育种存在达标率低、药效低的问题，有时达不到药厂的标准，林下种植的灵芝可能存在品质低、卖不出去的风险。

秋卫平说："目前江竹村也有林下种植灵芝的农户。"

史建强想，如果能把灵芝的品质提高，那倒是一个不错的产业项目，这个问题可以想办法联系高校的老师解决。

两人又走访了几家电商企业，一直逛到中午，吃过午饭后，两人坐车前往江竹村。

路上堵车，将近三小时后才到达江竹村，此时已是下午4点多。

■ 初到江竹，苗寨更深夜风寒

史建强第一次来到江竹村，只见山环水绕，层层梯田上种着碧绿的茶树，郁郁葱葱的，农田里村民正在忙碌。远山如黛，山坳里一幢幢具有苗族特色的吊脚楼民居，让史建强感到十分新奇，好一个世外桃源！史建强一下子就爱上了这个风情浓郁的小山村。

江竹村村委楼刚建好，给史建强腾出了一间房。史建强进去一看，床还是一堆零部件，未曾拼装，房间还保持着刚建成时的原生态，就是通常说的毛坯房。虽然对江竹村的贫困有一定的心理准备，但是面对如此简陋的条件，史建强还是有点不习惯。他转念一想，自己是扶贫干部，如果生活条件都好了，那还要他来做什么？

既来之，则安之。史建强放下行李，开始拼装板床。这时，他忽然接到要他和秋卫平到安太乡政府开会的电话通知。由于乡政府发通知的小姑娘的疏忽，把下午6：30通知成16：30，导致他们提前两小时到达了安太乡政府。

从江竹村到乡政府有9公里山路，赶回去不值得。外面的风很大，太冷了，史建强和秋卫平便先进了会议室，利用这两个小时的时间，把一些手上的工作交接完。秋卫平叮嘱史建强，哪家还要重点帮扶，哪家要经常去看望，史建强一一记录在工作笔记本上。

此次会议主要有两个议题：一是欢迎新任第一书记史建强，同时欢送秋卫平老师；二是介绍安太乡的情况及当地的产业特色。

根据安太乡领导的介绍，史建强了解到：江竹村位于广西第三高峰的元宝山南麓，被大山环抱，距安太乡政府9公里，距融水县城60公里，山路车程两个半小时。有3个自然屯385户1474人，其中大东江屯213户834人，白竹屯149户555人，甲坡屯23户85人。全村耕地面积983亩，人均耕地面积不足0.67亩。融水俗称"九山半水半分田"，交通不便，生存环境较为恶劣，脱贫攻坚任务十分艰巨。

会议结束后，大家在乡政府的食堂吃简餐。这是史建强第一次吃融水米粉：把米粉烫一下，置碗里，加脆皮、叉烧、卤菜，再加调料。史建强觉得味道不错，烫粉方便，可以节省很多做菜的时间。

晚上9点，返回江竹村。秋卫平和史建强一起装好板床。

"秋老师，明早我送您吧。"

"不用送，县里派了车送我到机场，放心吧。江竹村的脱贫就靠你了。再见！"

秋卫平回到村里的农户家休息。史建强在房间打扫卫生、铺床单，一直忙到10点半才上床休息。没想到，在江竹村的第一个夜晚，风很大，窗户关不严，一直在漏风，房间里冷冰冰的。窗外的风呼呼地响了一个晚上。

清晨4点，史建强被冻醒了。8点，史建强还是来到秋卫平的住处，帮他整理行李。9点，两人到村支书潘秀峰家吃早饭，为了照顾两人的口味，潘秀峰让爱人做了面条。

县里送秋卫平的公务车准时到来，秋卫平离开了江竹村，史建强、村干部和村民们站在路边，互道珍重，彼此挥手告别。

史建强望着远去的车子，忽然感到有些孤单。江竹村的扶贫接力棒已交到他手中，他觉得沉甸甸的。围观的村民渐渐散去，只剩下他和村委楼前的国旗杆，形影相吊。在这偏僻的大山深处，人地生疏，他感觉身体和心里都有一丝薄凉，想到几千里之外的妻女，难过得有点想哭。

史建强返回房间，想烧壶水，等了好久，烧水壶没有一点声音，他以为插线板坏了，折腾半天后才发现是停电了。史建强根本没想到，江竹村白天居然会停电。

这是来江竹村的第二天。史建强感觉山里的天气很阴冷，一看日历，原来是大寒节气到了。虽然没有烤火的围炉，但是置身屋内，穿上厚棉衣，暂且可以保暖，他想先看看相关的材料。

史建强手头的材料，是江竹村的《"十三五"脱贫计划》、贫困户资料，还有秋卫平留下的各种会议材料。这么多材料，越看越觉得迷茫，史建强心里对来年的扶贫工作还是没有一点底。重点做什么，规划是什么，脱贫项目有什么，都不清楚。

史建强打电话给潘秀峰沟通了一下，决定明天下午4点开个村两委会，跟大家见个面。快过年了，他想和大家聊聊明年的事儿，先听听大家的想法和意见。下一步要进行走访，除了贫困户，还要把各个屯长、村民代表、村里的致富能人、务工的人、年轻人代表都拜访一下，多了解情况，情况熟悉了，才能有针对性地开展工作。

村委会旁边住着一位老奶奶，她抱来一堆木头，想劈柴。史建强走过去，说："老人家，这活让我来。"老奶奶听不懂普通话，但她知道，这个人想帮助她，就站在旁边看。史建强拿起砍刀，劈了几根柴火，没想到很失败，刀都拿反了，用蛮力劈出的柴大小不一。

听到说话声，邻居大嫂跑过来看热闹，笑得很开心，她说，一看就知道史建强没劈过柴。她纠正了史建强拿砍刀的方法及劈柴的姿势。史建强又劈了一会儿柴，大嫂请他吃红薯。史建强一边吃，一边跟大嫂聊天。

史建强问："您家里只吃红薯吗？"

大嫂回答："也不是。这红薯很甜，大家都喜欢吃。平常还有鸭肉吃。"

大嫂拿了饲料，带史建强到河边喂鸭。她说，她家只养了6只鸭子，留给自己吃。现在村里养得多的也就十几只，以前有稍大规模的养了200多只，现在不干了。有来村里收鸭子的，40元一只，村民养鸭的热情不高，一是收益太少，二是销路单一，三是养殖模式和鸭子的品质没有分类。

大嫂偶然说到，在柳州春节什么物资会上，一只鸭子能卖100多元。史建强默默地在心里记下了，心想，这价格很不错啊，回头找几个电商或柳州大一点的农贸市场联系一下，看能不能建立合作关系，找一个人牵头集中收购、送货，这样村民的收益应该会多一点。

大嫂又带史建强去看她的菜园，她种的菜是真正的原生态绿色食品，一点农药都不用。村里地少，村民种菜都是自给自足，没有成规模，更谈不上产业。史建强当即打电话给城里的电商，了解蔬菜行情，由于包装、运输、保鲜比较麻烦，电商都不愿意经销蔬菜。看来，规模种菜这条路走不通。

傍晚，史建强在村里散步，看到一户人家的房子比较破旧，就走进去，想了解一下情况。

苗族老乡见来了生人，说了一通话，史建强一句也听不懂，当然，史建强说的话老乡也听不懂。两人比画半天仍不知所云，都很茫然。最后，史建强无奈离去。这时，他才明白，他现在面临一个最大的难题，那就是语言不通，与村民无法交流。

后来，在路上，史建强又碰到几个不认识的老乡，他们都用不标准的普通话和史建强打招呼。史建强感到挺温暖的，村民好客，看到远道而来的客人，都会友好地打招呼。

村民的友好让史建强稍微宽心。他想，以后的工作需要村干部帮忙，离开了他们，恐怕什么都干不成。

一直到晚上7点半，终于来电了。史建强在潘秀峰家吃完饭，回到住处，继续埋头看材料，准备明天开会。

■ 冰天江竹，入户访贫送温暖

2017年1月21日，农历腊月二十四。这天没有停电。

江竹村的干部和村民代表虽然各自家中已开始忙着准备年货，但是下午4点的会却无人缺席，且大家都准时到了。史建强感到很开心，觉得大家整体素质比较高，他想，有了这样的干部和群众，劲往一处使，再大的困难也能克服。那一刻，史建强充满信心。

这是第一次开村两委会，史建强与村两委委员一一认识，他说："我请大家来，是想请各位对来年的扶贫工作如何开展畅所欲言，发表意见。"

会议开得很热烈，大家踊跃发言，意见主要包括村党支部建设和入党积极分子、预备党员培养，扶贫基础设施如屯内道路、屯间道路、产业路、旅游路的建设，美化村庄的路灯安装、田埂硬化，妇女工作，青年工作等。

这些正是史建强所关心的内容。他说："大家提出了很多很好的建议。我会结合村旅游扶贫'十三五'规划，在过年期间把提出的项目捋一遍，分类汇总，形成计划。"

乡里对村里的党员培养有要求，如入党积极分子必须到乡里培训。有意愿培训的入党积极分子因外出务工，无法回来上课，被乡里否决了。史建强对此持不同看法，他说："不能因为入党积极分子不到乡里培训，就否定或打击他的积极性。因家庭贫穷而外出务工，这是当前正常的经济活动方式。解决这个问题并不难，我们可以考虑采取一种与时俱进的形式，比如开设网上党课，利用现代传播手段解决培训难题，培养后备干部。"

史建强的这番话让江竹村的干部群众眼前一亮，大家都觉得这个办法好。

6点会议结束后，史建强、潘秀峰和村主任潘彦升一起到甲坡屯的贫困户慰问，并走访支部委员。

史建强坐在潘秀峰的摩托车后，没戴帽子，寒风如刀，刮在脸上生疼。甲坡的通屯路还没硬化，摩托车开了半个多小时才到，史建强脸都冻僵了，想笑都笑不出来。史建强有点担心，群众看见他这副冻僵的模样，会不会以为这个书记不近人情，有点拽？

贫困户王英50多岁，老公去年因病去世，两个女儿都已嫁人，家里只剩下她一个人。山里的杉木她请不起人砍，也运不出来，田里的活她做起来也很吃力。这样的贫困户只能用政策兜底（指政府制定政策保障困难群众基本的生产生活需求）的办法解决。

史建强拿出一个红包，里面是慰问金。当他把慰问金交到王英手中时，王英很激动，一个劲地要留史建强三人吃饭，他们婉言谢绝了。

贫困户郑绍明家有个12岁的女儿得了肾炎，已经两个学期没有上学了，每周都要到县医院治疗，看病花了三四万元。他们家的房子刚建起来，连窗户都没有装，家徒四壁。史建强和潘秀峰商量，要帮郑绍明申请大病救助和医疗补助，并交代郑绍明要把看病的发票留好，过了年就向乡里申请。

支部委员郑平家里有5口人：老父亲84岁，大哥一家三口，还有郑平。郑平40岁了，还未结婚。一家人正在努力，在新村盖房子。房子主体已经做完，外立面和内装修都没做。

潘秀峰说："说起甲坡屯，真是命运多舛，也不知为什么，总是出事。以前共12户，连片居住，1984年一场火烧了11户。大家吸取教训，不再连片居住，1987年分散盖房。没想到，前几年又发现建在山脚下的房子有遭遇泥石流和山体滑坡的危险，大家又只能搬到新村重新建房。"

史建强说："建房的事以后还是一定要请县里或市里的地质专家来勘察，才能确保万无一失。"

史建强了解到，甲坡屯人均5分田，山上每户有1万多株杉木。杉木有浙江老板来收购，主要用作装修的地板和板材。他算了一笔账，杉木要10年才能长到胸径10厘米。这个规格的杉树每立方米900元，30棵树才得1立方米，那么平均每株每年的收益才3元。

史建强问潘秀峰："潘支书，他们为什么不种些经济果木？"

潘秀峰说："老百姓不知道该种什么。而且种经济果木没有销售渠道就赔得更多。现在有村民种八角树，每公斤10元至15元，每棵树每年产30公斤，除去生产成本，平均每株每年的收益是300元。"

史建强提出了两点建议：一是伐掉杉木，改种经济林，至于种什么品种需要进行市场调研，并请教相关的专家；二是对目前大面积种植的杉木，不能只卖木头，还可进行简单的二次加工，如做成木制玩具、学生学具或生活用具等，提高附加值。

从郑平家出来，已是晚上9点多，繁星满天。村里没有路灯，特别黑，史建强和潘秀峰用手机照路，深一脚浅一脚地走在坡上。

骑摩托车回村的这段路，让史建强吃尽苦头。

一路上，刺骨的寒风往史建强的脖子里猛灌，稍微抬起头，风打在额头上又疼又冷，身上的棉袄都被吹透了，骨头都是冰的，到了村委会，史建强又快被冻僵了，差点下不了车。

■ 旧历年底，归心似箭回长安

在江竹村忙了整整一周，因为快要过年了，史建强向安太乡党委请假，得到批准后他按规定递交了请假条。

第二天，史建强归心似箭地踏上回家的路。没想到，在乘坐大巴前往柳州机场的路上，史建强得到消息，说自治区检查组马上要去江竹村检查。

史建强立即和安太乡党委孔书记联系，想马上返回江竹村。孔书记安慰他说："史书记，你就安心回家吧，不用赶回来。你已经履行了请假手续，我会跟检查组解释的，江竹村之前经历过检查，准备工作比较充分，不会有问题的。"

史建强忐忑不安地到了机场，得知检查组进村了。

检查组领导问起史建强时，孔书记如实回答了。

检查组领导说："他从几千里外来到我们这山沟扶贫，远离父母妻儿，捧着一颗心来，我们也要用温暖回报他，理解他的难处，让他感觉到，我们融水人热情好客，要让他有宾至如归之感。"

　　检查组离开后，潘秀峰把检查组领导临走时说的这番话告诉史建强，史建强一直悬着的心才踏实了。

　　2017年2月6日正月初十，西北工业大学校长助理杨晓召集工会和融水、渭南两个扶贫点的挂职干部开会，讨论2017年学校如何开展扶贫工作。

　　会上，大家各自汇报工作，做了交流。杨晓说："扶贫工作别搞花架子，要沉下去干实事，要按照学校党委确定的指导思想和方案抓好落实。"杨晓对史建强等两名扶贫干部提出批评，认为两人年前回来太早，年后去的时间太晚。

　　史建强表态："我虚心接受批评，决定明天就重回广西。"

　　2月7日，史建强告别妻女，再赴融水。一直到2月8日晚上9点，才到达融水县城。

　　第二天，史建强搭乘顺风车回到村里。在车上，史建强与一个江竹村老乡聊天，得知他想规模养猪，但启动资金就要贷款100万元。史建强的意见是一开始胃口不能太大。史建强想回到村里要再和他聊聊，能不能先小规模试养，或者和广西生态养殖公司联系，采取公司＋基地＋合作社的方式。

　　晚上，史建强到潘秀峰家吃饭，并和他进行了一次长谈，对2017年的工作进行了梳理：一是重点做好江竹村今年的旅游发展规划，拿出生态旅游农庄的设计效果图；二是落实2016年报给县里的9个项目，特别是一条生产路、一条通屯路、田埂硬化、水利、路灯等项目，是群众生产生活要求比较迫切和强烈的；三是抓好党员的日常教育管理工作，做好村两委后备干部的发现和培养，为9

月两委换届做准备，重点是建设党员教育移动平台，与党员、屯长、组长分别交流；四是做好贫困户的入户调研和帮扶工作，重点是结合今年县乡两级脱贫政策与项目，确定贫困户的脱贫措施；五是产业扶贫项目的筛选。

史建强说起，以前在上海和福建出差看到当地有竹筒米酒卖。江竹村里家家户户都做米酒，也有竹子，原料不成问题。史建强建议找村里酿酒酿得比较好的农户，先做出几个样品，再和电商联系，他还想到了第一书记代言"尝尝我家的米酒"的方式。

当天夜里，史建强和潘秀峰聊得很晚。

■ 寻找商机，大东江屯闹元宵

2017年2月10日正月十四，潘秀峰带史建强到安太乡寨怀村参加坡会。第一次赶苗族坡会，史建强很激动。

史建强兴奋地观看了斗鸡、斗马、苗歌交流和苗家人的重头戏——芦笙表演，感受了原生态的苗族风情。

寨怀村的坡会开过之后，史建强更加相信，江竹村的旅游项目完全可以做出名堂来。如此热闹的坡会，是苗家人最热闹的节日，这么好的旅游资源，一定要充分利用。

史建强突然发现，江竹村的村两委中居然有人是贫困户。比如大东江屯的潘建斌、江竹村副主任潘珍合，他去过他们的家，感觉他们的生活还过得去，不知怎么被认定为贫困户。

经过调查，史建强发现江竹村在贫困户的认定上，存在四个问题：一是贫困户认定没考虑家庭存款，比如有人当前情况看着不好但有存款，有人看着条件不错但借贷很多；二是住砖楼与木楼的相差14分，但现实情况是木楼比砖楼的造价高，没有考虑建造时间成本；三是收入情况由村民自己报，村民能少报就少报，有的甚至不报，有的实际在外务工却报在家务农；四是对在外居住的贫困户认定问题，如江竹村有个老党员潘登，因为中风失去劳动力，老婆在广州厂里打工维持生计，家里两个小孩一个上小学、一个上初中，经济压力很大，如果老婆回村只能务农，那他看病和小孩上学都成问题。

史建强暗下决定，关于贫困户的认定，一定要再核查一遍。

在调查过程中，还有一些村民向史建强提意见，希望政府尽快建设大东江到河牛的生产路。因为目前没有生产路，山上的木头要请人背才能运出来，每天工钱要150元，远处的山上有些长了三四十年的杉木，背出来的工钱比卖木头的钱还要贵，而且还请不到人。没有生产路，远处1万多亩山地没办法种植，就算种植了也没办法运出来。只要政府修了生产路，村民就能种经济果木，外出务工的劳动力也会回来创业。

史建强意识到，修建生产路必须提上议事日程了。

目前，村里没有集体资产、集体产业和集体收入，但屯里有集体山地、集体山林、屯民投工投劳的水电站分红等集体收入，各村民组也有集体收入，这导致村干部说话没什么分量。看到这种情况，史建强就想尽办法增加村集体收入。

有一天，史建强到老支书潘雪晴家做客。潘雪晴54岁，家里

给江竹村淘宝店小二培训开网店

给贫困户发放黑香猪猪苗

在甲坡屯篮球场施工现场

三口人，大女儿出嫁了，小女儿今年读高三。他当过十多年村支书，是安太乡第一户规模养鸭、养猪的农户，他能自己孵化鸭苗，三年前因为销路问题，赔了1万多元，为此欠了债，剩下200多只鸭子只能自己腌了吃，到现在还没吃完。现在，他和村里三四个人在建筑工地上打点零工。他说，他还想养鸭子，只要有5万元做启动资金，找到电商合作保证销路，就不会亏。

史建强答应老支书，到县里联系专做清水香鸭的电商或企业。

元宵节那天，大东江屯组织了闹元宵活动，请史建强和潘秀峰去参加。上屯和下屯都组织了芦笙队跳踩堂舞，还有年轻人喜欢的篮球赛。山坡上的大杉树下，还组织了苗歌对唱。热闹的坡会活动让史建强大开眼界。

史建强看村里人都聚集在篮球场，便去买了几百元的烟和糖，分发给大家。

当潘秀峰向大家介绍史建强是江竹村新来的第一书记时，大家热烈鼓掌。

篮球比赛没有奖品，史建强又去买了一箱红牛、一箱王老吉当作奖品。队员们赛后喝着饮料，个个兴高采烈、心花怒放。

晚上，史建强到潘永辉家吃饭，来了很多人，大家一起喝酒，个个敬史建强，把他给喝倒了。

次日，史建强没有入户走访。在目前调查与考察的过程中，他发现村、屯、组三级治理结构在运行中存在一些问题。屯一级不仅在信息的上传下达上发挥不了作用，而且有的成为村发展的障碍，表现在四个方面：一是集体资产由屯掌握，村集体被架空，没有任何集体资产；二是屯长不能成为村两委的助手，屯长报酬由屯里支付，村两委接到上级任务下达不到屯，屯长拒绝参与的话，村两委只能直接与组长联系安排工作；三是屯长只在本屯相关事务上发表意见，只从本屯角度考虑，有时成为村决策事项实施的障碍；四是屯长处理屯集体资产的承包、分红等经济事项时脱离监管，村务监督委员会的定位是监督村级事务，屯级设置只有屯长和副屯长，群众反映屯里资金使用有收支不公布、不透明等情况。

史建强苦苦思索着，能否把屯长的角色与村两委角色进行合并，从制度设计的角度解决这些问题？史建强想了三种方案：

一是下挂，即现有屯长到任后不进行选举，由属该屯的村两委委员兼任。施行此方案的问题是，选举群众的范围不同，屯长由该屯群众投票选出，而村两委委员中，村支书由乡党委任命，其他委员由全村群众（包括三个屯）选出，全村选出的人选能否得到屯群众的认可尚不可知。

二是上调，即把现有屯长列入村两委，成为两委委员。此方案存在的困难是，两委委员过多，达到"5+3"，乡党委是否同意增加村两委职数。同时还存在选举群众范围的问题，屯长仅由本屯群众选举进入村两委，违背了村基层组织的选举原则。

三是将屯长列为村委会选举候选人，如果选举通过，上述问题就解决了；但如果选不上，就又回到目前的老路上，没法从根本上解决问题。

史建强感到很苦恼，这个问题一直没想透，也没有找到更好的方案，还要继续查找资料和调研。

晚上史建强到村主任潘珍合家吃饭，顺便向本村的养猪户询问养猪的出栏时间、成本构成等问题，继续完善"我为你家养头猪"订单式农产品项目方案。

晚上10点多，史建强刚回到村委，又接到茶农潘永辉的电话，说林洞村的戴书记正在他家商量茶厂的事，邀请史建强过去。

这可是个好机会，史建强一直在思考，如何突出茶叶合作社"自然生态"这一优势。为此，他有了一些想法，也正想和潘永辉沟通一下。

史建强和潘永辉谈了五个方面的问题：一是产地原生态，江竹村地处元宝山自然保护区，融水是国家级生态原产地产品保护示范区。二是原料原生态，村民种的茶树一定不能打农药、用化肥，而是用有机农家肥，病虫害采用自然生态方法解决。三是加工原生态，一定要有手工炒茶师傅。四是包装原生态，建议外包装用小竹筒，内包装用可降解的油皮纸，要解决密封和保鲜的问题。五是销售策略，绿茶允许一年内免费换货，同时向自治区、柳州的党政机关、星级宾馆、驻京办赠送一定数量的茶叶；逢重要节日赞助一些茶叶，再给广西籍的娱乐圈明星邮寄一些茶叶。

几个人一边聊茶、谈茶，一边喝茶、品茶。谈完之后，史建强回到村委已经是凌晨1点多。

喝了茶一时睡不着，史建强索性起来写订单农业方案，顿觉文思泉涌，终于拟出了大框架。

■ 脱贫心切，月黑风高走野坟

按照县里规定，一个干部最多帮扶 5 户贫困户，而史建强要帮扶 8 户贫困户。也就是说，作为第一书记，史建强不但要带领全村贫困户脱贫，还要具体帮扶 8 户贫困户。

史建强用了一下午时间，整理并熟悉 8 户贫困户帮扶手册的资料。8 户贫困户中，3 户已经脱贫，另外 5 户贫困户，4 户计划 2017 年脱贫，1 户计划 2018 年脱贫。史建强看完资料后发现了一些问题：一是年度收入有问题，有的贫困户 2015 年人均收入四五千元，2016 年却变成了一两千元；二是林地面积有问题，大东江屯人均林地面积 17.3 亩，但从手册看，每户的林地面积只有 1 至 3 亩，有的甚至没填写；三是致贫原因和帮扶措施对不上号，因学致贫的写成帮扶生产，因残致贫的写成危房改造等；四是部分贫困户的人均年收入已经超过了脱贫指标，还在享受低保、帮扶。

史建强决定把这些问题向安宁乡领导汇报后再请示进行修改。

一天晚上，史建强到帮扶对象潘捷家入户调研。潘捷家四口人，夫妻俩和两个儿子，因学、因病致贫。老大在融水民族中学读初二，成绩很优秀；老二 7 岁，在乡中心小学寄宿读一年级，每周回家一次。老大生活费每月 500 元，老二寄宿费每月 400 元，家里主要经济来源靠潘捷在乡周边建筑工地务工，爱人在家务农。今年爱人本来想出去打工，但潘捷在去年底诊断出肾结石，左边四颗，右边三颗。家里养了一匹马作为劳力。一家四口享受低保。村里照顾潘捷，聘请他做了护林员，一年有近万元收入。

史建强问："目前你最希望得到什么帮助？"

潘捷说："希望尽快把大东江屯到河牛屯的路修好。这条路牵涉到好几个屯的人，大家进进出出都不方便。"

史建强问："你在建筑工地做工，有没有技术证书？"

潘捷说："没有，希望能组织培训，我一定积极参加。"

史建强认真记下了潘捷的想法和诉求，两人交谈了近三个小时，史建强心里对潘捷家的情况有了底，脱贫并不难。

郑明社 61 岁，左手残疾，干不了农活，老婆常年卧床，还患有高血压、心脏病等多种慢性基础疾病。只有一个儿子是劳动力，现在融水县城跟着一个湖南老板走街串巷卖衣服，农忙时再回来务农。家里什么都没养，收入微薄。

郑明社的老婆很久没去看病了。史建强答应他，帮他家落实低保，并叮嘱他赶快带老婆去看病，并留好发票，以便申请医疗补助。

回到村委，史建强得知与县委组织部联系加盖村委楼项目有了进展，13 万元的项目款已经到了乡财政所的账上。这是史建强来到江竹村后争取到的第一个项目，他感到很兴奋。

第二天，史建强与潘秀峰等四人到白竹屯进行重点贫困户入户走访。

84 岁独居老人马兰妹的家是深度贫困户，日子过得紧巴巴的。史建强决定要帮她做三件事：申请救济米，低保从 B 级申请调到 A 级，解决电视的问题。

潘善年是江竹村的老党员，今年 79 岁，有 50 年党龄。前年，小儿子的媳妇生小孩花了不少钱，现在小孙子两岁半了。去年申请了小额信贷，家里日子越过越好了。

潘学成的爱人患尿毒症，去年村里帮他申请了大病补助，能减轻一些负担。如今已脱贫。

这天晚上，史建强等人一共走访了 5 户贫困户。其中，有 2 户贫困户家四周都是坟地，离开时天已黑透。清明节刚过，四周大大小小几十个坟头，上面都插着松枝，挂着纸钱、白纸花，风吹过，沙沙沙、哗哗哗地响。

史建强穿过坟地时没说话，但心里有点瘆，如果没点心理素质，还真不敢一个人走。

天气有些闷热，史建强的衬衫后背都湿透了，也不知道是热的，还是被吓的。他回到村部时已是夜里 10 点了。

■ 医疗扶贫，天使苗寨传大爱

难得一个晴天，由于房间里潮湿，被子上全是湿气，晚上睡得很不舒服，史建强把被子拿到楼顶晒。拿晒竿时，他不小心被竹竿割破了手，搞得床单、被套上都是血。他捂着手指到村委办公室，想找块纱布包扎一下，找了半天都没找到。

血还在流，史建强碰到一个村民，问哪里可以包扎一下。村民说，要到乡卫生院。史建强暗暗叫苦，从江竹村到安太乡卫生院有 9 公里路，这一来一去要耽误好多时间。

　　史建强想，如果村里有人要看个小病、包扎伤口，都要到9公里外的乡卫生院，太耽误事了，为什么不在江竹村配备一个村医务室呢？

　　史建强找到潘秀峰询问情况。潘秀峰说："江竹村村民日常看病十分不方便。村里原有个医务室，因为缺医少药，无人来当医生，就关闭了。安太乡卫生院是最近的医院了，条件也一般。如果想从村里到县城，一天只有几趟班车经过，单程就需要耗四五小时，更麻烦。"

　　史建强想，这事还得向后援单位反映，看看他们有什么办法。

　　经西北工业大学扶贫领导小组研究后，认为只有让江竹村村民就近就医，才能真正改善就医状况，决定帮助江竹村建设一个家门口的医务室。学校医院党政联席会商定，由副院长、主任医师郑莉莉一行两人的医疗扶贫小组，专程前往江竹村送医送药，进行专职培训，开展医疗扶贫，将学校师生的深情关爱送到大山深处的乡亲们身边。

　　西北工业大学医院还为江竹村捐赠了总金额近4万元的心电图机、雾化吸入器、血糖仪、血压计等医疗设备，以及价值3000多元的常用药品。

　　医疗扶贫小组一到达江竹村白竹屯，还来不及休息，就被乡亲们的热情所包围。闻讯赶来的安太乡书记、乡长及主管卫生的副乡长、安太乡卫生院的医护人员和众多的乡亲，早已等候在村综合服务楼前，热烈欢迎西北工业大学医院医疗小组的到来。

　　史建强握着郑莉莉的手，激动地说："对于江竹村的老百姓来说，你们送来这些医疗设备和药品，真是雪中送炭啊。"

郑莉莉到达江竹村后，对村医务室的整体布局、基本诊疗条件配备、医疗服务项目开展、必备药品品种等进行了统筹安排。同时，她还与史建强达成共识，西北工业大学医院将无偿援助村医务室所需的基本物品，并承诺再捐赠其他设备仪器，使村医务室的就诊条件得到较大的改善。

郑莉莉详细了解了江竹村的人员结构、医疗卫生状况及常见病、老年病发病情况等后得出结论，当地人的健康整体状况不容乐观。

史建强也了解到，在江竹村因病致贫、因病返困的农户不在少数，群众缺少医疗服务的情况比较突出。因此，他们俩一致认为，解决农村贫困人口无钱治病、无力就医的问题，是挖掉"穷根"的一道良策。

有了医务室，还要培养村医。村里条件简陋，基本上没什么人肯学医当医生，更没有年轻人想回到村里来，要想找个人当村医很难。郑莉莉对史建强说："你得想办法找个人来做村医，否则，这么多设备和药品没人会用，那不就成废品了。"

史建强把村中的年轻人都想了一遍，还真想到一个人。

史建强去过贫困户潘庆高家调查核实相关情况。潘庆高一家四口，大女儿潘秋燕19岁，委培读了县卫校（中专），现在乡卫生院实习，2017年7月毕业；二女儿10岁，在乡小学读四年级。潘庆高嗜酒，把身体喝垮了，上个月出现脑梗，在语言含混、神志不清的情况下，到医院检查确定为高血压3级。全家的生活来源仅靠潘庆高爱人在广东打工维持，因为潘庆高生病，爱人不得不中断打工，从广东赶回了江竹村。

史建强在调查时，得知潘秋燕想继续读大专，潘庆高和爱人都说支持，但家里没钱，上不起。

史建强决定找潘秋燕本人谈谈。潘秋燕说，她想上大专，家里困难，问能不能给予资助。潘秋燕把中专毕业证、大专录取通知书和乡里医院的实习证明等资料，给了史建强。

也算是缘分吧，史建强把潘秋燕介绍给了郑莉莉。

潘秋燕因所学知识有限，仍无法胜任村医的岗位，独立开展工作。郑莉莉决定帮助潘秋燕。

医疗扶贫小组到达江竹村后，马不停蹄地在三个村屯分别进行了义诊。在诊疗活动中，郑莉莉专门把潘秋燕叫到身边，手把手地示范教学。

"小潘，你来摸一下，两侧淋巴结大小是不是一致，不一致代表什么？"

"卡托普利在给女性使用时要注意，可能会引起咳嗽。"

……

有名师指点，潘秋燕也认真学习，她将每个村民的诊疗情况和用药情况一一记在小本上，如获至宝。

白竹屯是苗族聚居区，大东江屯、甲坡屯是壮族聚居区，当地村民一般使用民族语言，大多数人听不懂普通话。现场交流成为义诊活动首先面临的困难，即便是要求村民做一个常规的吞咽动作，郑莉莉也要通过语言加肢体动作，表述好几次才能实现。于是，跟在后面学习的潘秋燕又多了一个新的身份——医疗扶贫小组的驻地翻译。

可是，医疗扶贫小组总是要走的，离开之后怎么办？后续问题怎么解决？史建强找到郑莉莉："郑院长，你们走了，小潘暂时还顶不上来，这些仪器与设备不又要蒙灰了吗？"

郑莉莉说："医疗扶贫应该是全方位的，不仅仅是送些药品、设备那么简单，更重要的是，要着力培养当地医生，真正提高当地医疗水平。"

郑莉莉及时将江竹村的情况及史建强的意见向学校医院院长巨安丽和党总支书记李辉汇报。学校医院决定，安排潘秋燕到西北工业大学医院进行有针对性的培训学习，并为潘秋燕解决在西安的住宿问题，同时提供学习期间的生活补贴。

史建强来到潘秋燕家，把这个好消息告诉了她。潘庆高一家听到这个消息，都感到很高兴。

史建强说："秋燕，学成之后回到江竹村，你就是乡亲们健康的守护人，还是学校医院与江竹村医疗扶贫的联系人了。"

美丽的江竹村民风淳朴，村民们路不拾遗、夜不闭户的美好品质，给郑莉莉留下了极深的印象。

郑莉莉坚定地表示，我们一定会再来，学校医院的医疗扶贫一定会继续深入。

史建强说："学校医院的医疗扶贫，不光是为老百姓看病送药，还为我们江竹村培养医生，留下了守护群众健康的好苗子，这是从根子上帮扶啊。"

江竹村医务室是安太乡第一个村医务室。村医务室的建成，与史建强书记的努力分不开。学校的医疗扶贫是扶健康、扶未来，更是扶江竹村村民的希望之心。

■ 元宝山下，三种产业谱新篇

史建强到江竹村后，有一个问题始终没有解决，那就是他的交通工具一直没有着落。两年来，他主要靠村干部和村民用摩托车带着他进村入户，村干部要是不在家，他就只能靠两条腿走路了。

为了寻找适合的产业，史建强到电商石秋香那里了解农产品的收购情况。石秋香经销的农产品比较多，史建强颇有收获，对红薯、水瓜、大头笋等种植项目的产量、收购价都有所了解，还请石秋香抽空到村里进行宣讲。

通过和石秋香交流，史建强发现，他刚到融水时就想到的竹筒米酒项目，由于涉及食品生产认证和生产许可证等问题，并不适合在江竹村发展。这让史建强有点灰心。

在史建强的努力下，黑木耳种植作为江竹村的脱贫重点产业，得到了安太乡政府和西北工业大学的大力支持。2017 年 6 月 19 日，江竹村与广西禾美生态农业股份有限公司签订黑木耳种植合作协议。

该项目由安太乡政府、西北工业大学共同出资 20 万元，群众筹资 5 万余元，与禾美公司合作，共同打造江竹村黑木耳种植集中示范区。

通过"公司＋合作社＋农户"的运行模式，连片种植，分户管理，种植黑木耳 10 亩 8.3 万菌棒，参与贫困户 64 户 240 人，预计年产木耳 7500 公斤，产值 40 余万元。禾美公司不但为江竹村提供菌种和技术培训，还承诺采取多种销售模式进行兜底销售。

面对村子里那么多的贫困户，史建强深深感到，改变这一切，还得靠发展产业。黑木耳项目成功上马后，接下来要做什么，选择很重要，需要科学决策，而不是凭空想当然，得寻求智力支持，请专家来论证才行。

史建强把"江竹村种什么能够脱贫致富？"的课题，交给了后援单位，请他们帮忙。

西北工业大学邀请了著名旅游规划专家、陕西省旅游设计院党委书记、院长崔宁，以及陕西建筑科技大学的专家，还有一些发展产业的专家，前往江竹村考察，并提出一些规划或建议。

专家们不计个人得失，不辞舟车劳顿，来到江竹村，经过几天考察，拿出了他们共同研究形成的扶贫发展方案。

史建强根据专家的方案，选择了一些适合当地发展的产业，归结起来就是"三种产业"：第一种是茶叶，是规模最大的产业；第二种是灵芝，林下经济；第三种是木耳，通过这三种产业的发展，带动全村贫困户脱贫。

2017 年 11 月 19 日，西北工业大学党委书记张炜、校长汪劲松一行在史建强等人的陪同下，来到江竹村考察了"深山美"灵芝种植专业合作社、黑木耳种植专业合作社、"林泉"茶业专业合作社，与合作社带头人交流，了解合作社运营、生产和带动贫困户的情况，并专程看望贫困群众，查阅江竹村建档立卡贫困户档案资料。

2017年11月19日，西北工业大学党委书记、校长来江竹村检查慰问木耳基地

帮助结对帮扶贫困户收稻谷

苗族人治茶已经有上千年历史。江竹村的苗族老人，如今仍然会手工炒茶。在炒茶时，大家还会一起唱苗歌，他们把浓浓的苗族文化融入了茶叶中。专家们就是根据江竹村这一特点，制定了发展茶叶产业的方向，并帮助成立了江竹村的茶叶品牌。现在茶叶产业每年能为江竹村带来 100 多万元收入。

村委会副主任潘永辉夫妻在江竹村大东江屯办了个茶厂。以前他一直以小作坊的形式经营，市场营销和推广是一大难题。史建强到来之后，多次联系专家进村指导，建议潘永辉把纸质包装改为更精致、更有特色的竹木包装，并通过西北工业大学庞大的校友圈资源推广他们的产品。

江竹村的茶叶生意如今很红火，茶叶年产量也由原来的 1000 公斤提升到了 5000 公斤。"驻村书记朋友圈卖茶"已在西北工业大学传为佳话。

潘永辉的感激之情溢于言表："史书记对我们茶厂的扶持力度非常大，给我们带来了很多的订单。"如今，潘永辉夫妻的年收入由原来的 1 万元增至十几万元。

看到村民增收，史建强感到由衷的喜悦，他说："村民们在热火朝天地干活，他们收入增加，使得我们干部的信心增强，发展的步子迈得更快，江竹村的发展也更有希望，这是我最大的幸福。"

史建强意识到，从特色农产品出发，发挥江竹村的生态优势，是江竹村发展的主线。为此，他为江竹村制定了发展规划：近期目标是产业富民，长远目标是旅游兴村。特色产业是发展乡村旅游的基础。在史建强的计划中，下一步将为江竹村的乡村旅游做好规划，给游客提供一个更好的体验，既有自然景观，也有生态产业园，可来茶园游玩、采摘灵芝等，打造特色农业产业园区。

但是，有些贫困户还需要进行思想脱贫和精神脱贫。让贫困户从观念上脱贫，这也是一个攻坚的难题。史建强说："观念的转变需要一个过程。要激发农民的主动性，就得让他们看到周围一部分农民先富起来，看到别人拿着一沓钱数的时候，他们就会有主动性了。潘永辉他们不仅有想法，也真真切切地付出了劳动。别人喝酒的时候，他们在种茶；别人还在喝酒的时候，他们又在采茶。"

灵芝是著名的药材，以林中生长的为质量最佳、药效最高。江竹村自然条件十分优越，村里长有野生灵芝，但是数量稀少。史建强决定，在江竹村发展灵芝产业，带动大家脱贫。

潘美玲是大东江屯人，现居广州。潘美玲算是外出务工回乡创业的典型，很有想法，也很有魄力。她去年与融水县山源生态农业综合开发有限公司合作成立了灵芝种植专业合作社。

在史建强的发动下，江竹村入社贫困户 17 户 37 人，2017 年租了 20 亩地，租期 10 年，共购买了 2 万灵芝菌棒，投资近 30 万元。

史建强经常到灵芝试验种植基地实地察看菌棒情况和种植过程，向潘美玲请教灵芝种植的技术要求和环境要求，询问灵芝菌棒的来源、品质、销售渠道等情况。

史建强问："有没有打算扩大灵芝种植的规模呢？"

潘美玲说："当然想啊，我打算每年增加 2 万菌棒，不断扩大规模，带动村里的灵芝产业。"

史建强又问："目前合作社经营有什么困难吗？"

2018年3月30日，西北工业大学帮扶广西融水（江竹村）产业农产品展销会开幕式

潘美玲说："最大的困难是资金压力比较大，合作社成立之初，政府承诺每吸收一户贫困户给 1 万元的贫困户入股资金和 5000 元的产业扶持资金，但至今没有兑现。"

成立合作社时，潘美玲答应给入社贫困户每年 2000 元分红，且连续给五年。

史建强说："县里、乡里对产业扶持的政策一直在调整，我会帮您去问一下这个事。"

在史建强的帮助下，江竹村的灵芝产业规模不断扩大，如今已经建立了新的 2 号基地。经过村民们的辛勤耕耘，灵芝合作社取得了不错的收益，2018 年底史建强和潘美玲成功召开了分红大会。

江竹村发展"三种产业"的方向走对了。2018 年，江竹村"三种产业"的销售总额突破 500 万元。来到江竹村后，史建强一心扑在产业扶贫工作上。江竹村村民每年每个人分红从两三千元到五六千元不等，不管是多少，大家脸上都布满笑容，那是真心的喜悦。

2018 年底，在史建强的带领下，江竹村实现整村脱贫摘帽，并荣获融水苗族自治县"脱贫攻坚先进集体"称号。

时光如梭，史建强的两年第一书记任期圆满结束，接替他的西北工业大学第三任驻村第一书记方原已经抵达江竹村。

离开江竹村那天，史建强站在村委楼前，极目远眺，眼里满含欣慰和期望。在即将离任的时刻，他的内心写满了对江竹村的牵挂与不舍，还有一腔与江竹父老依依惜别的深情。

史建强对潘秀峰说："潘支书，您让嫂子再给我做碗米粉吧。

我回到西北，基本上就吃不到了。"

潘秀峰拿出一袋干米粉交给史建强，说："这个干米粉您带上，回去给家人也尝尝。吃完了发个信息给我，我们江竹村永远为您供应。"

一袋米粉，沉甸甸的，装满了江竹村人民的深情。史建强知道，不管此生有没有机会再来，他都将永远把美丽的江竹村记在心里。

【采访手记】

我采访史建强老师的时候，他已经回到西北工业大学继续他的本职工作。他告诉我，刚回到原来的工作岗位时有点不适应，有时还会坐立不安。因为他在江竹村的时候，除了看资料，基本上都是在访贫问苦的路上。他说，西北的空气，没有江竹村的清新。工作虽忙，但他心里总是惦记着江竹村，时刻关注着有关江竹村的一切消息。

史建强老师告诉我，在江竹村时，由于村委没有食堂，他的一日三餐都是在村干部或村民家搭伙的。有时，大家都外出办事，他就吃泡面，或者自己来个西红柿炒鸡蛋，一顿饭就解决了。他说："是江竹村的百家饭，让我度过了两年永远无法忘怀的人生时光。同时，我也有了很多新的看法。比如，我们常说中原文化是多么深厚，多么引以为傲。确实，中原文化是深厚，但边远地区的少数民族文化也很独具特色啊。我在江竹村的两年，特别是当我置身江竹村的那些坡会中时，我觉得，这些边远地区的文化是那么的丰富多元，在我们认为的贫穷里，他们唱歌、跳舞、吹芦笙，可以几天几夜，他们是那么的自由快乐。那些美妙的山歌，那些跳动的画面，还时常进入我的梦中。不知为什么，回到西北一年多了，'江竹村'这三个字还时常在我脑海中回荡，挥之不去。那些为了乡亲们脱贫而彻夜不眠的日子，那些为了跑项目、找资金万般无助的情形，现在想起来还是不能自已，还会落泪。"

我问："史老师，您在江竹村的两年，最自豪的一件事，是带领江竹村的乡亲们整体脱贫摘帽吗？"

史建强老师认真想了想，说："不是。当我走在江竹村的路上，村民们都热情地跟我挥手打招呼，没有一个人说不认识我，或者冷眼冷脸待我，这才是我最自豪的。"

扎根瑶乡，大石山里的追梦人

——记马山县白山镇民族村第一书记农建萍

　　农建萍，1983年生，壮族，中共党员，广西壮族自治区档案局四级调研员。2018年3月至今在南宁市马山县白山镇民族村担任第一书记，驻村期间获得2018年度国家档案局优秀科技成果奖三等奖；广西壮族自治区区直机关工委"做黄文秀式的优秀共产党员　打赢脱贫攻坚战"演讲比赛三等奖，广西壮族自治区档案馆"做黄文秀式的优秀共产党员　打赢脱贫攻坚战"演讲比赛一等奖，2020年广西壮族自治区党委办公厅个人三等功，广西壮族自治区2020年春节期间回乡调研报告优秀奖；南宁市委宣传部、南宁市扶贫办"时代新人说——我与祖国共成长"演讲比赛二等奖，南宁市总工会"时代新人说——决胜小康　奋斗有我"演讲比赛三等奖；马山县委宣传部、马山县扶贫办"时代新人说——我与祖国共成长"演讲比赛二等奖，2018年度马山县脱贫攻坚先进个人；2017年至2019年连续三年考核为"优秀"等次。

■ 别夫离女，走马上任民族村

2018 年 3 月 20 日，根据广西壮族自治区党委组织部要求，自治区档案局新选派了三名第一书记，在人事处副处长赖志荣的带领下前往马山，正式开启了新一届驻村第一书记的扶贫之路。农建萍是其中之一。

农建萍是档案学专业硕士，是自治区档案局业务骨干。自 2015 年 3 月起，按照广西壮族自治区党委、政府的统一部署，自治区档案局联系了三个定点帮扶贫困村：南宁市马山县白山镇民族村、民新村和玉业村，并分别向这三个贫困村派遣了驻村第一书记。当时，农建萍正怀有二宝，只能眼睁睁地看着单位里的党员们积极报名，申请担任驻村第一书记。

这是一个火热的时代。一个时代有一个时代的主题，一代人有一代人的使命。农建萍想，如火如荼的精准扶贫战役已经打响，把个人奋斗融入时代大潮，积极投身火热的脱贫攻坚战场，增长才干，奋力实现新时代新作为，那是何等光荣。

看着几个同事走进贫困村，农建萍心里很着急，却因有孕在身，未能报名。

机会总是留给有准备的人。2018 年初，自治区档案局第一批驻村第一书记的两年任期即将结束，第二批驻村第一书记人选开始接受报名。农建萍觉得，实现人生价值的机会终于来了。她在第一时间写下申请报告交给领导，希望能够深入贫困村驻村扶贫。

在众多申请人员名单中，经过档案局领导的综合评估，认为农建萍同志业务能力强、综合素质高，一致同意由她担任驻村第一书记。

农建萍得知申请被批准，心里很高兴。同时也有些许不安，因为这么大的事，她还未与爱人商量，这是典型的先斩后奏，不知会不会招来爱人的批评。还有，两个孩子还小，大女儿5岁，小女儿不到2岁，公公婆婆身体不好，爱人工作也十分繁忙，家中这么多琐碎的事怎么办？全部甩手给爱人吗？

农建萍的爱人叫陈鹏，是广西警察学院的老师。两人是研究生同学，从校园相恋到披上婚纱成为人生伴侣，他们一路相知相守，互相鼓励。

"阿鹏，我想告诉你一件事……"

"什么事？好像很神秘。"

"我们单位几个驻村第一书记回来了。"

"回来好啊，那和你有什么关系呢？"

"我想……我想……"

陈鹏转过身来，看了看妻子，心疼地说："我们在一起这么多年，你那点心思我还不知道？是不是单位已经批准了你的申请，你要下乡驻村扶贫了？"

农建萍吃惊地看着爱人，问道："你都知道了？"

陈鹏说："老婆，你别忘了，我是警察学院的老师，专门教警察的，如果连你那点小心思都看不出来，我还怎么教警察。"

"阿鹏，被你猜中了。只是，家里这样的情况，我真不知该如何告诉你。"

陈鹏想了一下，说："你去担任第一书记，我先表态，坚决支持。这是我们家的一件大事，你当第一书记，我也感到光荣。你安心下乡扶贫，家里的事有我呢。"

爱人不但没有反对，还殷切鼓励，主动承担照顾家里老小的重任，这让农建萍很感动。一句"家里的事有我呢"，让农建萍心里暖洋洋的，心想，有了爱人的支持，一定要好好干，努力工作，不负亲人，不负贫困村的乡亲们。

对于即将赴任的马山县，农建萍并不陌生。此前曾作为帮扶联系人，来过马山很多次。但这一次，心情却大不一样。

她担任驻村第一书记的地方是白山镇民族村。民族村的情况如何？贫困人口有多少？从哪里着手扶贫？怎么样才能带领大家脱贫致富？……从南宁到马山，短短两小时的车程，关于民族村的无数个问题，在农建萍的脑海中不断闪现。

到马山的第一站，是去白山镇政府报道。镇党委书记蓝吉录热情迎接农建萍一行，并把民族、民新、玉业三个村的大致情况向第一书记们做了简要介绍，让每位第一书记对各自的村情有个基本认识。

蓝吉录说："各位第一书记都是单位的精英人才，否则组织就不会把你们派到我们这大石山区挑大梁。我们要把参加脱贫攻坚工作当作参加战斗一样，要有强烈的光荣感和责任感。……"

农建萍表态说："蓝书记的激情演讲，让我精神振奋，深受鼓舞。让我们抛头颅、洒热血的战争年代已经过去，现在，摆在我们面前的任务是怎样打赢脱贫攻坚这场战斗。号角已吹响，党委和政府是这场战斗的指战员，我们第一书记就是冲锋陷阵的排头兵，我们要用过硬的素质、扎实的作风，换取群众的脱贫致富。"

农建萍前往第二站——派驻的民族村报道。

民族村党总支书记蓝生敏、前任第一书记廖彬团召集全体村干部开座谈会。廖彬团为农建萍和村两委干部先互相做了介绍。见面会比较简单，没有多少客套话，大家的话题直击扶贫。

蓝生敏首先介绍了民族村的情况。民族村位于马山县城东南方向，距县城约 7.2 公里，地处大石山区，九分石头一分地，全村 678 户 3114 人，建档立卡贫困户 371 户 1652 人，是国家级贫困村。在民族村总人口中少数民族人口占 83.5%，是布努瑶族、壮族聚居地。

村委副主任、文书罗荣光说："脱贫攻坚不是要搞数字脱贫和自然脱贫，最重要的是，让老百姓得到真真正正的实惠，提高他们的满意度。"

农建萍说："是啊，如果我们不能帮助贫困户解决吃、穿、住、行等最基本的生活需求，不能通过产业带动他们发家致富，我们的乡村振兴又何从谈起？脱贫攻坚战是一场没有硝烟的战争。我既然来了，就下定决心，与大家共同努力，让群众由衷地竖起拇指，让百姓真心感到满意。"

见面会后，农建萍走到村外，想看看民族村的周边环境。走着走着，过了坳口，抬头远望，还是连绵不断的山峦。

■ 书记访贫，民间疾苦记心间

2018年3月21日，这是农建萍担任驻村第一书记的第一天。早上，农建萍正式穿起红马甲，挂牌上岗。刚进入办公室，农建萍就接到上级电话，说广东茂名市粤桂旅游扶贫协会将要到民族村弄着屯开展扶贫慰问活动。这是农建萍作为驻村第一书记，第一次在群众面前正式亮相。

广东茂名市是马山县结对帮扶市，粤桂旅游扶贫协会以前曾到弄着屯开展过帮扶活动，看到屯里群众生活非常困难，就陆续寄来资金、衣服等物资，帮助群众解决生活难题。这次，他们又寄来了2000元，让县旅游局代办，换成大米，发给弄着屯的27个贫困户。

大米虽不多，但对常年以玉米为主食的弄着屯村民来说，无疑已是一份大礼了。看到村民们扛着大米兴高采烈的样子，蓝生敏对农建萍说："农书记，你到民族村第一天，就给我们村带来这么一份大礼，你是我们村的福星啊！"

农建萍说："茂名人民的一片心意我们记在心里了。等脱贫摘帽之后，我们也带上村里的土特产去感谢人家。"

农建萍一开始还有些不习惯，因为她从小到大一直生活在城里，从未接触过山村的村民。可现在，面对陌生的村民，听着陌生的瑶话，她决定尽快融入村民之中，适应这里的工作环境。

农建萍换下连衣裙、高跟鞋，穿上运动鞋，挨家挨户上门走访，了解村民需求，为整村脱贫问诊把脉。

农建萍决定先入户走访弄着屯的贫困户，因为弄着屯是民族村最远、最穷的屯。那里地少人多，水资源匮乏，但一到雨季，雨水却无法排出，容易造成内涝，玉米经常颗粒无收。由于水土环境不好，村民经常患有骨头方面的疾病，让贫困的家庭雪上加霜。

农建萍走进贫困户罗胜缺家中，眼前的一幕，让她的心情一下子沉重起来。户主罗胜缺与妻子均患有精神疾病，由于遗传，孩子精神上也有些问题。一家四口，没有经济收入，靠低保维持生计，更无能力建房。罗胜缺的弟弟建房后，出于兄弟情，分了一间给罗胜缺一家居住。四口人挤在一个十几平方米的房间里，床是歪歪斜斜的木床，床头挂着破旧不堪的衣服，房间外用木头搭建了一间简易厨房，走进去一看，刚做好的饭是一团黑乎乎的红薯饼。

这一切，农建萍看在眼里，难过在心里。这样的生活，生活在城市里的人们根本无法想象。农建萍心里明白，脱贫重担沉甸甸的，漫漫扶贫路任重道远！

次日，农建萍与村两委干部一起，前往石烈、下荒、龙茂、干红、弄怀等村屯走访贫困户，了解2018年77户未脱贫户的具体情况。

罗建玉家。40多岁的罗建玉，因酒后驾车出了车祸，两条腿上打满钢钉，治疗费已花去十几万元。据医生估计，左腿可能要截肢。而罗建玉的妻子因患病也无法外出打工，突如其来的意外，使得这个原本已经脱贫的家庭，又掉进了贫困的旋涡。

罗绍标家。两个年过七十的老人，抚养着一个30多岁的智障儿子，家庭收入仅靠一点玉米、一头母猪、几只土鸡。农建萍问：

"为什么不多养点鸡？我可以帮你们申请以奖代补。"老人无奈地回答："我也想多养些鸡，可是养多了，我家没有那么多的玉米来喂呀。"听了这话，农建萍觉得无比心酸。她想，这样的家庭要想脱贫，看样子单打独斗是不行的，还得抱团取暖，加入合作社是个不错的选择。

韦保川家。这是一栋破旧的房子，墙壁已开裂，80多岁的妈妈是个盲人。由于家庭贫困，韦保川至今还未成家，生活十分困难。

袁绍春家。这个所谓的家其实只是竹草搭成的茅草屋，仅6平方米。里面至今没有通电。锅、灶、床铺均在这个小茅草屋里，晚上还有蛇、鼠出没。房子如此低矮，真担心哪天做饭时，不小心把房子给烧着了。

罗建广家。据蓝生敏介绍，为赚钱养家，罗建广夫妻都外出务工，留下分别为10岁、8岁的两个女儿在家。两个孩子每天自己做饭，还要走一两公里的路上学。虽然常年见不到爸爸妈妈，孩子却特别懂事，成绩很好，墙上贴着好几张奖状。贫穷的孩子早当家，一张张奖状就是最好的装饰画。

通过这一天的入户走访，农建萍才明白，什么叫深度贫困户。所到之处，都让从小生活在城市里的农建萍感到触目惊心。因学、因病、因灾，缺水、缺地、缺资金、缺技术，等等，各种致贫原因都有。幸福总是相似的，不幸的人却各有各的不幸。

带领他们脱贫致富，是驻村第一书记必须完成的任务，更是一名共产党员无法推卸的责任。那一刻，农建萍感觉肩上的担子更加沉重了。

但是，农建萍发现，民族村也并非一穷二白。在前任第一书记廖彬团的带领下，民族村已经有一些合作社，其中经营比较好的有龙源种植专业合作社、元通山牛养殖专业合作社。龙源合作社的负责人蓝廷丰，是返乡创业的致富带头人，目前已经种植196亩桑苗，建起800平方米的蚕房，下个月就正式开始2018年第一批桑蚕养殖。元通山合作社的负责人是民族村村委副主任罗荣光。当村干部，罗荣光是能写能讲的好手；建合作社，他又是能种能养的行家里手。合作社目前牛栏面积800多平方米，养殖牛崽33头。

这两个合作社是民族村集体经济的主要来源，也是民族村整村脱贫的希望。农建萍心里有了底，合作社是非常有效实用的经营方式，一个合作社建成后，可以带动一大批贫困户脱贫致富。她心中有了想法，接下来，将重点打造村民合作社，以此为龙头，实现整村脱贫。

农建萍来到民族村后，经过调查得知，目前还有77户271人未脱贫，贫困发生率8.99%。贫困户脱贫需要达到"八有一超"的标准，整村脱贫摘帽必须达到"十一有一低于"的标准。经过廖彬团的两年努力，能力强、条件较好的贫困户已实现脱贫，接下来就是到了攻坚拔寨、啃"硬骨头"的阶段，帮助剩下来的贫困户脱贫。

■ 瑶山脊梁，熠熠生辉"三同路"

农建萍来到民族村不久，与蓝生敏等人一起到弄着屯入户走访时，忽然看到路边立着一块石碑，上面写着"三同路"。

农建萍很好奇，就问蓝生敏，三同路有什么由来。

蓝生敏看着眼前的三同路，思索良久，说："这条路，是我们弄着屯的精神之路。我们民族村能够一步一步不断向前发展，其中一个重要的原因，就是有这条三同路。"

农建萍更加好奇了，问道："这么说，这条三同路还有一段故事？快说来听听。"

"岂止是一段故事。"蓝生敏说，"我们沿着这条路往前走，我来告诉你三同路的故事。"

弄着屯地处大石山区，四面环山。自古以来，只有一条弯弯曲曲的盘山小道与外界沟通。

山间小道凹凸不平，如同搓板，常常是"晴天尘扬扬，雨天水汪汪"。村民每次要走出弄着屯，都要在这条路上颠簸一天，苦不堪言。

村民们强烈希望能修一条通往外界的公路，可要修通的这条路，有80%的路段要穿崖而过，整个工程设计造价预算达80万元。

当时的民族村村委会主任、弄着屯党支部书记韦庆伦，村民们都称呼他为"瑶王"。韦庆伦为了筹钱，多次到县里求助。在等待中，韦庆伦决定先干起来。他首先动员党员干，然后动员群众一起干。

开路没有钱，韦庆伦就带领屯里一帮年轻人到南宁七坡林场打工，挣工钱来买炸药、钢钎、小推车等。筑路的那段日子，韦庆伦天天泡在工地上。那时的生活条件艰苦，饿了只能喝点玉米粥，困了就在工地上随便找个地方躺一躺。

弄着屯的村民们在恶劣的自然环境中开山凿壁。韦庆伦经常腰系绳索吊在半山腰打炮眼、装炸药。在他的带动下，弄着屯的村民们齐心协力，2004 年 6 月 24 日，全长 5.7 公里的弄着砂石公路终于建成通车。

这是马山筑路史上的一大奇迹——用 17 万元做好了 80 万元的工程。弄着屯终于打开了一个缺口，由闭塞变成畅通。弄着屯因此成为南宁市委党校的党员领导干部党性锻炼（教学）基地，每年都有很多各地的党员干部来弄着屯学习，深入生活。最远的中青年干部学员来自浙江杭州市委党校。远道而来的学员们都为这条不到 6 公里的山道惊叹不已。

路是通了，但只是砂石路，路面上行车仍颠簸不已。2010 年，南宁市"十一五"中青年干部培训班的各期学员在南宁市委组织部的支持下，由市委党校组织，来到弄着屯开展党性锻炼活动，亲身体验农村基层的农民生活。学员们看到弄着屯的山道还是砂石路，村民进出、行车很不方便，决定将砂石路改造为水泥路。

学员们和弄着屯群众一起，同吃、同住、同劳动。一个学期的学员没完成，下个学期的学员接着干。一截一截的水泥路，像接力赛一样不断延伸。党员和群众克服种种困难，终于修通了弄着人走向外面世界的平坦大道。为纪念这条 6 公里水泥路的不凡历程，村委会决定，将之命名为"三同路"。

农建萍完全被"三同路"的故事吸引住了，她仿佛看到韦庆伦腰系绳索在半山腰打炮眼、装炸药的情景，看到中青年干部培训班的学员们为了修筑这条路，与村民同吃、同住、同劳动那个热火朝

带领民族村、玉业村、民新村村两委干部、驻村工作队员到自治区档案馆开展党日活动，图为农建萍带领党员重温入党誓词

组织党员、群众、学生举行"同唱一首歌 同升一面旗 我为祖国送祝福"活动

组织民族村党总支与邮储银行马山支行、武鸣区分行党支部举行基层党组织"共建 共享 共进"活动

组织村干部、驻村工作队队员深入干红屯开展秸秆禁烧和扬尘防治工作，助力打赢蓝天保卫战

天的场面。她对蓝生敏说："三同路的故事所体现的是我们民族村人可贵的愚公移山精神，这是我们最宝贵的精神财富，最强大的精神源泉。在脱贫攻坚战役中，我们要把这种精神发扬光大。"

三同路的故事深深感动了农建萍。她在三同路上发现了一种难能可贵的精神，她敏锐地意识到，这种精神在脱贫攻坚战役中，将会释放出强大的能量。

农建萍和蓝生敏商量，决定把三同路保护好，同时大力开展党课现场教育。三同路不只是让外地党校学员来参观学习的，本村党员干部得天时地利之便，更应该主动来学习，重温先辈的创业史，学习他们不怕困难、主动担当的奋斗与开拓精神。

农建萍深刻认识到，只有把基层党组织的堡垒作用、组织作用、引领作用充分发挥出来，才能不断攻坚克难，民族村的脱贫任务才有希望完成。

在农建萍的提议下，民族村两委讨论决定召开第一次全村党员大会，由农建萍给全体党员上一堂党课。为此，农建萍做了大量准备工作，她利用在单位工作时的档案专业知识，找照片，找资料，从早上一直忙碌到凌晨2点半，才把课件做好。

经过几天的筹备，民族村2018年第一季度党员大会暨扶贫工作队队员见面会正式召开，镇党委书记蓝吉录、扶贫工作队分队长兰振荣参加会议。农建萍的讲话题为"弘扬弄着精神，做合格共产党员"。她特别讲述了三同路的故事。她说："这是我们前辈的开拓进取精神，他们在物资匮乏的情况下，白手起家，赤手空拳，硬是开通了一条通往山外世界的大道。现在，我们有各种政策扶持，还有各种资金帮助，我们有什么理由，不能开出一条脱贫致富的康庄大道呢？"

这是一堂生动的党课。在讨论会上，农建萍提出了学习弄着精神，集中民智，凝聚民心，全心全意为群众谋利益，逐步走出一条"党建＋扶贫"的新路子。在整个会议过程中，参加会议的党员没有一个人走动，大家都在认真地倾听。

会后，农建萍提出了一个党建工作新思路，名为"两培方案"，即把党员培育成致富带头人，把致富带头人培育成党员。农建萍与村干部一起对民族村进行了摸底排查，把素质好、能力强、有奉献精神的返乡创业人才罗荣光、蓝家克等五人作为重点培育对象，参加致富带头人培训，成立了四个合作社，主要发展种桑养蚕，种植桃子、李子、大青枣、梨、沃柑，养牛等产业。同时，把村委文书、党员罗荣光培育成养牛致富带头人，鼓励致富带头人蓝家克加入中国共产党。

为了提高种养技术，农建萍还鼓励致富带头人安排好自身产业，积极参加县里组织的各种技能培训，开阔眼界、增长见识，提高产业发展的能力。

民族村有个老党员叫罗盛德，2013 年因车祸致四级残疾，行动受到很大限制。但每逢参加组织生活，罗盛德就让儿子用摩托车把他送到村委，参加活动后才去务工。白山镇组织各村屯成立"党员突击队""党群同心服务先锋队"，罗盛德与龙朝屯屯长迅速组织了本屯党员、年轻群众，成立了本屯的"党群同心服务先锋队"，配合村委开展脱贫攻坚和乡村建设，他自己还穿上志愿者的服装，与队员们一起开展屯内卫生整治、保护本屯环境等力所能及的工作。

2018年以后，罗盛德的身体每况愈下，精神时好时坏，已很难再参加组织生活。于是，每逢驻村工作队和村干部到屯里召开群众会议，农建萍基本上都选择在罗盛德家门口的空地上，原因一是那里场地大，二是他在屯里的威望高，群众都乐意在那里聚集。每逢此时，罗盛德总是热情地拿出自家的桌椅板凳给群众，还让家人帮忙挂横幅、发放宣传资料。开会时，他也总是默默地坐在旁边听，认真地看宣传资料，了解村委的工作。

2019年4月17日，与罗盛德一个屯的老党员袁绍南病逝，在葬礼上，罗盛德看到了作为一名党员的荣誉——由村党总支部赠送的花圈，一个想法也在他心里萌发。

2020年4月初，罗盛德病重，无法进食，长时间陷入昏迷，儿子按照当地的风俗，将他的床板放到地板上，开始准备他的身后事。

4月2日下午，昏迷许久的罗盛德突然有了片刻的清醒，他让儿子到他的房间寻找他的党徽，并叮嘱儿子一定要让他戴着党徽离开这个世界。

可是，儿子翻箱倒柜找了好几遍，也没能找到他的党徽，无奈之下只能向村委求助。

农建萍知道这个情况后，立刻带上牛奶、水果，还有一枚崭新的党徽，来到罗盛德家看望。农建萍亲手把党徽别在老人的胸前，鼓励他说："罗叔，等您病好了，再来参加我们的组织生活！"

已似弥留之际的罗盛德艰难地说出了几个字："谢谢组织。"

罗盛德用颤抖的手摸着属于自己的党徽，露出了心满意足的微笑。

过了一段时间，农建萍正在村里召开党小组会议，忽然看到会议室门口有一个人颤巍巍地走进来。农建萍看清来人时不由大吃一惊，因为来人正是以为即将离世的罗盛德。

她问："罗叔，您怎么来了？"

罗盛德说："开党小组会，我怎么能不来。"

谁也没有想到，农建萍为罗盛德戴上党徽，仿佛给他打了一剂强心针，他居然慢慢好起来了。

在民族村，像罗盛德这样的老党员还有很多很多，他们没有做过什么惊天动地的大事，却把自己的青春和汗水奉献给了全村的村民。

如今的民族村在党建各项工作中成绩斐然，全国综合减灾示范社区、自治区文明村、自治区五星级基层党组织、自治区先进基层党组织、村民自治模范村、南宁市先进基层党组织、南宁市无走私示范村、南宁乡村振兴（生态综合）示范村、马山县先进基层党组织……这一项项荣誉，既是民族村的无上荣光，也是无数党员不忘初心、牢记使命，恪尽职守、甘于奉献的历史见证。

特别是在决战决胜脱贫攻坚战役中，农建萍十分注重发挥党组织、农村党员的先锋作用，依靠"一组两会"，成立了"党员突击队""党群同心服务先锋队"，形成了支部引导、党员带头、群众主体的工作局面，激发了群众的积极性和创造性。

■ 因地制宜，火力全开战贫困

经过一段时间的入户调查，农建萍已经摸清了民族村的家底。农建萍与村两委干部一起，共同研究如何让民族村脱贫摘帽的对策，最终决定，因地制宜发展特色产业，结合乡村旅游，打造出一条产业致富的新路子。

在产业方面，农建萍调研了金诚农业种植专业合作社，决定与这家合作社签订协议。金诚合作社与新村屯合作，拿40多亩沃柑进行提质升级，合作社运营如今蒸蒸日上，越来越好。

在发展经济方面，农建萍广开思路，想了很多办法，如"先富带后富、共同奔小康"等，采用"合作社＋贫困户＋村集体经济"的模式，以产业发展为手段，带动贫困户脱贫致富。在此基础上，鼓励贫困户通过土地流转、土地入股、资金入股、务工、产品回收等方式，加入致富带头人创办的合作社，提高贫困户的收入。

2018年以来，在农建萍的带领下，民族村共有97户贫困户通过土地流转获得分红，年增收300—700元/亩；贫困户到合作社务工，四个合作社年用工3000多人次，带动贫困户增收5000元以上，促进了118户贫困户增收。

农建萍通过鼓励合作社创建特色产业扶贫示范园、资金投入合作经营的方式，带动村集体经济的增长。2018年村集体经济收入为12.295万元，2019年村集体经济收入为16.595万元，2020年村集体经济收入预计有望实现20万元以上，有力巩固了全村的脱贫成果。

向桃李村生态种养专业合作社负责人蓝家克了解大青枣生长情况

邀请养殖专家到元通黄牛养殖专业合作社传授黄牛养殖技术（韦翠龙摄）

了解弄着屯人饮工程建设情况（韦翠龙摄）

在龙源农业种植专业合作社了解种桑养蚕情况

与村民一起收玉米

脱贫不是终点，致富才是目的。农建萍看到，民族村地处马山县环弄拉生态旅游圈，村内有观音洞、攀岩小镇开发线路等旅游资源，乡村休闲旅游基础较好，又是布努瑶族、壮族聚居地，具有得天独厚的文化和旅游资源优势。农建萍紧紧抓住马山县大力打造环弄拉生态旅游圈的机遇，积极向文化和旅游部门推介民族村旅游资源，努力打造"产业＋文旅"模式。

2018年，民族村被列为自治区乡村风貌提升精品示范点，在农建萍的努力下，游客服务中心、生态停车场、旅游厕所、观音洞观光步道、汽车营地、骑行步道等旅游项目先后在龙河屯、上局州屯落成，总投资约500万元，既实现了乡村风貌提升，又夯实了乡村旅游基础。

在农建萍的引导下，通过筑巢引凤，2019年3月，成功吸引广西马山县龙之河旅游开发有限公司到龙河屯投资开发观音洞景区，流转土地600多亩，用于打造民宿、文化体验区等旅游配套设施。龙之河公司在民族村规划开发的"沐心谷"康养项目，已纳入马山县重大项目对外招商引资，计划投资4.5亿元，打造集休闲、康养于一体的生态旅游景区。

2019年5月，龙河屯被南宁市确定为生态综合（乡村振兴）示范村，市级项目投资1000万元，县级筹措配套资金1500多万元。作为精品示范村庄，龙河屯坚持"先规划、后建设"的原则，在充分尊重群众意愿的基础上，依托良好的自然生态资源和布努瑶族、壮族民族文化进行打造。

农建萍邀请南宁市城乡规划设计院设计团队，多次深入龙河屯，了解屯内资源、建设意向，民族村两委干部广泛征集村民代表意见建议，一期工程 47 户农房外立面改造，充分利用当地山多石富的有利资源，实施特色庭院景观等设计改造，使农房在视觉上显得简单大气，富有乡土气息和浓郁的民族风情。这些在各级扶贫成效考核中，均得到考核组的肯定。

村民们投工投劳，积极参与乡村风貌提升建设。在龙河屯，农建萍尽量招收本村屯的农民工匠参与项目建设，每天有 20 多名村民在施工现场务工，日均收入 150 元，实现家门口就业。

农建萍通过评选"星级文明户""最美庭院"等方式，提升村民的文明素质。龙河屯作为精品示范点，成立了村民自治理事会，积极发动群众参与村屯环境治理、基础设施完善、产业培育等事项，为乡村建设和脱贫攻坚奠定了良好的群众基础。

民族村通过风貌提升发挥示范村引领作用，正逐步将以农业种植为主的生产方式转变为以旅游业为主，带动全村发展，深度融入环弄拉生态旅游圈建设。在打造文化旅游、乡村旅游的过程中，农建萍将原有产业融入旅游业中，设计认种、采摘、销售等环节，增强旅游的趣味性，打造新型旅游，形成新的经济增长点。

上局州屯和弄怀屯分别被列为马山县设施完善型、基本整治型村庄。在农建萍的带领下，民族村积极发挥农民主体作用，做到上下一盘棋、干群一条心，群策群力推动乡村风貌提升工作，改变了农村"有新房没新村、有新村没新貌"的现象，实现了从脏、乱、差到洁、净、美的华丽转身，助推脱贫攻坚工作顺利开展，引来了各路致富的"金凤凰"。

■ 沟通民心，山村三年建三桥

【干红桥】民族村最近的一次特大洪水发生在 2015 年 6 月中旬。当时马山县及周边普降大雨，造成部分村落遭受洪灾。

民族村弄怀、干红两个屯，首先在低洼处开始冒水。村民们将一楼的部分物品搬至二楼，然后用沙袋等塞住门口，希望能将大水挡在门外。可水势太大，很快就没过了村民的膝盖。当时两个屯的屯长赶紧召集屯中一些青壮年，到屯里一些行动不便的老人家里，将他们背上楼顶，等待救援。

洪灾发生后，马山县政府立即指派公安、武警、消防等多部门联合，带着冲锋舟，对受灾群众进行救援，还有更多武警战士从南宁赶来增援马山。当时已是深夜，武警战士驾冲锋舟进入屯中，挨家挨户敲门进行全面排查，确保每个村民都能转移到安全地带。

经过一晚上的紧张救援，抗灾工作重心开始转移到为被困村民送去食品和饮用水。

由于冲锋舟装载有限，城里运来的救援食品及饮用水无法送到屯里。考虑到受灾村民被困一整夜，已经饥饿难忍，疲惫不堪，领导决定，由救援人员将食品及饮用水等顶在头上，蹚过齐肩深的洪水，行走 200 多米，送至两个村屯。

所有人都说，干红、弄怀两屯之间要是有一座桥，救援人员就不需要在洪水中蹚那么远了。

干红和弄怀两屯之间只有一条天然的屯路。这条屯路实际上并不是路，而是一条河床。枯水期两屯村民从河床底通过，但每到雨季，这里便像水漫金山，一片汪洋，无法出行。村民如果要出行，只能绕道几十里，经古零镇再进入民族村。

平时，河床上的青苔湿滑，行人及各种车辆走在河床上容易滑落到河沟内，极其危险。这里因此曾发生过多起村民溺水事故。

2018年6月下旬，民族村再次遭遇巨大的洪涝灾害。

这一次，农建萍来了。她与蓝生敏站在岸边，看着因需要出行而不得不翻山越岭的村民，心里很不是滋味。有个村民对她说："农书记，我们这两个屯的群众饱受洪涝之灾，您是党派来的人，能不能想想办法，在我们两个屯之间建个桥？别再让我们村民跑几十里的冤枉路了。"

村民的困难让农建萍感到揪心，她说："老乡，您放心！这座桥，我一定帮你们建起来！"

农建萍下定决心，一定要给这两个屯的村民建一座桥。她回到村部，立即写请示，找部门，积极筹措建桥资金。

经农建萍多方奔走，向县交通、扶贫等部门积极争取，2018年9月8日，干红和弄怀两屯村民盼望已久的干红桥正式施工，12月底竣工。干红桥长32.04米，宽5.50米，造价82.97万元。干红桥的建成，彻底解决了两屯村民出行难的问题，圆了村民们20多年的建桥梦。

干红桥建成通车那天，两个屯的村民自发买来鞭炮，燃放了很长时间。看到村民们个个喜笑颜开，农建萍也欣慰地笑了。

【上局州新桥】上局州屯是民族村重点发展乡村旅游的重要村

屯，是乔老河旅游带的第一站。乔老河上原来有一座老石桥，建于20世纪五六十年代，因建桥年代久远，桥面窄小，桥墩是用巨石垒成，造成桥孔太小，一到雨季，河水受桥墩阻挡，来不及排出，倒流屯中，淹没村庄，造成洪涝。

2015年，在外打工多年的村民蓝家克回乡创业。为改变家乡贫困落后的面貌，蓝家克等几个村民决定打破以种植玉米为主的传统农业，成立了桃李村生态种养专业合作社，种植了2000多棵桃树、李树等经济果树，将上局州屯打造成花开的时候赏花，果熟的时候摘果，以经济作物收入为主、旅游收入为辅的"桃李村"。

经过几年的不断探索，"桃李村"的旅游品牌在南宁及周边地区已经打响。同时，上局州屯还开发了汽车营地、CS真人野战基地、农家乐等项目，吸引大批游客前来游玩。2017年，桃李村合作社年收入达五六十万元。

桃李村合作社最怕雨季来临，一发大水，村庄被淹之后，除了救灾物资进不来，外面的旅游大巴也无法进来，上局州屯的旅游收入就会因此遭受很大损失。

有一天，农建萍到上局州屯入户调研，在桃李村合作社询问经营情况。蓝家克说："农书记，我们这里只要旅游大巴能开进来就有收入。游客带着孩子进桃李园摘果，大家开开心心、其乐融融，收一定的费用就管吃饱，摘的果吃不完还可以买回家。可是，有个麻烦一直没解决，一下雨乔老河就发大水，旅游大巴进不来，园里的果子再多再便宜也没人来摘，我们合作社的收入就会受到很大影响。请农书记一定要想想办法，把上局州屯雨季积涝成灾的水患解决了。"

　　农建萍说："这个问题好多上局州屯的村民也反映过。我哪天请专家来看看，商量一个解决的办法。"

　　为了上局州屯不再积涝成灾，农建萍请了县水利工程师前来勘查水文情况，最后决定，重新建一座桥，以永绝水患。

　　为了建成这座桥，农建萍联络后援单位，积极筹款。后援单位的领导与员工从上到下一起努力，筹资105万元，建成了上局州新桥，把上局州屯的水患彻底根除了。

　　梁文育是土生土长的上局州屯村民，属贫困户。2016年，梁文育加入村里成立的桃李村合作社，依靠土地流转和年底分红，收入最高达3000多元。以前上局州新桥没建成，水患频繁，收入极不稳定。现在，新桥建起来了，梁文育平时在合作社的果园里帮忙干活，每年打工收入有2万多元。梁文育还养殖本地土鸡1000多只，依靠国家以奖代补的好政策，得到了5000多元的补助金；2020年新型冠状病毒肺炎疫情期间，补助更是提高了50%，达7500元。

　　梁文育现在村里打工，再加上养鸡的收入，每年可以有5万多元的收入，已经顺利脱贫。他说，这一切都要感谢农建萍书记的扶持和帮助，如果没有农书记，上局州屯的水患还不知道什么时候才能根除。

　　如今，农建萍积极打造"桃李村"名片，有机结合生态乡村建设和旅游开发，利用上局州屯位于马山县环弄拉生态旅游圈的有利条件，在现有基础上，计划在民族村沿上马（上林至马山）二级路周围种植特色水果，在二级路民族村范围内打造特色水果种植带，建设生态乡村示范村。

【龙河桥】龙河屯是民族村村委所在地，也是自治区乡村风貌提升精品示范屯、南宁市乡村振兴示范村项目建设点。在沐心谷康养中心和观音洞景区之间需要一座桥梁连接，为了建桥征地，农建萍和村委干部无数次深入农户家中，对被征地户反复做思想工作。

经过农建萍的不懈努力，几户被征地村民理解了她的一片苦心，同意征地建桥。

有了村民的支持，还得筹集资金。农建萍知道，这世上没有哪一件事是容易的，只有永不放弃地坚持，才能成事。农建萍不知跑了多少路，说了多少好话，终于把修建龙河桥的资金落实到位。龙河桥顺利建成，游客乘坐大巴可以直达观音洞景区。

农建萍在民族村将近三个年头，三年建造三座桥，这在全区扶贫工作中是极其罕见的。表面上，架起来的是一座座石桥，实质上是架起了我们党和政府与老百姓之间的信任之桥、民心之桥。有的桥，老百姓已经翘首盼望了几十年。

农建萍入户了解情况，经常听见村民说："感谢共产党帮我们建起了桥，我们终于不用再绕道，不用再受水淹了。"

每每听到村民说这样的话，农建萍感到特别高兴，因为这是对她驻村三年工作最好的肯定。

■ 两天两夜，两千公里找学子

2018年3月8日下午，农建萍因家中有事，决定请假回一趟南宁。

农建萍开车行驶在马山到南宁的路上，突然接到一个紧急电话，打电话的是蓝生敏。他急切地说："农书记，您在哪？村里出事了。"

农建萍从来没见过蓝生敏如此惊慌，她说："蓝支书，我快到南宁了。您不要着急，有话慢慢说。"

"农书记，村里有四个女孩不见了。"

农建萍大惊："这事非同小可！如不尽快找到她们，后果难以预料。快说说，到底是怎么回事？"

在蓝生敏的讲述中，农建萍基本上明白了事情的经过。

3月8日一大早，蓝生敏下屯了解拆迁户的拆旧复垦进度，到其中一户时却找不到户主。邻居告诉他："户主家的女儿没上学，家长正忙着找孩子呢！"

当时蓝生敏没在意。回到村委，有人来报告，今天早上，村小学有四个六年级女生没来上学，学校正在到处找人。

蓝生敏赶紧把学生家长和学校老师召集到村委了解情况，发现问题严重，四个女孩真的找不着了。

于是，家长、学校、村委等联合起来，发动各方力量找孩子。但是，学校、村里都找遍了，一个孩子也没找着。

蓝生敏和班主任到她们平时常去的一家奶茶店打听情况，奶茶店老板娘说早上见过四个女孩，还问她们为什么不上学，她们回答说，已经跟学校请假，出去走走。

奶茶店老板娘有其中一个女孩的微信，当着大家的面，老板娘拨通了语音电话，女孩接了，老板娘问她们现在在哪里，女孩回答说："我们在外面玩，过几天就回家。"然后挂断电话。再拨过去，她们就不接了。

蓝生敏和班主任立即前往马山城南车站调查，车站工作人员反映，四个女孩已经坐了9点多的班车去了南宁埌东汽车站。买票的时候，两个女孩用真名，两个女孩用假名。这趟班车到达埌东站的时间是11点多。

听了蓝生敏的话，农建萍心急如焚。面对如此紧急的情况，她立即转道，直接去埌东汽车站找人。

到了埌东站，农建萍向车站工作人员说明情况，征得同意后，调取车站监控查看，发现四个女孩已经出了车站，身边没有其他人员。

农建萍把消息告诉了蓝生敏，一再强调，经反复确认可以肯定，目前四个女孩行动自由，无人控制。

为了寻找四个女孩，农建萍和蓝生敏把寻找的信息发到微信群、QQ群和朋友圈，让大家转发寻找。

下午3点左右，有信息反馈，四个女孩出现在南宁市第四十九中学附近。农建萍迅速拨打她们的电话，起初她们一直不接听，后来干脆关机了。

四个女孩出走事件引起了网友的广泛关注。那天晚上，家长们睡不着，其中一位母亲，整整哭了一夜。学校校长、老师和蓝生敏、农建萍，也都彻夜难眠。

3月9日，四个女孩离家出走的消息通过网络传遍了马山县，牵动着每一个人的心。那天，来自区内外各地的电话几乎打爆了农建萍和蓝生敏的手机。每一个电话，都是一个希望。然而，随着线索一条一条被否定，希望也一次次破灭。夜晚来临，四个女孩还是无音信。那一夜，又是一个不眠之夜。

3月10日早上，在大家对四个女孩牵肠挂肚之际，事情突然峰回路转。女孩一直关闭的手机突然"复活"了——她发了个朋友圈信息，上面有一段15秒的视频，视频里是一条陌生的街道，还有她们住的宾馆。这条朋友圈信息，让大家悬着的心总算放下一半，至少这意味着四个孩子目前应该没什么大碍。但是，打电话给她们，还是不接。

农建萍想到了爱人陈鹏，他是广西警察学院的老师，应该有办法。

陈鹏查到了视频中这家宾馆的地址，居然位于近千公里之外的广东惠州市。

农建萍立即把这个消息发到工作群，大家都感觉不可思议。

农建萍一边把情况向警方反映，一边让蓝生敏向村民打听村里有谁在惠州打工。打听了半天，只打听到其中有个女孩所在的屯有个阿姐在东莞打工。

警方立即找到阿姐，指导她从东莞赶往惠州找人。阿姐终于找到四个女孩住的宾馆。万幸的是，四个女孩都安然无恙。

阿姐问她们什么，她们都保持沉默。为免夜长梦多，阿姐赶紧把四个女孩带回了东莞。

得知女孩们找到了，农建萍和蓝生敏心中的大石头落了地。农建萍立即安排蓝生敏带队，和家长及学校老师一起，前往东莞把女孩们接回家。

四个女孩两天两夜的惊魂之旅，就此结束。

回到家后，农建萍做了很长时间的思想工作，四个女孩才讲述了事情的经过。原来，她们通过手机软件认识了惠州的一个男网友。惠州男告诉她们惠州的一切都很美好。女孩们被吸引住了，惠州男邀请她们去看看，女孩们就同意了，这次出走是他全程资助。到了惠州，他帮她们在宾馆开房间住了下来，说第二天要带她们去玩。

幸好女孩的一条朋友圈信息暴露了地址信息。惠州男在四个女孩被找到后，不敢露面，还把她们拉黑了，其真实意图不得而知。

现在，四个女孩出走事件已尘埃落定。农建萍在日记中记下了事情的整个经过，她写道："万幸的是，此次惊魂之旅有惊无险。但也暴露出这个时代面临的问题，手机走进千家万户，网络全面覆盖大小人群，孩子们玩手机已成不可阻挡之势。如何引导孩子正确上网，明辨是非，这是值得引起家长、学校乃至全社会深思的问题。"

■ 黄檀金花，有效治理石漠化

马山县属于大石山区，生态环境极为脆弱。国家从 2008 年开始便在西南地区 8 个省（直辖市、自治区）100 个县开展石漠化综合治理试点工程，马山县是广西 12 个试点县之一。2011 年，国家启动重点县石漠化综合治理，马山县又是重点县之一。经过数年时间的石漠化综合治理，马山县的石漠化现象得到了有效遏制，生态环境有了改善，森林覆盖率有了提高，由于成效显著，形成了全国闻名的"弄拉模式"。

农建萍来到民族村，才知道这里是马山县石漠化比较严重的地区。

2010年2月，在国家林业局及自治区林业厅的大力支持下，广西大学林学院温远光教授主持的中央财政林业科技推广示范项目"广西马山县石山地区造林绿化优良速生树种栽培技术模式推广应用与示范"，在马山县白山镇民族村弄着屯示范区，成功推广了降香黄檀、顶果木、任豆、苏木等四种石山优良速生树造林技术，并创新了降香黄檀＋苏木、降香黄檀＋顶果木、任豆＋降香黄檀、顶果木＋苏木等四种混交造林模式，创造了石漠化地区造林10个月郁闭、18个月成林的奇迹。

农建萍来到民族村担任第一书记后，对弄着屯的优良速生林给予了特别关注。当时，弄着屯各种优良速生林共计900多亩，人工造林的社会效益、经济效益和生态效益已显现。这些珍贵树种都是由温远光教授免费送苗给村民们栽植，再提供技术，日常管理则由村民自己负责。

为了让村民更好地管理珍贵的黄檀树种，农建萍经常请林业技术人员下乡，为村民普及林木管护技术，通过岩溶石山造林和营林技术培训，提高村民对珍贵树种造林的管理技能。

弄着屯的降香黄檀有363亩，据专家测算，在造林30年后，其林木价值将达到10亿—13亿元。

了解贫困户袁绍春家危房改造情况（韦翠龙摄）

到辍学学生覃喜青家进行控辍保学

对贫困户"以奖代补"项目进行验收

请马山县知名企业到村开展"促进务工就业 送岗位到村屯"专场招聘会

组织民族村小学学生开展"六一"活动

2018年底，农建萍来到弄着屯查看降香黄檀的生长情况，经测量，胸径已达16厘米，树高12米。更为喜人的是，降香黄檀已实现天然更新，示范区的森林景观也得到明显改善，森林覆盖率由24.5%提升至56.1%。

在和村民聊天的过程中，农建萍发现了一个问题，那就是种黄檀树固然不愁销售，但生长期过长，动辄几十年。虽然可以在短时间内实现植被覆盖，生态环境向好发展，但是短期内经济效益尚未形成和产出。

农建萍找到温远光教授，共同讨论"如何在让石山绿起来的同时，让群众富起来"这个问题。在习近平总书记"绿水青山就是金山银山"科学理论的指导下，结合大石山区的实际情况，温远光教授提出了"森林资源生态利用"的理论，即在森林小气候基本形成、生态环境得到基本改善之后，在林下种植一些有短期收益、兼具观赏价值及药用价值的经济植物，如金花茶、阔叶十大功劳（药材名）等。

2019年春天，为发展林下经济，广西大学林学院向白山镇民族村弄着屯赠送了价值约30万元的2万株金花茶树苗。农建萍带领弄着屯的村民们，开始在林地里种植金花茶。

金花茶被誉为"茶族皇后"，素有"植物界大熊猫"之誉。金花茶人工种植非常困难，但经济价值较高，全身都是宝，叶芽、嫩叶、老叶都可用于制茶，还有药用价值；树干可做雕刻材料；种子可榨油供食用或在工业上用作润滑油等。据2018年的调查数据，金花茶三叶尖芽制作的绿茶、红茶每公斤售价4000元，成熟叶子制作的茶丝每公斤售价约2000元，产品附加值远远超过一般茶树。

在金花茶种苗的发放仪式上，农建萍诚恳地说："将石漠化植被恢复的同时，如何让群众增加收入，这是我和村委必须要考虑的问题。我代表村委衷心感谢广西大学林学院及温教授给予我们的大力支持。"

温远光教授说："金花茶是名贵的观赏植物，还有很高的经济价值，在林下种植也非常适合。所以我们在石漠化治理过程中引入了套种金花茶的模式，这种模式非常适合像弄着屯这样的大石山区。我们想利用大概30年的时间，把弄着屯的石漠化治理好，让弄着屯的山绿起来，也让弄着屯村民的腰包鼓起来。"当天，温远光教授还亲自为村民讲解种植金花茶应注意的相关事项。

农建萍带领弄着屯的村民们整地、挖坑、培土、扶树、踏实、追肥。她一有空，就去查看金花茶的长势。随着2万株金花茶苗壮成长，农建萍心里明白，金花茶在弄着屯套种成功了。她相信，弄着屯的村民们又多了一条脱贫致富的新路子。

在农建萍的带领下，民族村的村民结合生态乡村建设和旅游开发，利用位于马山县环弄拉生态旅游圈的有利条件，积极发展桃李村旅游、乡村农家乐、特色种养等项目，生活发生了翻天覆地的变化。2018年，民族村成功整村脱贫摘帽，并向着脱贫致富奔小康的道路，继续一步步前进。

【作者手记】

2020年10月11日，我采访了农建萍。

农建萍给我的印象是漂亮、热情、有亲和力，对民族村的各项工作、各个细节如数家珍。她在民族村工作将近三年了，她说，她就像个大总管，村里的大小问题，都要找她解决。"好在我还年轻，能折腾。"她说。

有一天，民族村境内出了交通事故，两个外村的村民倒车时不小心掉到几十米深的消水洞里，生死不明。

那天是周六，农建萍正在南宁家中休息。民族村打来电话，说马山的消防队没有专业救援设备。农建萍迅速请南宁消防队前往民族村救援，她自己也必须立即赶回村里。可是，家中两个孩子无人看管——爱人加班，孩子的爷爷奶奶还在郊区，赶回家还需要一段时间，怎么办？

农建萍心急如焚。不能再等了，农建萍狠狠心，把两个孩子锁在家里，告诉女儿，妈妈要回村救人，让她们俩一定等爷爷奶奶回来。

两姐妹被关在家中哭得撕心裂肺。农建萍转身离去。她一路开着车，泪如雨下。

后记

为时代讴歌

    在写广西精准扶贫的报告文学《挺进大石山》出版后，我觉得有点意犹未尽，主要是书中第一书记写得太少，大部分主人公是扶贫工作队队员、乡村干部、脱贫典型人物。而广西先后派出了成千上万名第一书记驻村扶贫，没能好好写写他们，终归心有遗憾。那时我就想着，若有机会，一定要写一部关于第一书记的报告文学。当广西科学技术出版社的编辑致电于我，刚把来意讲明，我的心中顿时就激动起来，没想到居然心想事成，终于有机会让我了此心愿。

    广西的贫困区域主要集中在滇桂黔石漠化片区、边境地区、南岭山区、水库移民区等。这些区域自然条件较差，特别是滇桂黔石漠化片区的部分地带，甚至不适宜人类居住，缺乏基本生产发展条件，脱贫致富难度非常大。广西有35个县为滇桂黔石漠化片区县，占广西全部国家级和自治区级扶贫开发工作重点县的71.4%，是国家连片扶贫攻坚的重点、难点之一，属于脱贫攻坚中最难啃的硬骨头。

    第一书记一批接一批来到这里，每位第一书记来到一个贫困村，一段生命中的传奇就算正式开始。

离开繁华都市，来到偏远的贫困乡村，所看到的一切与自己心中的想象相去甚远，大多数第一书记刚到贫困村时，都会感到有点失落。而且这样的失落感，在最初几天里会一天天增加。比如，准备的宿舍有可能只是个毛坯房，也有可能是个杂物间，有时还会缺水、停电，晚上房间里老鼠乱窜，上个洗手间得跑很远的路。这还不算，有些房子久未有人住，潮湿霉味重，外有蛇虫，内有蜈蚣。这些男同志还能勉强应付，如果是个女同志，心里的感受可想而知。

第一书记们不仅得面对生活上的不便，还得与各种类型的人打交道。如得先与村两委干部打交道，因为没有他们的配合，第一书记的工作根本无法开展；得与贫困户打交道，因为第一书记的任务就是想办法帮助他们脱贫；得与当地各级政府部门工作人员打交道，因为各种扶贫政策要与他们对接，很多项目资金要由他们划拨；得与后援单位领导打交道，因为各种项目需要的资金，得靠后援单位干部职工的帮助；得与各种商人打交道，因为好不容易项目有了产品，需要他们的销售渠道的支持；得与农业专家、畜牧专家等打交道，因为各种项目从策划到投入、产出，都需要他们的智力支持；等等。

一般两年下来，每位第一书记都能成为一个与人打交道的行家里手，同时还可能成为一个农业专家或畜牧专家，甚至如果再干两年，就可以成为扶贫专家了。

在我采访这些第一书记时，不少人说到，最初入驻贫困村时心理落差比较大，刚开始，也曾想过要打退堂鼓。但是，是什么原因让他们最终坚持下来了呢？是责任。他们每个人都会想到，自己是共产党员，是第一书记。如果村里各方面条件都好，还要第一书记来做什么。既然要第一书记来，就是因为这里贫穷。第一书记得想办法，改变这里的一切，让这个村脱贫，让村民们富起来。遇到困难就想撤，那不是共产党人的作风。

其实，很多第一书记很快就能适应在贫困村生活。因为每天都是工作繁忙，千头万绪，百业待兴。村里的贫困户，都眼巴巴地望着他们，等着他们拿出脱贫方案来。

第一书记就是贫困村里的大总管，村里无论大小事情，全都要找第一书记。这是一支能打硬仗的队伍，从修路、打井、挖渠、种桑、养蚕、搭大棚到培训、调解纠纷、帮学生补课等，只要是对贫困群众有益的事，第一书记们都会亲力亲为，悉心指导。

在采访第一书记的过程中，我常被他们舍小家为大家、一心扑在脱贫事业上的精神而感动。他们都说得轻描淡写的，可我还是忍不住热泪盈眶。在整个创作过程中，我心潮起伏，感觉自己的双脚踏在坚实的土地上，不断吸收着正能量，思想也得到升华。

因此，我希望能把这本书的正能量汇聚起来，成为强大的精神动力，绽放出生活的热烈与鲜活。同时，我希望这本书能讲好脱贫攻坚战中的"广西故事"，让读者见证人类扶贫开发史上的"中国奇迹"。

朱千华

2020 年 1 月于南宁心圩江畔